FOLIO POLICIER

Tim Winton

La cavale de Jaxie Clackton

Traduit de l'anglais (Australie)
par Jean Esch

Gallimard

Titre original :
THE SHEPHERD'S HUT

Né en 1960 à Perth, Tim Winton est l'écrivain australien le plus célèbre de sa génération. Deux fois finaliste du Booker Prize, quatre fois lauréat du Miles Franklin Literary Award – l'équivalent du Goncourt –, auteur d'une dizaine de romans dont sept traduits en français, de plusieurs albums pour la jeunesse et de recueils de nouvelles, il a été nommé « National Living Treasure » par le National Trust. C'est aussi un surfeur assidu, engagé dans de nombreuses associations pour la protection de l'environnement. Il vit en Australie-Occidentale.

À la mémoire de Gill Dennis

« Le changement est lent et l'espoir est violent »

LIAM RECTOR
Song Years

PREMIÈRE PARTIE

Dès que j'arrive sur le bitume et que je sens sous moi ce grondement lisse et gris, c'est un sacré changement. J'ai l'impression d'être dans un monde tout neuf, fluide, plat et sans problème. Malgré le moteur qui gueule et le vent qui fouette la vitre, les bruits sont doux et ouatés. Civilisés, je veux dire. Genre, on est encore sur terre, mais on s'en rend même plus compte. C'est intense. Vous pourriez croire que je ne suis jamais monté dans une voiture. Mais quand vous avez crapahuté comme une chèvre sale durant des semaines et des mois, quand vous avez reçu en plein visage les embruns de pierre de la cambrousse pendant tout ce temps, c'est vachement brutal. C'est dément, croyez-moi. Vous vous prenez pour un ange. Une flèche de lumière et rien d'autre.

Merde alors, je tape déjà le cent soixante, et j'ai pas encore passé la cinquième. Sur des sièges mous et humides, avec un de ces trucs en forme de sapin qui se balance au rétro. Je vole. En restant assis sur mon cul. Je décolle. Je quitte la crasse. Je ne suis plus une sorte de bête.

Alors, qu'est-ce que je suis ? Quelqu'un que vous ne verrez pas venir, voilà ce que je suis. Une chose que vous ne pouvez pas imaginer.

Supposons que je tape votre numéro, et que je vous appelle, vous vous demanderez : c'est quoi, ce bordel ?, tous autant que vous êtes, et vous aurez la bouche sèche. Peut-être que vous serez juste un inconnu dont le numéro s'est fait tout seul dans ma poche. Ou bien un de ces connards de l'école que je pourrais rechercher. Si n'importe lequel d'entre vous entendait ma voix maintenant, il penserait que c'est le vent. Ou un oiseau qui crie. Un coup à suer du sable. Comme si j'étais la fin du monde.

Pas la peine de s'inquiéter. Je ne vous ai pas pardonné, à aucun de vous, mais je suis au-delà de ça maintenant. Vous appartenez au passé.

Mon téléphone est HS de toute façon. Branché sur le tableau de bord, en train de charger ou de crever, je sais pas. Alors, relax, je vous appellerai pas. Tout a changé. Je suis plus comme avant. Je suis une idée neuve qui fonce vers le nord sur l'autoroute, vers un endroit chaud, sûr et secret. J'ai quelqu'un à récupérer. À Magnet. Elle m'attendra, elle sera prête. Du moins, j'espère.

La cinquième. Je m'y reprends à plusieurs fois pour la trouver, mais ça y est, j'y suis. La terre rouge défile à toute allure. Broussailles de mulga. Pierres aux reflets brillants. Corbeaux écrasés. La Jeep empeste à cause des jerricans qui clapotent à l'arrière. Mais les vitres sont baissées, le vent est doux et la puanteur de l'essence l'emporte sur l'odeur du sang, toujours.

Soudain, j'ai la dalle. J'attrape le .410 par le canon et je le balance sur la banquette arrière. Je pousse la boîte de munitions pour atteindre la bouffe, encore chaude dans le plat en alu. C'est bon, c'est gras et ça a un goût de fumé. Dès la première bouchée, je reçois une décharge.

Et je roule comme ça, juste sous la limite autorisée, une côtelette dans une main, tenant le volant de l'autre. Riant si fort que je manque de m'étrangler. Pour la première fois de ma vie, je sais ce que je veux, et j'ai les moyens de l'avoir. Si vous n'avez jamais connu cette sensation, j'ai de la peine pour vous.

Mais ça n'a pas toujours été comme ça. Pour en arriver là, j'en ai bavé. J'ai vu des choses, j'ai fait des choses, et on m'en a fait, que vous auriez du mal à croire. Alors, réjouissez-vous pour moi. Et, nom de Dieu, vous foutez pas en travers de mon chemin.

Le jour où la vie d'avant s'est arrêtée, je suis resté assis sous la tribune, à soigner mon œil amoché et à haïr le vieux Wankbag[1], jusquà ce que le soleil se couche. Ma mère sénervait quand je lappelais comme ça, dans son dos. Capitaine Wankbag. Le Capitaine. Ou simplement Cap, pour faire plus court. Elle disait : on parle pas comme ça de son père, mais moi, je trouvais ça normal. Ce dégueulis de clébard était un vrai salopard avec nous deux, javais envie quil crève. Et à cet instant, je priais pour que ça arrive.

Mes mains puaient la viande. J'ai serré les poings, durs et plats comme des jarrets de bœuf découpés à la scie. Je les ai regardés jusqu'à ce qu'il n'y ait plus assez de lumière pour les voir, mais ça n'avait pas d'importance car dans ma tête, je voyais une de mes mains tenir un hachoir et l'autre un couteau désosseur, je les sentais, pour de vrai. Assis là, j'ai serré ces trucs imaginaires pendant si longtemps

1. « Sac à merde ».

que j'ai fini par avoir des crampes dans les bras, et j'ai été obligé de sortir prendre l'air dans la nuit, avant de flancher encore une fois.

Il faisait plus frais à l'extérieur. Je ne voyais que les lumières de la ville. Des types tapaient dans un ballon, à l'autre bout du terrain, dans le noir ; ce n'étaient que des voix et des bruits étouffés qui me filaient les jetons. Je savais pas quoi faire, ni où aller. J'avais pas d'argent. De la glace, j'aurais trouvé ça chouette. De l'eau gelée, je veux dire. Pour mon œil à moitié fermé. Putain de merde, c'était comme si un truc poussait sur le côté de ma tête.

Le ciel était vide, j'avais vu plus d'étoiles quand il m'avait cogné, et j'ai essayé de deviner l'heure.

Avant ça, dans l'arrière-boutique, j'étais revenu à moi dans le bac à os. Cul par-dessus tête, à moitié abruti, dans ce tas visqueux de carcasses de poulets et de jarrets, et pendant une seconde, je savais plus où j'étais ni comment j'avais atterri là. Mais j'ai pigé assez vite. J'étais où ? Au boulot, bien sûr. Et comment je m'étais retrouvé dans une poubelle, sonné ? Comme d'habitude, voilà la réponse. Il les lâchait avec un élastique, le vieux Capitaine, mais dès qu'il fallait vous balancer un marron pendant que vous regardiez ailleurs, il dépensait sans compter, un vrai Père Noël.

J'entendais la radio devant. Et l'odeur infecte de détergent citronné flottait dans l'air. Donc, c'était après la fermeture. Du coup, il allait devoir nettoyer les plateaux et laver le sol tout seul, ce pauvre connard. Tout l'après-midi il m'emmerde en me traitant de branleur et ensuite, il se débrouille pour que je ne puisse plus rien faire, au moment où c'est qu'il y a plus de boulot. Pas étonnant qu'il réussisse aussi bien dans les affaires.

J'ai regardé entre mes genoux et essayé de me mettre debout, mais la vache, ça demandait un sacré effort. Ça aurait fait une chouette photo : Jaxie Clackton, le dur à cuire que tous les gamins évitent, dans tout le comté, essayant de s'arracher à ce tas d'os gras, comme une mouche empoisonnée. La rigolade. Mais j'ai fini par y arriver. J'ai agrippé le billot. Et j'ai pris appui contre le mur tacheté de cochonneries. Je suis resté immobile un moment, avec la tête qui tournait. La bouche grande ouverte, je parie, comme un poisson rouge. Et pendant tout ce temps, de l'autre côté du mur, à travers la porte et les papiers tue-mouches gerbeux, j'entendais le floc humide de la serpillière et le seau qu'on poussait du pied sur le sol ; il respirait fort, il reniflait et maugréait, comme quoi j'étais un foutu bon à rien et qu'il allait me faire entrer un peu de morale dans le crâne à coups de torgnole. À cet instant, dans ma tête, j'étais déjà parti. J'étais déjà au bout de la rue, en deux temps trois mouvements. Mais j'avais l'impression de tout faire à vitesse réduite, je foutais le camp au ralenti. D'une seconde à l'autre, il allait franchir cette porte, m'attraper par l'oreille et me flanquer encore quelques beignes pour faire bonne mesure. Alors, je me suis dit : arrête de jouer les mauviettes et grouille-toi, enlève ton tablier et balance ces bottes de boucher à la con. Pas facile tout ça quand on a la tête qui tourne et les doigts enflés. Mais j'ai quand même réussi à tout enlever, j'ai récupéré mes Vans et mon skate près de la porte de derrière et j'ai foutu le camp en douce.

Dehors, l'air était doux et le jour tombait. J'ai regardé l'extrémité de la rue dans la pénombre et le simple fait de plisser les yeux, à peine, m'a fait un mal de chien. J'ai palpé mon visage : on aurait dit une citrouille bourrée de lames de rasoir. J'aurais dû être soulagé de me retrouver dehors, mais j'avais nulle part où aller. Tout ce que je voulais, c'était un sac de petits pois surgelés à mettre sur mon visage et un lit pour m'allonger. Mais ce serait trop dangereux de rentrer à la maison avant que Wankbag soit complètement cuit. Ce qui prenait un certain temps. Au boulot, il était bourré toute la journée, comme à son habitude. Pour qu'il soit vraiment dans le coaltar, ça nécessitait plusieurs heures de détente sévère. Après avoir chié et pris une douche peut-être. Il arrachait le bandeau qu'il avait sur l'œil et il restait assis en caleçon. Son orbite vide froncée comme un trou du cul de chat. Il attrapait une bouteille de Coca de deux litres dans le frigo, il en vidait la moitié dans l'évier et il la remplissait avec du rhum Bundaberg.

Inutile de rentrer tant qu'il avait pas fini son médicament. Il tituberait un instant. Il se poserait ici ou là. Dans le cabanon. Ou dehors, dans le patio, pour regarder les paddocks et les voies ferrées. La plupart du temps, il finissait au fond du gros fauteuil télé à bascule, dans le coma, lumière allumée, rideaux ouverts. Ronflant si fort qu'il faisait trembler les carreaux. Facile alors de calculer le moment d'agir. Il fallait s'approcher dans la rue obscure.

L'observer par la fenêtre. Vérifier qu'il était bien dans les vapes. Puis entrer par-derrière. Prendre un risque en traversant la cuisine. Et monter dans la chambre, vite fait. Verrouiller la porte. Pousser le bureau devant. Et le laisser cuver. Demain était un nouveau jour. En réalité, c'était toujours la même journée de merde qui se répétait. Avant, il n'y avait aucun endroit où aller, à part le *footy oval*[1]. Voilà pourquoi je me retrouvais là, caché comme une gonzesse. Le restau au bord de la route était pas net et le pub un nid à emmerdes. Jétais obligé de me terrer sous la tribune. Voilà tout. Et cest ce que jai fait. Jai inspiré une bouffée dair et, ni vu ni connu, je suis retourné sous les poutrelles, où il ny avait que des emballages de chips, des capotes usagées et des cannettes de Beam.

J'ai attendu que la nuit tombe, puis encore quelques heures de plus. J'osais pas regarder mon téléphone pour voir quelle heure il était ou si j'avais un message car la lumière vous trahit à tous les coups, et on fait pas deux fois la même bourde. Conclusion, il n'y avait rien d'autre à faire qu'attendre et tenir bon.

Mentalement, je le voyais boire verre sur verre, tout seul, comme s'il faisait un concours à la con pour être bourré plus vite que n'importe qui en ville ; Sid Clackton, champion du monde du rhum Bundaberg. Capitaine Wankbag, maître boucher, spécialiste des animaux tués sur la route, plus ivre que tout autre homme vivant. Le meilleur de Monkton,

1. Stade où se pratique le football australien, mélange de football et de rugby.

quel magnifique héros ! J'imaginais ce sagouin se faisant griller des saucisses dans une poêle en gueulant devant la téloche. Regardez-moi ce peigne-cul, ferme ta gueule, c'est qui cette mocheté, arrête de dire des conneries. Etc. Etc. Même pas besoin d'être là pour l'entendre. Et je pensais : si seulement tout ça pouvait être du poison. Le rhum, la bière, la viande, ce putain d'air qu'il respirait. Si seulement il pouvait crever et me foutre la paix. S'il y a un Dieu quelque part, pourquoi il ne fait pas ce qu'il faut pour une fois, en tuant ce connard une bonne fois pour de vrai. Parce que tout ce que veut un être humain, c'est se sentir en sécurité. La paix, je demande rien d'autre.

Voilà ce que je me disais. Mais ça n'a pas duré. Très vite, j'ai eu envie de saucisses moi aussi. Cette putain de paix pouvait attendre. Je crevais de faim. Et maintenant que j'y réfléchissais, j'avais pas envie d'être encore là à l'heure de la fermeture, quand la moitié du bar se déversait dans le parc pour continuer à picoler. Et j'avais aucune envie d'en découdre avec les négros qui buvaient du vin en cubi ou avec les apprentis de chez John Deere. J'avais plus la force de me battre, et je me suis dit : ça suffit comme ça.

Je suis ressorti de sous la vieille tribune en bois et j'ai tendu l'oreille pour voir s'il y avait quelqu'un sur le terrain. Tout était calme. Alors, j'ai coincé mon skate sous mon bras et je me suis faufilé jusqu'aux arbres, derrière les limites du terrain, et je suis resté à l'abri jusqu'à ce que je voie un lampadaire et du bitume. Ensuite, je suis rentré à la maison sur ma planche, par-derrière.

*

C'était plutôt calme dans notre rue. Quelques télés clignotaient aux fenêtres, mais il n'y avait personne dehors, à première vue. Pas de Paxton en train de fumer sur le perron ni de Mme Mahood plantée là avec son tuyau d'arrosage, du matin au soir.

Notre maison était quasiment plongée dans le noir, mais de la lumière s'échappait de la porte ouverte du cabanon et j'entendais la radio. Je me suis arrêté une seconde dans l'allée, en dehors de la lumière, et j'ai essayé de me blinder, en me disant : mieux vaut que je rentre maintenant, plutôt qu'il me trouve devant le frigo. Il fallait toujours se tenir prêt.

Je me suis approché du cabanon, et je me suis arrêté. Sans trop savoir pourquoi. J'ai juste jeté un coup d'œil à l'intérieur. Et tout ce que j'ai vu, c'est son pick-up. Du matériel de camping était entreposé sur l'étagère du fond. Le gros globe pendait du chevron et quelques papillons de nuit tournaient autour bruyamment. J'ai pensé qu'il était peut-être là, en train de soutirer un fût de bière artisanale. Mais c'était un soir de semaine. Et chaque fois qu'il débouchait une nouvelle cuvée, toute la rue empestait la bière rance et il devenait très populaire tout à coup. Ça serait sûrement pas aussi calme. Même s'ils picolaient seulement tous les deux, le flic et lui, ils rempliraient l'espace de leurs bruits de mecs, *ya-ya-ya*, mon pote, ouais, fait chier, et il n'y aurait pas cette odeur de viande que je sentais. Je savais qu'il achetait encore de la viande en douce à des types de passage, et qu'il avait une chambre froide cachée pour la conserver ailleurs qu'à la boutique, mais il était pas débile au point de laisser la porte grande ouverte comme ça, même s'il attendait quelqu'un. Et puis, c'était bizarre ce pick-up garé dans le cabanon. De l'allée, je voyais que le cul du Hilux était beaucoup trop haut, comme si le plateau était relevé.

J'ai jonglé avec mon skate, deux fois, et je l'ai laissé tomber sur le sol en ciment pour lui montrer que j'étais là. J'imagine que j'aurais pu crier un truc, ou tousser comme font les gens, mais il avait dû m'entendre déjà. C'est certain. S'il était à l'intérieur, évidemment. Il y avait des chances pour qu'il soit en train d'attendre, de guetter, pour m'emmerder. On dirait que c'est son putain de passe-temps : flanquer la déprime aux autres.

Alors, je suis entré avec prudence, en tenant ma planche devant moi, à la manière d'un bouclier.

Et je me suis dit : je vois pas ce que je vois. À cause de mon œil gonflé.

C'est peut-être pour ça que je n'ai pas pigé tout de suite. Parce qu'on avait retiré les roues avant du Hilux. Elles reposaient à plat sur le sol, l'une contre l'autre. Les écrous étaient empilés à côté de la manivelle.

Et les moyeux. Putain, les moyeux à nu reposaient

sur le béton. Et le pick-up projetait sur le sol une ombre qu'aucune lumière pourrait jamais produire. Les ombres ne cherchent pas un trou d'évacuation de cette façon. Les mouches à viande ne se noient pas dans une ombre. Mais je suppose que pendant deux secondes, je me suis laissé croire que c'était juste de l'huile. Comme s'il avait ôté le bouchon du carter, trop énervé pour penser à glisser un bac de récupération dessous. Du coin de mon œil valide, je voyais la bouteille à moitié vide sur l'établi. Le Coca était éventé. Quelque chose tétait le goulot, une abeille peut-être.

Mais je ne savais toujours pas vraiment ce que je regardais. Jusqu'à ce que je me faufile derrière la portière du conducteur et jette un coup d'œil par-dessus le capot pour voir ses jambes poilues et ses pieds nus qui dépassaient de sous le pare-buffle.

J'ai lâché mon skate, qui a roulé sur le sol et est allé heurter quelque chose avec un fracas métallique. J'ai vu alors que le cric avait basculé. Il gisait sur des chiffons, dans une flaque goudronneuse, sur le ciment. Un lézard avait laissé des traces de pattes en la traversant pour filer. À ce moment-là, c'est devenu aussi flagrant que des couilles de chien. Je n'avais même pas besoin de me mettre à genoux pour vérifier. Peut-être que j'aurais dû, pour être sûr et en retirer une certaine satisfaction, mais je savais déjà que ce vieux schnock avait passé l'arme à gauche. Je pourrais pas dire que j'ai versé une larme, mais ça m'a fichu un coup. J'ai été obligé de m'appuyer contre le Hilux.

J'avais la tête partout et nulle part. Merde alors.

Mais au bout d'un moment, j'ai commencé à cogiter. Genre, la porte est grande ouverte. Et à huit heures demain matin, le Capitaine ne sera pas à la boutique, et à neuf heures, quelqu'un voudra savoir pourquoi il peut pas avoir le T-bone et le sac de saucisses qu'il a commandés. Pas question d'attendre que la moitié de la ville me montre du doigt, en disant que je l'avais trouvé dans cette position en entrant et que j'en avais profité. Les gens savaient que j'avais une bonne raison ; à Monkton c'était un secret pour personne comment il était et ce qu'il nous avait fait. Ils diraient que j'avais balancé un coup de pied dans le cric et que je lui avais écrasé la tête comme une pastèque. Tout m'accusait.

Alors, j'ai fait demi-tour et je suis ressorti en faisant super gaffe où je marchais. J'ai tout laissé comme c'était. La radio allumée, dans laquelle un vieux connard en colère aboyait des trucs que je comprenais pas. Les lumières pleins feux.

Je suis allé droit vers la maison en prenant le petit chemin. Mais j'ai été obligé de m'arrêter une seconde. Près des bouteilles de gaz. Et j'ai gerbé sur mes Vans. Le dégueulis était couleur moutarde. Je me suis débarrassé de mes pompes et j'ai continué.

Il faisait noir dans la maison. J'ai trouvé l'interrupteur de la cuisine et quand le frigo s'est remis en marche, j'ai sursauté. Putain, j'étais dans un état.

Je suis monté dans ma chambre, j'ai pris mon sac dans le placard. J'ai regardé le sac de couchage, mais je savais qu'il était trop gros à trimballer. J'ai sorti des fringues de chasse de l'armoire, le pantalon et la veste de camouflage. J'ai failli trébucher et m'affaler en enfilant mon froc, tellement j'étais pressé. J'ai emporté le sac dans la cuisine et je l'ai rempli de boîtes de conserve, de sachets et de trucs dénichés dans le frigo. J'ai pris l'allume-gaz. Trois boîtes d'allumettes. J'ai enveloppé le tout dans des torchons pour pas que ça s'entrechoque.

Son odeur empestait la grande chambre, mais celle de maman s'y cramponnait encore. Je suis resté là un moment, à regarder. Puis j'ai décroché la clé planquée derrière l'encadrement de la porte. Avec, j'ai ouvert l'armoire à fusils, j'ai embarqué le .243 et deux boîtes de munitions, des Winchester 80 grains à pointe molle. J'ai pris les jumelles aussi.

Arrivé au milieu du couloir, j'ai rebroussé chemin et je suis entré dans la salle de bains. J'ai fauché un rouleau de PQ, mais j'ai oublié la brosse à dents.

Dans la buanderie, j'ai trouvé mes bottes coquées et je les ai enfilées. Son maillot de corps bleu, son slip kangourou et un tablier raide de graisse et de sang étaient suspendus à l'abreuvoir. Je les ai pas quittés des yeux pendant que je faisais mes lacets. Comme si ces fringues puantes allaient me sauter dessus, toutes seules, encore maintenant.

Et puis, sur la machine à laver, j'ai vu la bonbonne d'eau qu'il emportait au boulot tous les jours. Une Igloo de cinq litres. J'ai deviné que j'en aurais besoin. Je l'ai remplie à la citerne dehors, en essayant de ne pas penser à sa bouche dégueu autour du goulot. Je savais qu'il y avait deux camelpacks dans le cabanon. Rien qu'un des deux, ce serait dix fois mieux que de trimballer cette bonbonne, mais pas question d'y retourner, pour rien au monde.

Et ça a été une putain d'erreur, je vous le dis par avance, plus grave que l'oubli de la brosse à dents, et je l'ai payée cher au cours des semaines suivantes. Alors, j'ai rempli l'Igloo et le robinet en cuivre a poussé un cri perçant quand je l'ai refermé, et après tout ça, j'ai fait le tour de la maison, et je suis resté sous le vieux flamboyant pendant une minute, pour reprendre mon souffle et mes esprits, et un train routier est passé devant la station-service, en sifflant et en tressautant pour maintenir une vitesse réduite, illuminé comme un navire, empestant la laine sur pattes, et après son passage, j'ai bien regardé autour de moi, je me suis avancé dans la rue déserte et j'ai marché le plus vite possible.

Y avait encore personne au stade. Du moins, je voyais personne. J'ai coupé par les vestiaires et j'étais dans la mulga moins de deux minutes plus tard. Il n'y avait plus qu'un petit morceau de lune. Juste assez pour distinguer les ombres des arbres et faire la différence entre la terre et le bush.

Je crois qu'il s'est écoulé une demi-heure avant que les lumières de la ville disparaissent. Je pensais que ce serait agréable, mais je me sentais seul. J'en aurais pleuré. Pourtant, j'étais heureux, non ? Mais c'était tellement brutal.

Je me disais que c'était le plus beau jour de ma vie. Je pensais que le lendemain matin, j'y croirais, nom de Dieu.

C'était un sale radin, c'est ça qui l'a tué.

Tous ces problèmes de freins qu'il avait avec le Hilux, et il voulait pas l'emmener chez Cec Barton, au bout de la rue. Il croyait qu'il pourrait y arriver tout seul. Sauf qu'il s'est fait piquer son cric hydraulique en mars, avec le compresseur et l'arbalète. Des nègres, il a dit, mais franchement, ça pouvait être n'importe qui.

Alors, il a soulevé la bagnole avec un simple cric, sous le pare-buffle. N'importe quel crétin aurait su que c'était pas malin. Il faut jamais passer sous un véhicule qui repose sur un de ces faiseurs de veuves.

Mais il n'y a pas de veuve. Et personne ne verse une larme sur lui. Ni à Monkton, ni nulle part ailleurs dans le monde.

*

Je ne pensais pas à tout ça sur le moment. J'ai

juste foutu le camp. Sans m'arrêter. J'ai rien fait d'autre pendant plusieurs jours, marcher comme un dingue. Avancer. Crapahuter. Bouger.

Les deux premiers jours, je me suis tenu à l'écart de l'autoroute, à tel point que je pouvais même pas l'entendre ni la voir. J'ai avancé jour et nuit. En prenant la direction du nord dès que possible. J'essayais de rester caché, mais c'est pas facile dans la Wheatbelt, vu qu'il reste presque plus un seul arbre. Uniquement des enclos de chaume partout. Tout est plat et nu. Quand vous traversez cette région à pinces, on vous repère comme un rat sur un gâteau d'anniversaire. Une fois, pendant une heure ou deux, j'ai dormi sous deux eucalyptus wandoos à l'angle d'un mur. Je me suis juste glissé entre des pierres de granit. C'était en plein jour, et quand je me suis réveillé, un oiseau me toisait, un effronté au plumage noir me jetait un regard mauvais. Genre : qu'est-ce que tu fous ici ?

J'ai eu du pot ces deux premiers jours. Surtout au niveau météo. On était en plein automne maintenant et je savais que plus au sud, y en avait qui rentraient déjà les récoltes. Mais par ici, les pluies n'étaient pas encore arrivées et personne ne semait, du coup y avait quasiment aucun fils de pute dehors, à part moi. Pas de machines dans les champs, pas de bagnoles au bord des routes. Les fermiers devaient être en ville, en train de se plaindre, ou assis devant leurs téloches pour regarder le foot. C'est peut-être à ce moment-là qu'ils rentrent au bercail, ces gens-là, j'en sais rien. En tout cas, j'ai franchi les frontières, en évitant les routes, et en restant à bonne distance des allées et des maisons. Ce qui n'est pas très compliqué dans la Wheatbelt, où les baraques sont aussi rares que des étrons de cheval à bascule.

Je marchais vite, en trottinant quand il n'y avait pas de risque, mais j'en bavais. Je trimballais trop de trucs. Ça devenait plus facile à mesure que la bonbonne d'eau se vidait, mais ça n'allait pas m'aider longtemps, hein ?

Le deuxième après-midi, j'ai piqué de la flotte dans une baraque qui semblait inhabitée depuis des années. Il y avait un tas de papelards coincés dans le grillage de la porte et des jouets sur la pelouse morte. C'est la dernière maison et la dernière ferme que j'ai vues avant le *salt country*.

Peut-être que j'étais trop prudent. Si ça se trouve, personne me recherchait. Peut-être que tout le monde s'en foutait. Ce n'était que Captain Wankbag. Tout le monde savait que c'était un connard. Mais quand quelqu'un clamse de cette manière, écrasé comme une crêpe sous une voiture, dans son cabanon, les gens veulent savoir comment, pourquoi et qui. Et puis, mon skate était resté là-bas, embourbé dans tout ce sang. Et mes chaussures couvertes de vomi sur le chemin, l'armoire à fusils ouverte. Et qui est le meilleur pote du Captain ? Ce flic avec la dent en or. Oui, ce gros *ranga*[1] au rire sifflant. Ils étaient cul et chemise tous les deux, cest bien ma veine. Je les entendais rire comme des bossus dans le cabanon, pour des trucs que je comprenais pas. Cest sûrement pour ça quil a jamais eu demmerdes pendant tout ce temps, et pas uniquement avec la barbaque. Il flanquait des raclées à maman toutes les semaines et il se pavanait en ville, innocent comment lenfant qui vient de naître. Son copain flic, voilà pourquoi ils lont jamais collé au trou, pourquoi elle na jamais rien dit.

J'espérais qu'un jour maman monte dans la Corolla et roule jusqu'à Perth où les flics ne nous connaissent pas, et où le rouquemoute pouvait pas faire la loi. Par l'autoroute, c'est à moins de quatre heures. Mais je savais que la grande ville lui flanquait la trouille, et je la comprenais. Moi, j'aurais pas tenu une minute. N'empêche, elle aurait pu foutre le camp à Geraldton. C'est la même distance. C'est une grande ville aussi et on n'est rien pour personne à Gero. Elle aurait pu aller là-bas et le baiser une bonne fois pour toutes. Elle aurait pu se trouver une baraque au bord de la mer, bouffer des crevettes, se libérer. Il y a un vrai poste de police et un tribunal aussi. Mais pour ça, elle aurait dû me laisser avec lui. Tout seul. Et elle savait ce que ça voulait dire. Chaque jour, alors qu'elle était loin, en sécurité, elle y aurait pensé. Même si elle n'allait pas

1. « Rouquin ».

à la police, même si elle se contentait de disparaître, elle connaîtrait le prix de sa sécurité, et elle saurait qui le payait. Finalement, j'ai dérouillé quand même, mais ça aurait été plus facile à encaisser si elle avait fichu le camp. Au moins, me faire tabasser aurait valu le coup. Je crois que je lui en aurais pas voulu, même à l'époque où je connaissais pas le sens du mot sacrifice, je savais pas ce qu'était un martyr. J'aurais enduré. Voilà ce que je me dis. J'avais envie qu'elle s'enfuie, je la suppliais, c'est la vérité, mais en même temps, j'étais content quand elle disait qu'elle pouvait pas partir, et ça aussi c'est vrai. Je sais que j'étais encore qu'un gamin alors, mais c'est un truc avec lequel je dois vivre. Je l'ai pas libérée. J'ai manqué de cervelle. Ou de cran.

Je savais ce que pensaient les gens. Jaxie Clackton, ce taré. Il avait ce qu'il méritait. Sa mère, c'était qu'une tête de linotte comme les autres, trop débile pour faire gaffe à elle. Avec le Cap, les gens devaient être sympas, devant lui en tout cas, surtout depuis que le petit supermarché avait fermé. Mais ils l'avaient catalogué. Les Clackton, on était des moins-que-rien. Dans un bled comme Monkton, un bar, un restau de routiers, un silo à grains et douze rues, dont la moitié désertes, assez petit pour que tout le monde entende quelque chose et se fasse une putain d'opinion. Mais jamais aucun voisin n'a rappliqué quand maman avait besoin d'aide. Personne n'a appelé les flics. Quand ce gros tas de merde borgne partait en vrille. Dans notre bled, on avait beaucoup de grandes opinions, mais dès qu'il s'agissait de voler au secours de Shirley

Clackton, y avait pas une seule paire de couilles dans tout le comté.

C'était elle qui avait du cran. Elle disait qu'elle restait pour moi. Et vous savez pas ce que ça fait quand une chose aussi bonne et pure vous paraît si sale.

*

Je suis arrivé au premier des petits lacs salés, alors je savais où j'étais. En contournant ces dépressions, j'ai eu envie de m'allonger au milieu de toutes ces salicornes douces, d'un rose violacé. J'ai entendu des gens dire qu'on pouvait les manger. Peut-être que les Noirs d'autrefois les mangeaient. De nos jours, les gens bouffent plus que du poulet et des chips.

J'ai continué à m'activer vers le nord. Le soleil s'est levé au-dessus d'une de mes épaules et s'est couché près de l'autre.

J'essayais de mettre de l'ordre dans mes pensées en marchant. Mais il y en avait trop. Et puis plus rien, pendant un long moment, des heures. Quand mes pensées sont revenues, c'était comme une radio pleine de parasites.

*

J'imagine que c'est mal de prier pour que quelqu'un meure. Mais nous autres, les Clackton, on n'est pas très croyants, et j'ai jamais prié, jusqu'au jour où il ne me restait plus rien d'autre. Je suis allé à l'église juste une ou deux fois dans ma vie, et j'ai trouvé ça nul. Franchement, on voit clair dans leur jeu. C'était à Magnet, quand j'étais petit, avec Tante Marg et les autres. Elle est pas plus croyante que nous, mais de temps en temps, elle assiste à un baptême pour se faire bien voir du patron du pub et des richards de la ville. On est allés chez les catholiques, pas à la mission. Jamais elle irait dans un endroit où il y a des gens comme ça, les indigènes locaux. Bref, c'était de la folie à l'église. Charabia et dames aux grands chapeaux. Et tout le monde qui répétait comme des singes savants. Ce qui m'a filé les jetons, c'est de voir qu'ils laissaient le *padre* poser ses mains douces et roses sur le bébé. Ils connaissent rien, ces abrutis ?

Alors, non, j'avais pas besoin de toute cette magie à la con. Un week-end, des tocards ont débarqué en ville, dans un petit bus jaune, et ils nous ont fait du gringue dans les rues et les boutiques, jusqu'au stade. Ils étaient au moins cinq, alignés, et ils m'ont demandé si j'avais été sauvé. J'ai éclaté de rire devant leurs têtes de nœud. Putain, s'ils savaient. Peut-être que s'ils avaient laissé tomber leurs histoires de Jésus et s'ils m'avaient laissé monter en douce dans leur bus, ils auraient pu me sauver à ce moment-là. Même si j'y serais pas allé, à cause de maman, mais si seulement ils avaient su de quoi il fallait me sauver, peut-être qu'ils auraient fermé leur clapet et appris quelque chose.

Non, je suis pas du genre cul-bénit, mais j'ai pensé à toutes mes prières. Si c'est bien ce que j'avais fait pendant des années. Si souhaiter, vouloir et espérer à s'en faire un sang d'encre et à en avoir les boules qui vous remontent dans le ventre, c'est prier, alors on peut dire que j'ai donné. Tout ça pour que dalle. Tous ces gémissements, toutes ces supplications dans le noir. Ça manque de dignité. Réclamer quelque chose, quelqu'un, n'importe quoi, une énorme enclume noire qui tombe du ciel comme dans les dessins animés. Bang! Sur la tête de Wankbag. Car rien d'autre ne pourrait nous sauver. À moins que je me foute en l'air pour libérer maman. J'y ai pensé deux ou trois fois. Évidemment, je savais où étaient les flingues, et la clé de l'armoire. J'aurais pu le faire. Si j'avais pas été un dégonflé. J'ai prié pour en avoir le courage et je suis resté un froussard. Et puis, quand maman est tombée malade, j'ai demandé qu'on ait pitié d'elle, pour qu'elle meure vite, sans souffrir. Mais pas de salut ni de pitié pour Shirley Clackton. Et moi, mon seul soulagement, ça a été les torgnoles du Cap qui m'ont fait oublier ce que je ressentais.

Une fois maman partie, quand je me suis retrouvé seul avec lui, j'ai quasiment arrêté de prier. Je me disais que tout ce que je pouvais faire, c'était le tuer ou lui survivre. Et j'ai jamais eu le courage de le buter. Je me disais que je pourrais jamais faire un truc pareil. Pour vous donner une idée. Donc, ça voulait dire lui survivre. Et v'là-t'y pas qu'un truc énorme lui tombe sur la tête finalement. Il y avait combien de chances? Je sais pas si c'est ma faute ou pas. Peut-être que le Cap l'a fait exprès. Peut-être qu'il avait honte, ou qu'il se sentait trop seul, ou bien il était tellement bourré qu'il savait pas ce qu'il faisait.

Et si c'était quelqu'un d'autre qui avait fait le coup ? J'étais pas le seul en ville qui le détestait. Peu importe. Ce cric, c'était mon salut et mon soulagement.

Je sais pas vraiment si j'ai pensé à toutes ces conneries pendant que je traçais vers le nord. Un peu, peut-être. J'ai du mal à me souvenir. Il y a des trous. Dans l'ensemble, j'avais trop la trouille, j'étais trop paralysé pour raisonner. Pendant ces quelques jours, y a des clebs qui pensaient plus que moi, je parie. Mais par la suite, j'ai repensé à tout ça. Pour dire vrai, je continue à cogiter. C'est pas ce que je suis en train de faire, là maintenant, en priant, en la suppliant d'être là, plus loin sur la route, en espérant qu'elle sera prête quand je l'appellerai ? Lorsque vous avez besoin d'un truc, même si vous pouvez pas l'avoir, surtout si vous pouvez pas l'avoir, vous demandez quand même. Alors, je suppose que même si vous croyez pas à toutes ces conneries, vous êtes toujours en train de prier, quelque chose ou quelqu'un. Même quand vous criez devant la télé, quand vous parlez avec les chats ou que vous engueulez les bagnoles. Putain de merde, j'ai supplié des flaques d'eau, des étoiles et des amas de rochers. Et j'ai pas honte de l'avouer.

Mais prier pour que quelqu'un meure ? Y a pas beaucoup de philosophie là-dedans.

Pourtant, je savais une chose durant ces premiers jours de marche. C'est ce qui m'a permis de continuer une fois que la crise de panique est passée. Le dernier homme debout. Encore. Appelez ça un coup de chance, une prière exaucée. Après un miracle, ce qui reste, c'est moi. Moi, bande d'enfoirés !

*

Mon œil déconnait. J'avais envie en permanence de verser de l'eau dessus pour le rafraîchir, mais je pouvais pas me permettre de gâcher une gorgée, alors j'ai continué, avec ma douleur et ma tête gonflée, en regardant avec mon bon œil. J'ai continué vers le nord, autant que je pouvais. J'avais pas vraiment de plan, à part atteindre Magnet. Mais c'est à trois cents bornes de Monkton. Il me faudrait du temps pour y arriver, et je savais pas encore comment faire. Dans l'immédiat, le plus important, c'était de se planquer. Fallait que je me trouve des arbres. Et vite. Dès que je trouverais du bush, je pourrais me déplacer sans être vu. Je serais moins pressé. J'aurais le temps de réfléchir.

Je savais que j'irais toujours vers le nord. Même si personne m'attendait là-bas. Au sud, y a que des fermes. Y a aussi un peu plus d'arbres, là où ils élèvent des moutons et des vaches, mais plus de monde aussi. Plus loin, c'est la grande ville, pas question.

Personne m'a jamais dit que j'étais chanceux, mais peut-être que si. D'abord, Monkton n'est pas très loin des gisements d'or, à peine une heure en voiture, et peut-être que ça ressemble au désert si vous connaissez pas, parce que c'est rocailleux, en effet, mais c'est plus vert que vous le croyez. Et je connais un peu. Ça aussi c'est une chance, et je peux remercier le Capitaine. Parce qu'il m'a appris quelques trucs. Il m'a endurci à coups de torgnole. Je sais chasser et dépecer un animal. Je connais des coins peinards pour camper. Dans le *gold country*. Des endroits loin de tout. Où personne ne pensera jamais à venir vous chercher.

*

Quand je suis arrivé devant cette grosse ligne bleue à la fin de la journée, j'ai failli me chier dessus. On aurait dit qu'une armée de flics m'attendait. J'ai poussé un petit couinement de gonzesse et j'ai plongé dans un fossé, la tête la première. J'ai bouffé de la terre et la bonbonne m'a filé un coup dans les côtes. Je suis resté allongé là, le souffle coupé, à me contorsionner. Et à me demander par où je pouvais filer. Derrière moi, il n'y avait qu'une étendue déserte. Quand j'ai retrouvé mon souffle, j'ai risqué un œil. Et j'ai vu quel crétin j'étais. C'étaient pas des hommes que je voyais là-bas, c'étaient des arbres. J'étais furax. Mais soulagé. Finalement, on est obligé d'en rire.

J'ai bu une gorgée à l'Igloo et je me suis rallongé un instant. Fou de joie, tout ramolli et poisseux, du coup. Je crois que j'ai dû m'endormir un peu. Car quand je suis revenu à moi, il y avait deux colombines plumifères au bord du fossé. Qui me mataient. Derrière, le ciel était flou, c'était bientôt le coucher du soleil. Quand j'ai bougé, les oiseaux ont fichu le camp, avec ce grincement que font leurs ailes. Je me suis relevé, j'ai repris mes esprits et j'ai marché vers l'abri des arbres.

Des acacias acuminata et des eucalyptus principalement. Des arbres-bouteilles aussi. Rien de très gros. Mais suffisants pour se cacher. Ils s'étendaient à perte de vue. Je m'y suis engouffré et j'ai marché jusqu'à la nuit, et jusqu'à ce que je sois tellement fatigué que j'ai eu peur de trébucher et de me casser un truc. Mais c'était bon de se sentir entouré, enfermé. Ce soir-là, j'ai fait un feu. Vous pouvez pas savoir ce que ça change. Vous auriez pu croire que je m'étais trouvé une baraque et un abri pour ma bagnole, tellement j'étais heureux.

J'ai bouffé trois côtelettes froides et trois patates rôties. L'odeur est restée sur mes mains toute la nuit, comme quand vous avez couché avec une fille. Rien que de penser à ça, j'ai rallumé mon téléphone. C'était débile, mais je me sentais paumé. Je captais à peine une barre de réseau, mais la lumière de l'écran faisait du bien. J'avais pas de message ni d'appel en absence. Rien sur ma page, pas de notification. Tous ses textos étaient des vieux. J'ai regardé quelques photos, mais ça m'a flingué. Fallait que je me reprenne et que j'économise ma batterie. Surtout, je devais continuer à réfléchir. Ne pas passer d'appel et ne pas brancher le GPS, c'était bien. Mais le simple fait d'allumer son portable, ça faisait un ping quelque part et vous laissiez une empreinte. Comme un idiot. Et puis, les flics pouvaient sûrement bidouiller votre téléphone à distance, brancher le tracking sans que vous vous en rendiez compte. À partir de maintenant, je devais le laisser éteint et être fort. Mais quand je l'ai rangé, mon moral était retombé.

J'ai contemplé le feu en essayant de ne pas m'apitoyer sur mon sort. J'avais pas froid et y avait pas de moustiques. D'accord, j'étais coincé là, mais j'avais le ventre plein et j'avais fait du chemin déjà. Encore un jour ou deux et je serais peut-être tiré d'affaire.

J'ai bien dormi, mais j'ai fait des rêves et je me suis réveillé souvent. Y avait pas de vent et pourtant les arbres craquaient et grinçaient. Deux ou trois fois, quelque chose a fait un bruit sourd. Un kangourou peut-être. Enfin, j'espère. Chaque fois, je me suis redressé d'un bond, le cœur battant.

Bordel de merde, endurcis-toi, je me suis dit.

Elle m'a entendu dire ça un jour, ma mère. À mon petit cousin qui braillait, près de la buanderie, parce qu'il avait le genou qui saignait un peu. Elle m'a regardé d'un air dégoûté. Quoi ? j'ai dit. J'avais rien fait de mal.

Tu ne vaux pas mieux que ton père, elle m'a répondu. Écoute-toi, Jaxie. On croirait l'entendre.

Je lui ai pas parlé pendant trois jours. Pour vous dire comme j'étais remonté.

Elle se trompait à mon sujet. Mais moi aussi, je me trompais à mon sujet. Vous vous dites que vous êtes pas le genre de type qui prie, qui parle tout seul, qui pleure sa maman ou qui souffre à cause d'une nana. Non, vous êtes pas ce genre de couille molle. Vous êtes pas non plus un gros dur. Pourtant, vous aimez bien vous battre, vous avez toujours aimé ça. Mais vous êtes pas un dingo, quoi qu'ils pensent tous. Et même si vous haïssez quelqu'un, vous êtes pas du genre à le tuer, c'est certain. Et même dans vos rêves les plus bizarres, vous vous prenez pas pour l'instrument de Dieu. D'ailleurs, vous savez pas ce que ça signifie. Vous êtes un gamin, vous ne savez rien.

L'aube s'était levée quand je me suis réveillé. La terre était violette. J'ai rallumé le feu pour réchauffer du porc en conserve, avec des fayots, et là, je me suis aperçu que j'avais pas d'ouvre-boîte, ni de couteau. L'ouvre-boîte, c'était pas trop un problème, j'avais quasiment pas de conserves de toute façon, mais sans couteau, j'étais dans la merde jusqu'au cou. Ça m'a fichu un coup de pied au cul. J'arrivais pas à croire que j'étais aussi con. Pas de camelpack, pas de couteau, quel naze.

J'ai mangé des nouilles, crues, mais ça m'a filé super soif et je me suis jeté sur ma bonbonne de flotte, méchamment. Du coup, je regrettais de pas être entré dans cette ferme abandonnée la veille, pour faucher un couteau. Il restait forcément des trucs dans la cuisine, ou même dans les cabanons. Et maintenant, je trouverais pas une seule ferme jusqu'à ce putain de bled de Bali.

Quand le soleil s'est levé, j'ai vu qu'il y avait un milliard de toiles d'araignée qui brillaient sur le sol et dans les arbres morts. Les gens disent que ça porte bonheur. Alors, peut-être que j'allais m'en tirer. Je me suis levé et je suis reparti.

Au bout d'une heure, je crois, je suis arrivé dans une petite clairière rocailleuse, où y avait deux ou trois plaques de tôle rouillées et tordues et des tortillons de fil de fer. Comme les restes d'un camp de chercheurs d'or. Des tranchées, des trous, des petits tas de pierres et de terre, et une galerie à moitié effondrée. On n'avait pas l'impression que quelqu'un était devenu riche en creusant ici. En même temps, on voyait qu'ils s'étaient pas donné beaucoup de mal non plus. Mais j'ai déniché un piquet de clôture en fer au milieu de toutes ces merdes, dentelé au bout, où un crétin l'avait tordu à coups de masse, et je m'en suis servi pour éclater mes conserves. J'ai mangé le porc et les fayots froids. Assis dans une tranchée pleine de bouteilles. C'était pas mauvais. J'ai ouvert les boîtes d'ananas en morceaux et de corned-beef et je les ai remises dans mon sac pour qu'elles se renversent pas. J'allais pas me trimballer avec un piquet en fer comme ouvre-boîte.

Mais j'ai ressorti les conserves et j'ai vidé le sac pour faire l'inventaire. En plus du bœuf et de l'ananas, j'avais quatre oranges, un oignon, un autre paquet de nouilles, un briquet, trois boîtes d'allumettes, deux torchons, un rouleau de PQ et les munitions. J'avais les jumelles autour du cou, la bonbonne dans une main, et le fusil en bandoulière. Ça faisait trop de trucs à porter, mais pas assez pour m'aider à survivre. Il devait me rester deux litres de flotte. Mais j'avais pas de chapeau, pas de couteau, quel débile.

J'étais plus trop sûr pour les bottes coquées. Le sol était irrégulier par ici, et ça aurait été plus facile de marcher avec les Vans. J'avais mal aux pieds, et aux épaules, mais ça servait à rien de m'arrêter. Je pouvais encore tenir deux jours avec la bouffe que j'avais, et peut-être quelques heures de plus ensuite, par contre si je trouvais pas à boire demain, j'étais au fond des chiottes les plus profondes qu'on avait jamais creusées. Y avait pas à tortiller, fallait que je trouve un puits ou une citerne, sinon j'étais foutu. Les chances de tomber sur l'un ou l'autre étaient pas top, et si je trouvais pas d'eau, je serais obligé de laisser tomber et de prendre la direction de l'autoroute, pour faire signe à un camion. Et alors, une chose en entraînerait une autre. À partir de ce moment-là, vous aviez beau regarder sous tous les angles, c'était foutu.

J'ai continué à marcher. Je m'en voulais à mort, surtout à cause du couteau. Mais la colère m'a aidé à continuer, à fond.

*

L'après-midi, j'ai entendu des trains routiers qui s'éloignaient vers la gauche, dans un grondement de tonnerre, et je me suis dit que j'allais croiser l'autoroute à l'endroit où elle bifurque vers le *gold country*. J'avais pas vu une seule clôture depuis un jour et demi. J'avais tout bon. Et inutile de me dire que je serais arrivé jusque-là beaucoup plus vite en bagnole.

Peut-être qu'il y avait juste des terrains miniers sur des centaines de kilomètres. Avec juste un élevage de moutons abandonné ici et là. Vers l'est, aussi loin que je pouvais voir, y avait que le désert, le genre de paysage qui vous crame de l'intérieur en une journée. Fallait être un vrai Aborigène pour vivre par ici, et y en avait plus un seul, alors pas question de m'y risquer, même si j'avais eu un chapeau, un couteau et une outre remplie d'eau.

J'ai continué à marcher pendant deux ou trois heures. En restant près de l'autoroute, assez pour entendre passer un camion de temps en temps, mais assez loin, au milieu des arbres, pour que personne me voie. Cette route commençait à me faire perdre la boule. C'était mauvais de la savoir si près, et je savais bien que je devais rester à l'écart, mais j'ai coupé pour mater les éclairs des trains routiers à travers les arbres. Les remorques aussi hautes et éclairées que des bâtiments. Je me suis approché en douce pour voir les éclats de quartz nacrés du bitume étinceler sous le soleil. Je me suis accroupi à l'ombre d'un bosquet de *jam trees*, ces drôles d'acacias qui dégageaient un parfum de confiture de framboises. Je sentais les odeurs de goudron, d'essence et de caoutchouc. Tellement que j'étais près. On entendait les camions arriver de loin, très loin. Et quand ils passaient, dans un bruit de ferraille, en tressautant, leurs triples remorques faisaient gronder le sol sous vos pieds, vous tiraient les cheveux, projetaient des gravillons, et le souffle violent vous plaquait les oreilles en arrière. Après leur passage, ils laissaient un nuage de poussière rose et l'impression d'avoir des milliers de grains de gazole sur la langue, et fallait un long moment avant que le calme revienne.

Je pensais à tout ce lait, cette bière, cette viande et ces fruits qui partaient vers le nord. J'y ai jamais été, mais j'imaginais toutes ces grandes villes là-bas : Karratha, Hedland, Broome, Kununurra. Ça en faisait des gens à nourrir. Tout ce qu'ils ont besoin, ça arrive par la route. Dans un seul de ces camions, y avait de quoi me faire vivre pendant un an. Peut-être même deux. J'avais une arme, c'est vrai, mais je me voyais mal détourner un camion. Combien de temps ça durerait, cette virée ? Au volant d'une bagnole, je me débrouille, mais j'ai jamais conduit un bahut avec trois remorques et dix-huit vitesses.

Je suis resté assis là. Comme hypnotisé. En pensant qu'à tout moment, je pouvais sortir du bosquet et me montrer. Attraper un de ces trains routiers et me retrouver sous les tropiques en deux jours, à Wyndham peut-être. Ou Darwin. Du moment que je larguais le fusil, quelqu'un finirait bien par me prendre en stop. Mais même sans le Browning et les munitions, j'aurais l'air super louche. Un type qui sort du bush en titubant, avec une tête qui ressemble à un seau rempli de crabes écrasés, et puant comme je puais. Et peut-être qu'on parlait de moi aux infos maintenant. Dans ce cas, je serais grillé. Sauf que, y a pas que des citoyens honnêtes dans la vie. Y aura toujours des routiers qui fermeront les yeux. Mais pas gratos. J'ai vécu assez longtemps près d'un restoroute pour savoir combien coûte un trajet dans le nord. Vous croyez que ça arrive seulement aux gonzesses ? J'étais pas désespéré à ce point, pas encore.

N'empêche, j'ai paumé une heure entière au bord de la route. Comme si j'avais oublié qui j'étais et ce que je faisais. Comme si j'étais seul au monde.

Fallait que je me concentre. Je devais trouver de l'eau. Me reposer. Atteindre Magnet. Sinon, autant laisser tomber et crever. Alors, finalement, je me suis relevé et je suis reparti. Je me suis enfoncé dans le bush en laissant la route derrière moi.

La vérité, c'est que je suis pas seul au monde. C'est le seul truc qui me pousse à continuer.

J'ai tracé au milieu des arbres miteux. En faisant gaffe où je posais les pieds entre le million d'épines et d'écorces dans l'ombre. Manquerait plus que je me fasse mordre par un serpent.

J'ai quelqu'un. Et ça veut dire quelque chose. C'est pour ça que je repensais à la terrasse ombragée de ce pub, à Magnet, avec les grands rideaux. Et à l'odeur du puits dans le jardin derrière.

*

Très vite, j'entendais même plus l'autoroute. L'air était chaud, grouillant de taupins, d'abeilles et de sauterelles. Pendant un moment, j'ai essayé de reconnaître l'odeur de cette résine et cette huile. Et puis, j'ai trouvé. Ça sentait comme quand votre mère vous frotte la poitrine quand vous êtes petit. Le Vicks. Dans le pot tout taché.

Je me suis pas arrêté de la journée. Je crevais de soif, j'avais des crampes dans les jambes, mais maintenant que j'étais loin de la route, j'avais les idées claires de nouveau. C'est là que j'ai commencé à penser à elle. Lee. Je crois que je pensais à elle plus que je veux bien l'avouer, mais ça m'aidait à oublier toute cette sale merde.

On était au milieu de l'après-midi, ça devait être la fin de l'école. Elle devait rentrer chez elle en traînant son sac, dans une de ces grandes rues vides, seule. J'espérais qu'elle roulait sur sa planche avec les nouvelles roues que je lui avais filées. Peut-être qu'elle les avait jamais reçues, je sais même pas. Des Abec, c'était. Des Pink SickSick. Elles m'ont coûté quatre jours de salaire. Je m'en foutais, ça valait le coup.

Je l'ai suivie jusque chez elle. Dans ma tête, je veux dire. Jusqu'au pub. À l'étage. Je la voyais dans l'ombre, sur la grande terrasse. En train de lire un livre, ou avec ses écouteurs dans les oreilles. On aime bien les bouquins de prison. Et les trucs trash. Enfin, les bouquins qu'elle lit et qu'elle me raconte. La musique qu'on écoute ensemble, en partageant les écouteurs.

Il faisait chaud maintenant et je devinais qu'il ferait encore plus chaud vers chez elle. Peut-être qu'elle descendrait à l'étang. J'imaginais facilement. L'eau bleue et folle. L'herbe douce où on étendait nos serviettes. L'odeur d'eau de Javel de ses cheveux, de près.

Putain, j'aurais bien voulu que ça soit la saison des fleurs sauvages. Pour avoir un truc à lui donner en arrivant. Mais y aurait pas de fleurs avant septembre. Si je me pointais avec un truc, ce serait pas des tournesols, c'est sûr.

On disait que ça avait été une bonne saison là-bas, l'année dernière. Le premier hiver sans pluie depuis une éternité. Les gens avaient débarqué comme des sauterelles. Des gens de la ville. Des touristes. Des Asiatiques et tout ça. Ils s'arrêtaient jamais à Monkton, sauf pour manger des tartes et faire le plein. Y avait rien à voir dans notre ville, à part des femmes de fermiers et des poivrots qui communiquent par *browntooth*[1]. Mais pendant plusieurs semaines, je les ai regardés aller et venir. Assis devant le restoroute, je les reluquais et je me moquais de ces abrutis.

Même si j'ai rien contre les gens qui vont voir les fleurs sauvages. Quand j'étais petit, j'en faisais autant avec maman, pendant des années. Elle était à fond là-dedans. Elle connaissait tous les noms. Ses préférées, c'étaient celles qui poussaient en faisant un grand cercle plat, vert au milieu, tout blanc et rose autour. Des lechenaultia, y en avait pas tous les ans. Fallait pas mal de pluie. Elle en était dingue ; elle disait que c'était comme un ange qui vient d'atterrir dans la poussière. Elle disait : cinq minutes de miséricorde dans ce pays et vous vous retrouvez avec un miracle. Je sais pas si elle avait raison, mais c'est à ça que ressemblent ces

1. « Dent marron » : nom dérivé de « Bluetooth » pour désigner le mode de communication des vagabonds.

fleurs quand vous les trouvez sur le bord d'une route dans le bush, sorties du trou du cul du monde.

C'est ce que je voulais mettre sur son cercueil. Mais en février, y a rien d'autre que de la terre sèche et des cannettes de VB. L'été dernier, y a pas eu de miséricorde ni de miracles. Pas une semaine, pas même un jour. Et quand tout le monde est rentré chez soi après l'enterrement, après que j'ai fini de ranger tous les plats cuisinés dans le congélo, je me suis retrouvé là, dans le salon, avec mes plus belles fringues, pendant que le Capitaine, assis dans le patio de derrière, picolait de la bière maison et du rhum. Un coup l'un un coup l'autre. On disait rien, lui et moi. On savait bien qu'y aurait plus jamais rien de bien.

J'aurais dû faire un plan pour partir dès ce moment-là. Mais je l'ai pas fait. Vous avez déjà vu un lapin qui s'arrête quand on lui court après ? Et qui reste planté là ? Genre, il est à bout de souffle, à court d'idées et il est plus capable de bouger. Eh bien, c'était moi. J'aurais dû avoir foutu le camp, déjà. J'aurais dû envoyer un mail à Lee, pour tout arranger. Nom de Dieu, on aurait déjà été dans un car, direction Marble Bay. J'étais comme paralysé.

Le lendemain, au boulot, j'ai craché une dent dans l'abreuvoir. Une moitié de dent, en fait. Et ce regard sur son visage borgne, ce sourire, ça disait tout. Genre : qu'est-ce qu'il va faire maintenant, le petit fils à sa maman ? Où il va aller ? Nulle part ! Parce que t'as pas les couilles de partir.

Voilà ce que je veux dire quand je parle de cette

sale merde. C'est ça qui m'empêche de penser à des chouettes trucs. Je commence à penser à Lee, et pour finir, je me retrouve avec tout ça dans la tête. C'est pour ça que j'ai tellement gueulé là-bas. Je braillais jusqu'à ce que ça me brûle. Je gueulais après les arbres comme un cinglé.

Les ombres se sont allongées. Et le sol est devenu vachement plus rocailleux. La terre était rose maintenant, rouge par endroits, et bientôt, des gros gommiers sont apparus. Des eucalyptus qui perdent leur écorce à partir de la moitié du tronc. Des gros salopards tout noueux, pour certains, plantés là comme des vieux bonhommes torse nu. Avec des cicatrices, des divots, des nichons de mec et tout ça. C'était marrant à regarder. En tout cas quand vous êtes mort de soif et à moitié maboul après avoir marché et gueulé toute la journée.

J'ai continué jusqu'à ce qu'il fasse presque nuit, et quand je suis arrivé dans une belle clairière de terre rouge, j'ai dit : c'est bon pour aujourd'hui. J'ai ramassé des écorces, des bouts de bois et j'ai allumé un feu. J'ai enlevé mes bottes. J'ai raclé le sol pour m'allonger.

Le feu était correct. Y avait plein de bois tout autour, mort, gris et fragile comme du papier, à cause des fourmis blanches, et il brûlait super bien. C'était déjà ça.

Ce soir-là, j'ai mangé les ananas en boîte. J'étais naze et je croyais vraiment que j'allais sombrer dès que je poserais la tête par terre, mais pas moyen de m'endormir.

Dommage que j'avais pas une bouteille de rhum.

Pourtant, j'aime pas ça. J'ai pris des pilules deux ou trois fois, c'est plus mon truc. Seulement parce que je pouvais les piquer à maman. C'est comme un brouillard qui vous tombe dessus. C'est chouette.

Je devais être désespéré. Pour avoir envie de rhum, je veux dire. Franchement, des fois, vaut mieux être un chien. Un clébard, ça se torture pas en cogitant. Il se lèche la bite et il s'endort. Là, je comprends. Ça rend une vie de chien plus supportable, non ?

À vrai dire, j'ai rencontré des clebs plus intelligents que le type que ma mère a épousé. Peut-être qu'il est né comme ça. Mais est-ce que les gens sont méchants dès la naissance ? Putain, je déteste cette idée. Et je suppose qu'il avait des soucis, le Capitaine. Attention, vous trompez pas : je haïssais ce salopard. Un sale con que c'était. Complètement débile. Qui d'autre pourrait s'arracher l'œil avec une tapette à mouches ? Qui donc laissait un couteau à pain dépasser à moitié de l'évier, manche dans le vide. Comme un plongeoir à la piscine. Moi, je le regardais courir après cette mouche à viande dans la cuisine, et voilà qu'elle se pose sur le manche, tout au bout. Vlan ! La seconde d'après, il se retrouve avec le couteau planté dans le front. J'avais trop la trouille pour me marrer. Mais y avait de quoi. Ma mère rapplique. Oh, Sidney ! qu'elle fait. Il la balance contre le piano, il sort et il monte dans sa bagnole. Elle reste là, à chialer jusqu'au soir. Et deux jours plus tard, il revient de Geraldton avec un œil en moins.

Je lui cherche pas d'excuses, hein, mais peut-être qu'il le savait, qu'il était un connard. Et peut-être qu'il avait honte de lui, des fois. Je savais qu'il avait peur. Quand maman est tombée malade, il pouvait plus rien faire. Il avait l'air paniqué, comme un bélier coincé dans des fils barbelés. Et quand elle a commencé à aller super mal, il était même pas là la moitié du temps. Je pensais que ça serait une bénédiction, qu'il foute le camp, qu'il reste assis à l'arrière de la boutique tout l'après-midi, à picoler avec le flic, ou évanoui dans le cabanon. Mais c'était pas mieux sans lui, c'est la vérité vraie. Personne devrait être obligé de regarder tout seul sa mère mourir.

Pourtant, c'est ce qui s'est passé. Les dernières semaines, la plupart du temps, elle restait assise sur une chaise à côté de la fenêtre, sans rien dire. Comme si elle était trop faible ou trop triste pour se donner cette peine. Mais de temps en temps, elle reprenait du poil de la bête et elle se mettait à parler. De machins qu'elle se souvenait. L'école. Les pique-niques. Des trucs qu'elle faisait quand elle était presque une dame. Jamais elle parlait de Monkton. Toujours de l'époque d'avant, des temps heureux, comme si c'étaient des choses qu'elle avait gardées dans une boîte fermée à clé pendant toutes ces années. À la fin, elle pouvait juste murmurer et toutes ses histoires se mélangeaient. Elle radotait toujours les trois mêmes trucs. La grande fête du jour de l'An sur la plage où on allait. Si agréable, si romantique. Un concert. De Kasey Chambers, à Moora. Et un rodéo à Mogumber. Mais j'étais à aucun des trois, ça avait rien à voir avec moi. Nom de Dieu, j'ai jamais foutu les pieds à Mogumber.

Et j'ai jamais fait la fête sur une plage. Elle était tellement malade à la fin qu'elle me prenait pour lui, bordel de merde. Fallait vraiment qu'elle l'aime. Ce putain de taré.

Mais elle a fait de son mieux. Je la critique pas. C'était une bonne mère.

N'empêche. Les dernières semaines, je me demandais ce que ça lui faisait de me laisser seul. Elle savait qu'elle allait bientôt mourir, et j'imagine que c'est pas facile d'avoir les idées claires, mais elle avait pas envie que je sois en sécurité quand elle serait plus là ?

Elle en a jamais parlé, mais je crois qu'avant Noël, elle avait un plan. Elle allait encore bien. Sûrement qu'elle avait tout prévu, et qu'elle en avait parlé à Tante Marg. Elle lui avait dit : le moment venu, promets-moi d'aller chercher Jackson. Je t'en supplie, Marg, le laisse pas là-bas. Promets-le-moi. Ouais, je serais prêt à le parier. Maman se serait débrouillée pour que je reste pas là-bas. J'aurais été vivre avec mes cousins à Mount Magnet. Ça aurait pas été facile, pour aucun de nous. Mais la famille, c'est la famille, pas vrai ?

Sauf qu'après Noël, Tante Marg pouvait plus me saquer. Elle voulait plus voir ma sale tronche. Et c'était comme si maman pensait que je l'avais bien cherché.

Ça a été la plus grosse surprise de ma vie. C'est dur de découvrir ça sur sa mère. Qu'elle est contre vous. Mais j'ai eu le temps d'y réfléchir depuis, et peut-être que j'aurais pas dû être choqué. Parce qu'en fait, c'était comme ça depuis le début, mais je le voyais pas. Maintenant, je suis débarrassé de tout ça. De toutes ces conneries de quand j'étais gamin. C'est ça, le truc, vous voyez. Durant toutes ces années à Monkton, quand c'est vraiment devenu moche avec le Cap, est-ce qu'elle était réellement obligée de rester ? Elle disait toujours que c'était pour moi ; elle pouvait pas juste foutre le camp pour être libre, elle devait penser à moi. Et je la croyais. Mais maintenant, je me dis : pourquoi elle m'a pas emmené avec elle, tout simplement ? On aurait pu charger la bagnole et partir ensemble, quelque part. Commencer une nouvelle vie, rien qu'elle et moi. Est-ce qu'elle avait la trouille de ce que pourrait faire Wankbag, elle avait peur qu'il nous retrouve ? Ou peut-être que je valais pas la peine de courir ce risque ? Elle pensait peut-être, comme tout le monde, que j'étais une ordure. En fait, ma mère a jamais pu se décider à me choisir. Deux, c'est bien, trois c'est trop. Et elle l'a choisi, lui.

Je sais que les chiens mangent les restes. Et qu'on les frappe, c'est vrai. Alors, ils ont pas toujours la belle vie, mais des fois, je vous le dis, être un chien, ça serait pas si mal.

Et puis merde. C'est plus une surprise, tout ça. J'ai tiré un trait. Mais ce soir-là, c'était encore tout frais, et ça me travaillait. J'ai fait brûler un max de bois et j'ai vu un tas d'étoiles.

Le lendemain matin, j'étais pas très vif. Quand je me suis réveillé, le soleil était déjà levé. Pour le petit déj, je me suis pelé une orange. C'était la meilleure que j'avais jamais mangée. J'aurais dû la bouffer lentement, cette bonne salope bien juteuse, pour en profiter, au lieu de l'avaler d'un coup. Mais j'avais une dalle et une soif d'enfer.

Quand j'ai pissé, c'est sorti tout foncé et puant. Je me suis dit que, bientôt, j'allais chier du gravier, comme les moutons. Je suis resté planté là un moment, pieds nus. Après, j'ai fait le tri dans mes affaires, sans conviction, ou peut-être que je dormais encore à moitié. La bonbonne Igloo était presque vide. C'était comme trimballer un seau rempli d'air. Le fusil, lui, pesait de plus en plus lourd. J'avais encore les jambes raides et j'avais mal partout maintenant. Quand je me suis assis pour enfiler mes chaussettes et lacer mes bottes, mon œil amoché m'a brûlé méchamment. Il était tout chaud et ça m'élançait ; j'aurais voulu avoir un truc frais à foutre dessus. J'aurais mis un rumsteck, des petits pois surgelés, un gant de toilette froid, tout ce que vous pouvez imaginer. Un jour, dans le car scolaire qui me ramenait à la maison, j'avais un coquard qui ressemblait à une prune écrasée, et je suis passé devant une fille qui mangeait une glace. Je lui ai piquée, je me la suis collée sur le visage et j'ai été m'asseoir au fond. Magnifique. La nana, ses copines et tous les autres gamins dans le bus étaient furax, mais y en a pas un seul qu'a osé la ramener. J'ai laissé la glace fondre sur ma tronche, comme si j'en avais rien à foutre. Mais ce matin, tout ce que j'avais, c'étaient des pelures d'orange. Elles étaient là, devant moi, par terre. Comme j'avais rien d'autre, j'en ai ramassé une et je l'ai foutue sur mon œil. Oh, putain, on aurait pu m'entendre gueuler dans le port de Sydney. Les peaux de banane, c'est pas mal pour les yeux amochés, mais vous pouvez me croire, les pelures d'orange, c'est pas top.

En tout cas, je peux dire que ça m'a réveillé. J'ai pris mon sac et je suis reparti direct.

J'avais le soleil en pleine poire. Au début, je me traînais, et puis j'ai trouvé une sorte de rythme. Et pendant un moment, c'était super calme, si vous voyez ce que je veux dire. Silencieux. J'entendais que mes pas. Jusqu'à ce que je finisse par plus les entendre. J'entendais que les oiseaux. Des piouis. Ce bruit, on s'en lasse pas. Ça me rappelait l'école. J'étais assis dehors, devant le bureau du directeur. Comme d'hab. Ces petits piafs, ils étaient aussi gonflés que Ned Kelly, sans déconner. Y en avait deux qui venaient de la cour. À chaque fois. Jusque sous la véranda, où y avait le banc sur lequel je me posais. Ils venaient presque à mes pieds. Pas plus gros que votre main. Ils gonflaient la poitrine et ils faisaient du boucan pour que je m'en aille, ou juste pour voir ce que j'allais faire. Rien que d'y repenser, ça m'a rendu heureux.

Maman disait que ça aurait pu se passer autrement pour moi à l'école, si seulement je m'étais intéressé. Peut-être que c'était du gâchis avec moi, comme disaient les profs. À l'époque, j'avais pas de philosophie en moi, alors je savais pas quoi écouter. C'étaient surtout des conneries sans intérêt. Je crois pas avoir rencontré une seule personne sensée durant toutes ces années où je suis resté à l'école, mais comme je disais, je faisais peut-être pas assez attention. Le truc, c'est que ça me manque un peu. Jamais j'aurais cru que je m'entendrais dire ça. Je savais pas ce que j'étais, ce que je pouvais faire. Sauf les trucs foireux que je faisais. Mais tous les jours, on m'emmerdait, et au bout d'un moment, vous comprenez que c'est vous qui devez emmerder les autres. Du coup, au cours moyen, ils avaient peur de moi. Et je crois que ça me plaisait. Quand je suis arrivé au lycée de Dally District, ils pensaient que j'étais cinglé. Ce qui m'allait très bien.

J'ai arrêté le lycée en novembre dernier. Deux fois, les flics sont venus me chercher. Et puis, très vite, tout le monde dans la région a su que ma mère avait un cancer. Alors, ils ont arrêté de me faire chier. Peut-être que le Cap en a touché un mot à son pote. De toute façon, je crois qu'au lycée ils étaient bien contents d'être débarrassés de moi. Avec moi, les profs ont jamais eu la vie facile. À cause de mon caractère et ainsi de suite. Mes singeries de délinquant, ils appelaient ça.

Jaxie Viande de Cheval, ils m'appelaient. Comme si c'était à mourir de rire. Et je leur rendais la monnaie de leur pièce ; chaque fois que j'entendais un de ces connards m'appeler comme ça, il le payait cher. Pas de rabais, pas d'exception, pas d'acompte, pas de remboursement.

C'est vrai, j'en ai mangé de la viande de cheval. C'est pas si mauvais. De nos jours, les gens des villes sont trop sensibles pour en manger. Bientôt, ils finiront tous végétariens, et là, ils auront vraiment des raisons de pleurnicher. Autant redevenir singes.

C'est pas parce que votre père fait une énorme connerie que vous devez en pâtir toute votre vie. C'est pas ma faute si le Cap était maboul. Maman disait que c'étaient les cartes qui l'avaient achevé. Ensuite, elle a accusé l'ordinateur et les paris en ligne. Comme s'il y était pour rien lui. Ça me rendait dingue. Chaque fois que je tabassais un gamin, c'était pas pour défendre le Capitaine. Rien à foutre. C'est moi que je défendais.

Mais les profs, ils pigeaient rien. Une fois, ils ont fait venir quelqu'un de l'asile de fous de Perth. Je croyais voir arriver un type en blouse blanche, mais c'était une nana dans une robe d'ado, qui voulait savoir si j'aimais casser la gueule aux autres. Oui, j'ai répondu, parce que je savais que ça l'exciterait. Quand elle a rougi, ça s'est répandu partout sur elle. Elle était plutôt sympa, mais elle pouvait pas savoir ce qu'on ressent quand une ville entière se fout de vous. Et puis, peut-être que j'aimais bien défoncer les tronches des gamins. Surtout ceux qui déblatéraient. J'aimais bien qu'ils la bouclent quand ils se retrouvaient allongés sur le dos, le souffle coupé. Elle m'a demandé si je me sentais seul, si j'avais des ennuis à la maison. Putain, quel génie. Je lui ai répondu que tout allait bien, impec, et elle a dû me croire vu qu'elle est jamais revenue. Après ce jour-là, ils m'ont juste filé plus d'heures de colle. Et plusieurs fois, ils m'ont renvoyé. Des exclusions, ils appelaient ça, mais les heures de colle, c'était mieux. Ça valait le coup d'attraper le car pour rester assis sous la véranda toute la journée, à regarder le mât du drapeau, et ces petits piouis qui cherchaient la bagarre. C'était moins dangereux que de rester à la maison, si vous voulez savoir.

L'école primaire, c'était pas si mal. J'avais un pote à l'époque. Kenny Chen. Ses vieux tenaient le restau chinois à côté du pub. Il était petit et binoclard, mais il était intelligent. Il avait une manière sournoise de parler ; style il balançait des vannes sans sourire. Kenny était un peu sarcastique, en fait. Les autres disaient qu'il se croyait supérieur à tout le monde, c'était ridicule. C'était rien qu'un tout petit bridé, pourquoi il aurait cru ça ?

Personnellement, je trouvais que les autres étaient un peu vaches avec Kenny Chen. Alors, j'ai commencé à traîner avec lui. Au déjeuner, on jouait au foot et des trucs dans ce genre. Et si quelqu'un lui manquait de respect, je le mettais K-O, sans faire de quartier. Putain, pendant un moment, il était intouchable. C'était comme s'il devenait plus grand, plus australien, de jour en jour. Mais ensuite, il a commencé à être un peu zarbi. Même moi, je le trouvais prétentieux. Il sortait plus à la récré, il restait à la bibliothèque. Si je le croisais dans la rue, il me voyait pas. Peut-être que ses vieux m'aimaient pas. Ou alors, il croyait que j'étais homo. Les Asiates, ils sont pas cool avec les pédés. Un jour, au stade, j'ai essayé de le prendre par les épaules, par amitié quoi, et il s'est reculé. Il s'est dégagé, quoi, comme si j'allais lui coller un pain. Alors, après ça, j'ai gardé mes distances, même si je continuais à le défendre. Je suis loyal, moi, mais y a pas beaucoup de gens qui comprennent ce que ça veut dire. Quand je m'engage, je m'engage. Pour de bon.

Bref, les Chen ont quitté la ville un beau jour, sans un mot. Je sais pas pourquoi. J'aurais aimé que Kenny reste. Au lycée, on aurait pu être Viande de Cheval et Viande de Chien. On aurait pu régner en maîtres, se déchaîner comme deux super-héros losers. Au lieu que je me retrouve seul.

Quand j'ai commencé le lycée, fallait que je prenne le car jusqu'à Dally. On aurait dit que les gens me connaissaient avant même que je me pointe. Tous les tarés du district me cherchaient des noises, même les Abos et tout ça, ils se battent comme des sauvages. J'ai jamais été costaud, mais j'étais toujours partant. Le truc, c'était que quoi qu'on me fasse, Wankbag me l'avait déjà fait dix fois, alors j'avais peur de personne. Si un connard voulait se battre, je me faisais pas prier, et j'attendais pas qu'il soit prêt. Y avait un gamin qui se foutait de ma gueule depuis une semaine. Jamais devant moi, mais je l'ai su. Trent Bisley, il s'appelait. Son vieux était un gros courtier en grains. Un jour, je l'ai chopé à la gorge au moment où il sortait du gymnase. Aussi costaud qu'il était, avec de la moustache même. Il lui a fallu deux jours pour retrouver sa voix.

Mais j'étais pas toujours comme ça. Et j'étais pas ce que tout le monde croyait. L'histoire avec la bagnole du prof, c'était un malentendu. Et le coup de l'arbalète, ça n'a même jamais eu lieu. Les gens aiment les histoires. Je sais que je leur en faisais baver, aux profs, à tout le temps la ramener, mais c'était pas par méchanceté. C'était pour rire avant tout. Et je crois que, secrètement, ça plaisait à certains profs, ça les faisait marrer mes conneries. Une fois, après l'enterrement, ils m'ont envoyé les poulets chargés de vous ramener à l'école. À croire que je leur manquais et qu'ils voulaient que je revienne.

Mais je reviendrai jamais. Je sais même pas pourquoi, mais c'est un peu triste. Ça fait bizarre de penser à l'école en crapahutant dans la mulga comme ça. Sûrement à cause des oiseaux et du calme, je crois.

*

Le soleil a grimpé dans le ciel et il s'est mis à cogner, fort, sur mon crâne. J'ai sorti un torchon et je me le suis enroulé autour de la tête, comme les djihadistes, et ça m'a fait du bien. Manquait plus qu'un chameau pour aller avec. Et un baril de flotte, aussi gros qu'un bac à os. Parce qu'à midi, la bonbonne était vide.

Mais là, j'ai vraiment eu de la chance. Même si je le savais pas encore.

Je savais pas si j'étais loin ou pas de l'autoroute quand j'ai vu la trace. Dix bornes, peut-être, ou plus. Mais je suis tombé dessus direct, sans m'y attendre. J'étais reparti vers le nord, plus ou moins, et soudain, elle était là, sous mes pieds. C'était pas grand-chose, en réalité : juste deux ornières en travers de mon chemin, mais ça m'a fait un sacré choc. Je suis resté planté là, à regarder à droite et à gauche, comme si j'attendais une brèche dans la circulation pour traverser, mais aucune voiture n'était passée par ici depuis longtemps, c'est sûr. La terre était toute dure. Y avait aucune empreinte de pneus.

Il a fallu que je m'assoie un moment pour réfléchir. À cause de mon état. J'étais aussi desséché qu'une chatte de chamelle, et je commençais à me sentir pas trop bien. Si je trouvais pas d'eau aujourd'hui, demain au max, j'étais foutu, complètement et pour toujours.

Alors, j'avais un choix à faire. L'ouest me conduirait vers l'autoroute, j'avais pas oublié. Ça voulait dire sortir le drapeau blanc, et je pouvais pas faire ça. En même temps, je me disais : mort, à quoi tu sers ? L'est, c'étaient les ornières qui allaient vers l'intérieur, et je me disais : si quelqu'un a laissé ces traces, c'est qu'il y a quelque chose par là. Ou bien, il espérait qu'il y avait quelque chose. Peut-être qu'il y avait quelque chose dans le temps, et que ça existe plus. Les gens viennent ici pour deux raisons : couper du bois de santal ou chercher de l'or. Moi, j'y venais pour flinguer des chèvres avec Wankbag. Pas ici exactement, un peu plus au nord. Et je savais que les gens s'installaient là où il y avait de la flotte tout près, ou alors ils en apportaient avec eux. Y avait peut-être une citerne ou un abreuvoir, ou même un camion à eau pour les mineurs, garé quelque part. Y avait pas beaucoup de chances, mais c'était pas impossible.

Le truc, c'est que je suis pas du genre à renoncer. C'est peut-être la preuve que je suis débile, comme le disaient les autres à l'école. Ou entêté, comme l'a dit le directeur un jour. Bref, je regardais ces traces dans une direction et dans l'autre. L'autoroute ou les forêts sauvages. Je devais choisir. Entre un truc réel et un truc qu'on espère être réel. Entre la flotte qui se trimballe sur cette route, vous savez, dans des camions ou des caravanes de vieux, et celle que vous espérez trouver là-bas, au bout de ces ornières. Je misais tout sur ce coup-là, et peut-être que ça allait plus très bien dans ma tête à cet instant, parce que je suis parti vers l'est. J'aime l'aventure.

Le sol dans cette direction était pas différent. Sauf que ça devenait plus rocailleux des deux côtés des traces. Ça me rappelait un coin où on allait camper. Pour chercher de l'or et flinguer des chèvres. On avait un vieux et énorme pick-up Ford dans le temps, un détecteur de métaux aussi, et maman venait avec nous. Près du lac Balthazar. Ces week-ends-là, ils étaient obsédés par l'or. Ils se relayaient avec ce bidule toute la journée. Ils m'en avaient même fabriqué un, avec du fil de fer pour que je puisse les suivre. J'étais petit encore. Le dernier jour, on tuait une biquette, on la dépeçait, on la foutait dans la grande glacière et on la rapportait à la maison. Maman disait qu'on sentait le goût des arroches dans la chair. La plupart du temps, on campait sous des eucalyptus, en haut du lac, maman sur le plateau du Ford, lui et moi par terre, dans des sacs de couchage. Sous la pleine lune, on avait l'impression que le lac était plein d'eau, et pas de sel séché. Ça ressemblait à un autre pays, un autre continent. Et ça allait aussi loin qu'on pouvait voir, ce grand espace blanc et vide. Comme un truc dans lequel on pouvait entrer, se faire avaler et plus trouver le chemin du retour. On n'est jamais allés jusque-là. L'or se cachait dans les profondeurs du bush et pour chasser, fallait rester sur les hauteurs. Mais de temps en temps, on allait jeter un coup d'œil, en bagnole, parce que c'était flippant. On s'installait toujours dans des jolies clairières, avec de la terre rouge sombre et plein de morceaux de bois tombés sur le sol. On allumait un bon feu. On faisait griller des T-bones de la boutique, et le matin, on faisait des gaufres. Maman cherchait des œufs d'émeu. Elle les rapportait à la maison, elle les vidait et elle les gravait, dans le style abo. Deux ou trois fois, des touristes les ont vus dans la boutique et ils les ont achetés.

C'était le bon temps quand on était tous les trois. C'est mes meilleurs souvenirs. Et puis, maman a arrêté de venir avec nous. Elle disait qu'elle aimait pas la chasse. Et je la comprends parce que plus tard, j'ai appris à me servir d'un fusil, pour de bon, et on passait plus de temps à chasser qu'à chercher de l'or. Et puis, y a eu ce week-end où elle a chopé un super coup de soleil, la peau s'enlevait comme du papier mouillé de ses épaules. À partir de là, y avait plus que le Cap et moi. À la fin, on s'emmerdait même plus à emporter le détecteur de métaux. En ce temps-là, il avait une .222 Remington qui tirait des cartouches à percussion centrale et avaient une portée correcte. Avec, on dégommait quelques kangourous, mais on chassait surtout des chèvres.

Je calculais qu'en trois jours de marche encore, ou quatre, je pourrais atteindre ce coin. Et me planquer un petit moment. Le temps que ça se calme. Les nouvelles s'oublient vite. Dans quelques semaines peut-être, l'autoroute redeviendrait un endroit sûr. Voilà ce que je me disais. Au départ, j'avais aucun plan en tête, je suis parti tête baissée. Mais depuis que j'avais quitté l'autoroute, cette idée faisait son chemin en moi. Qui sur terre pourrait imaginer que je me planque au Balthazar ? Les seuls qui pourraient deviner sont morts.

La dernière fois qu'on s'est fait un de ces week-ends de chasse, un type est venu avec nous. Un gars nommé Bill Cox. Il avait une vieille Land Rover en forme de boîte, une .303 et un Mauser qui faisait autant de boucan qu'un fusil à éléphants. Je crois que Wankbag et lui étaient ensemble à l'armée, j'en suis pas sûr. Ils avaient pas l'air de soldats ni l'un ni l'autre : gros et barbus, ils ressemblaient plutôt à des bikers. Ils ont picolé devant le feu dès qu'on est arrivés. Et ils ont raconté des conneries jusqu'à la nuit tombée. Le matin, ils se sont réveillés tard, et ils ont remis ça le lendemain. Les seuls moments où ils ont tiré, c'est sur des cannettes et des bouteilles, sans même lever leurs culs. Moi, j'avais envie de partir seul pour tuer une chèvre ou deux, mais j'étais pas trop chaud avec ces deux-là qui tiraient des balles de gros calibre dans tous les coins. Un week-end chiant comme la pluie. Je suis resté assis dans le Ford toute la journée, à lire et à relire les trois mêmes BD, en priant pour que le temps passe plus vite. On n'a pas tiré une seule chèvre, et j'étais pressé de rentrer à la maison. Plus tard, quand j'ai demandé à maman pour cette histoire de soldats, elle m'a répondu qu'ils étaient ensemble à l'étranger, mais elle a pas voulu m'en dire plus.

J'ai jamais aimé Bill Cox. Quand je l'ai revu, la fois suivante, il était garé devant la maison, avec une remorque remplie de glacières. La portière passager s'est ouverte et j'ai vu le Mauser et la .303. Wankbag est sorti du cabanon avec une tronçonneuse et un sac de couchage ; il a balancé le tout à l'arrière et il m'a regardé. Après ça, ils sont partis. Sales connards.

Je sais pas qui a eu cette brillante idée, mais c'était une période noire pour la boutique. Je crois que plus aucun fournisseur répondait à ses coups de fil. Alors, le voilà parti en vadrouille, dans les prairies, avec Bill Cox et une tronçonneuse. Et il revient avec une demi-tonne de steaks. J'ai jamais su si c'étaient des chevaux sauvages ou des vieux canassons de bergers qu'ils avaient découpés, mais je me dis que ça faisait pas beaucoup de différence pour les types de Meat and Livestock qui contrôlent la barbaque. En tout cas, il a pas fallu longtemps avant que leur petite arnaque tombe à l'eau. Je sais même pas comment Wankbag a pu garder sa licence. On en a parlé dans tout le district. À la maison, c'était déjà tendu, mais après ça, tout est parti en vrille.

*

Peut-être que j'étais pris par tous ces souvenirs, ou un peu à la masse à cause de la soif car j'ai failli passer devant les tranchées sans percuter. Elles étaient là, sur ma gauche, presque derrière moi déjà, avant que je les voie. Je me suis arrêté net comme si j'avais oublié un truc, sans savoir quoi. Puis je me suis retourné, genre le plus vieil homme vivant, et j'ai vu les tas d'ordures, les empilements de cannettes rouillées, et le soleil qui se reflétait sur le toit en tôle. La journée était presque finie, et moi aussi. Je suis resté planté là comme un demeuré, avant de comprendre que je rêvais pas.

Une cabane. Avec une cheminée en tôle et des lambeaux d'auvent rongé par le soleil qui pendaient devant, qu'on aurait dit une frange. Et juste à côté, une citerne, une vraie, authentique.

Je l'ai regardée pendant si longtemps que s'il y avait eu quelqu'un à l'intérieur, il aurait pu peindre mon portrait, se faire un thé et appeler les flics, mais dès que ça a fait tilt, je me suis retrouvé en train de ramper sur le sol. Comme si j'étais une sorte de soldat de Call of Duty, plutôt qu'un taré même pas capable de voir le camp de chercheurs d'or qu'il avait devant les yeux.

Bref, je me suis retrouvé au pied d'un monticule de terre, et j'ai compris que c'était un terril. Tout autour, y avait des bouts de fil de fer, de bois pourri et des gros morceaux de fer rouillé, des collines de résidus et de pierres. Y avait pas de fumée qui sortait de la cheminée et pas de linge sur le fil tendu entre deux poteaux dehors. Pas de bagnole non plus.

J'ai sorti les jumelles de l'étui qui pendait autour de mon cou et j'ai observé les lieux pendant un long moment. J'ai vu les plants de tomates qui montaient à côté de la citerne. Le seul truc qui bougeait, c'était l'auvent en toile. J'ai observé et attendu autant que je pouvais. J'aurais voulu crier, mais j'avais plus assez de souffle. Finalement, je me suis dit : et puis merde, j'en peux plus ! Alors je me suis relevé et je me suis approché en faisant super gaffe. J'avais sorti le Browning et je le tenais devant moi style dur à cuire, mais la vérité, c'était qu'il y avait même pas de balle. Ce jour-là, j'avais trop soif, j'étais trop naze pour faire les choses bien.

C'était une de ces cabanes qu'un type construit

petit à petit avec ses potes. On voyait encore les quatre murs d'origine et le toit en tôle ondulée, les clous à moitié sortis, à cause du vent violent ou d'un mauvais boulot. Et sur un côté, il y avait une sorte d'appentis avec une rangée de persiennes, certaines renforcées avec du contreplaqué ou des planches d'amiante. Et dessus, y avait des chiottes qu'on pouvait sentir d'Adélaïde. Avec un rideau antimouches qui servait de porte, et un entonnoir en fer-blanc pour chier dedans, et pas grand-chose d'autre, d'après ce que je pouvais voir. Putain de puanteur.

La porte de la cabane était fermée. J'ai poussé une sorte de cri de corbeau, mais y avait pas un bruit à l'intérieur. J'avais encore une trouille bleue, et super soif aussi. J'ai tourné la poignée, c'était pas fermé à clé. J'ai poussé le battant, j'ai jeté un coup d'œil. Il faisait sombre, et ça puait. Putain, j'espérais que j'allais pas trouver un chercheur d'or mort dans son plumard, avec la tronche comme un pavlova bouffé par un rat. Mais y avait personne. Pas de lit non plus. Juste un poêle à bois et une auge en ciment, une chaise chromée, sans dossier, et une table faite de caisses de lait et d'une demi-porte. La porte des chiottes, d'après l'odeur.

J'ai laissé tomber mon barda. Je suis ressorti pour aller direct à la citerne, et quand j'ai filé un grand coup de poing dedans, elle a réagi par une longue vibration bien dense, et j'ai su que j'étais bon. La clé en cuivre du robinet avait disparu, mais y avait une pince-étau qui bloquait la tige et ça faisait l'affaire. La flotte a pissé dans la terre collante.

Elle m'avait l'air bien, mais elle aurait été marron, j'y serais allé quand même. Je me suis mis à genoux à côté des plants de tomates et j'ai tété le robinet.

C'était pas mauvais. J'arrivais pas à avaler assez vite. Je faisais des bruits que personne pouvait entendre, heureusement. Si vous avez jamais eu aussi soif, vous pouvez pas comprendre. Mais je vous le dis, j'ai bu jusqu'à ce que j'aie l'impression d'avoir de la flotte dans les couilles, dans les jambes et les pieds, jusqu'à avoir le bide tout dur et mal au dos. Quand j'ai arrêté, enfin, je pouvais presque plus me relever.

Je me suis traîné dans la cabane comme un poivrot, je me suis pris les pieds dans mon sac et je me suis cogné contre le poêle. J'ai vu l'étagère bricolée, avec la casserole cabossée, la poêle noire et les fourchettes dégueu dans la boîte de conserve. Je me suis arraché au sol en ciment pour regarder autour de moi. C'est là que j'ai compris que j'avais vraiment du pot. Parce qu'à côté de l'étagère, y avait un couteau à beurre avec un manche en corne. Mais pas n'importe quel couteau à beurre. Même avant de le prendre, j'ai vu qu'il avait un côté aiguisé. J'ai frotté la lame contre les poils de mon bras : elle était méchamment tranchante. Un type avait dû l'affûter jour et nuit depuis avant ma naissance. Pour tuer le temps. Sinon, pourquoi le laisser ici en partant ? Ce type, je lui dois la vie.

La flotte, c'était une chose. Elle m'avait sauvé, c'est sûr. Pour le moment en tout cas. Mais avoir un couteau, ça voulait dire que je pouvais rester en vie assez longtemps pour me reposer et réfléchir.

Avec un flingue, vous pouvez avoir de la viande, c'est vrai, mais sans couteau, vous pouvez pas la manger.

Ah, nom de Dieu, j'étais tellement soulagé que j'ai failli en chialer. Assis sur le poêle à bois, j'essayais de me ressaisir. Et puis, au bout d'un moment, j'ai eu envie de me laver, alors je me suis déshabillé, j'ai pris la casserole et je suis retourné à la citerne pour m'asperger de la tête aux pieds. Après, je suis resté debout, sur les cailloux, en plein soleil, pour sécher. Je me sentais vachement mieux, mais quand je suis rentré et que j'ai enfilé mes fringues sales, je me suis senti tout mollasson, lessivé, alors je me suis allongé sur le sol en ciment, j'ai fait un oreiller avec ma veste de camouflage et je me suis endormi.

*

Quand je me suis réveillé, je savais plus où j'étais. Des traits de lumière traversaient une centaine de trous de clous dans la tôle, et pendant une seconde, j'ai cru que j'étais au fond d'une cage. Mais ensuite, j'ai vu la porte entrouverte, le fusil appuyé contre le mur, la chaise pétée devant le poêle, et j'ai compris que tout était OK.

Dehors, les tas de détritus étaient dorés et les ombres des arbres s'étendaient sur le gravier, longues et plates. Je suis sorti une minute, pieds nus. C'était chouette de pouvoir se poser, même si c'était pas pour longtemps. J'ai pissé dans une tranchée, pleine de vieilles cannettes, de fil de fer et de nids de saloperies en plastique, et je me suis dit : putain, qui laisse autant de bordel qu'un mineur ? J'étais tranquille. J'ai remarqué qu'il y avait des merdes ici et là, certaines toutes fraîches, et tout autour de la citerne, y avait des traînées et des trous dans le sol, et encore des merdes de kangourou. Ça m'a fait un choc. Comme si peut-être que je pourrais être bien ici, comme si que ça pouvait marcher.

Je suis retourné à l'intérieur, j'ai ouvert un volet et je l'ai accroché à son poteau pour avoir de l'air frais et de la lumière. J'ai enfilé mes bottes, et je suis sorti chercher du bois. Y en avait plein tout autour, de la mulga morte et des vieux morceaux de jarrah, avec des clous tordus encore plantés dedans. Quand j'en ai eu assez pour la nuit, j'ai cassé une branche qu'avait des feuilles et j'ai balayé les merdes de souris dans la cabane, aussi bien que j'ai pu. J'avais presque fini quand j'ai trouvé le balai derrière la porte, et je me suis dit que je finirais correctement demain.

J'ai préparé un feu dans le poêle, mais je l'ai pas allumé tout de suite. Avant, j'ai renversé tout ce que j'avais par terre et j'ai tout aligné. J'ai ouvert une boîte de munitions, j'ai éjecté le chargeur du Browning et je l'ai rempli. J'ai posé le fusil sur la table faite avec des caisses de lait et je me suis assis à l'entrée, porte ouverte, sur la chaise sans dossier. Je me disais que les kangourous sortaient peut-être au crépuscule, et que si je la jouais fine, il se pourrait que j'aie de la viande fraîche à la tombée de la nuit.

Mais y a rien qu'est sorti du bush. C'était aussi plat et immobile qu'une photo.

Quand il a fait trop noir pour voir quoi que ce soit, j'ai allumé le poêle et j'ai mangé ma dernière orange. Après, j'avais encore faim. Voilà ce qui arrive quand on pense à de la viande fraîche. Mais j'étais pas déprimé, je savais qu'il y avait des bêtes dans les parages. Elles étaient un peu méfiantes pour le moment, mais elles pourraient pas résister à l'odeur de cette eau. Demain était un autre jour.

Ce soir-là, je suis resté assis et j'ai nourri le feu jusqu'à ce qu'il reste plus de bois. J'avais pas froid, mais le feu me tenait compagnie. Pour finir, j'ai laissé tomber, et je me suis couché.

J'étais crevé, et toujours heureux, mais j'ai pas bien dormi. À cause du sol trop dur, d'abord. Et après, j'ai eu des coliques. Je croyais que c'était la fringale, mais c'était pas du tout ça. J'ai gigoté un bon moment. Pas question d'essayer ces chiottes dégueulasses et puantes dans le noir, alors j'ai enfilé mes bottes pendant que j'avais encore le temps, et comme j'en pouvais vraiment plus, j'ai cavalé dehors, sous les étoiles, et je me suis lâché. Ah, la vache, pouvoir pisser. J'ai passé la moitié de la nuit à entrer et sortir, pour chier comme un canard. Au départ, j'avais peur d'aller trop loin et de tomber dans un trou. Après, j'étais déjà content d'arriver jusqu'à la porte.

J'ai eu toute la nuit pour me demander ce qui m'arrivait. Un coup de soleil, ça fait gerber, ça vous file pas la courante. Ça pouvait pas être un truc que j'avais mangé, vu qu'il me restait presque plus rien à bouffer à ce moment-là. Alors, y avait plus que l'eau. J'avais pas pensé à examiner la citerne avant de boire. Pouvait y avoir n'importe quoi qui flottait là-dedans, un opossum à moitié endormi, par exemple, ou un corbeau qui se prenait pour un cygne. En tout cas, ça m'a traversé de haut en bas comme un goupillon. À l'aube, j'avais le trou du cul en feu. On aurait pu allumer une bougie de bagnole avec.

Du coup, j'ai pas fichu grand-chose ce premier matin sur le camp des chercheurs d'or. J'ai un peu dormi. En m'agitant comme un chien qui rêve. C'était un peu démoralisant, après l'excitation de la veille.

L'après-midi, j'ai grimpé sur le support du réservoir pour regarder à l'intérieur, mais sans lampe, je voyais rien du tout. J'ai quand même fait bouillir de la flotte. Bien content d'avoir cette casserole.

Mes boyaux ont continué à grogner jusqu'au soir, mais le pire des coliques était passé. Et même si j'étais encore déshydraté, je me suis contenté de boire des petites gorgées d'eau, à la bonbonne, jusqu'à ce que je me sente capable d'aller chercher du bois et de balancer de la terre sur tous les endroits où j'avais chié. Et croyez-moi, ça en faisait pas mal.

Juste avant la nuit, un kangourou s'est pointé derrière les tranchées. Il est sorti de l'obscurité du bush, mais il est pas allé plus loin. Je me suis avancé dans l'encadrement de la porte, j'ai pris le

Browning et j'ai monté une balle dans le canon, sans bruit. Mais mon œil amoché, c'était celui qui me servait à viser. J'ai perdu une seconde ou deux, le temps de coller le bon œil à la lunette et c'est ce qui m'a coûté cher. Il était trop rapide. Je l'ai vu lever la tête, comme s'il reniflait l'air et que ça lui plaisait pas. Je parie qu'il sentait toutes mes merdes partout. C'était un gros gaillard roux, tout en épaules et en oreilles. Et rusé, comme s'il avait pas mal roulé sa bosse déjà. Et je crois qu'il sentait pas seulement mon odeur, il me sentait moi aussi. Il est resté là, tout tremblant, pendant une demi-seconde, et soudain, il a fait demi-tour pour détaler derrière ces gros tas de plantes en décomposition. Et voilà.

C'est seulement ce soir-là, où je crevais de faim, que j'ai fini par comprendre pourquoi Wankbag avait arrêté de chasser autant. C'était pas parce que la viande de cheval le dégoûtait. C'était même pas à cause de ce qu'il tremblait trop à force de picoler. C'était son œil. Le droit, qui lui servait à viser. Après son exploit avec la tapette à mouches, il était désorienté. Ça m'énervait d'avoir mis tout ce temps à comprendre. Je déteste avoir l'impression d'être idiot.

Bref, j'avais toujours le ventre vide, comme la veille. Et j'étais toujours aussi faible. Mais au moins, j'étais vivant. J'avais de l'eau, même si je devais penser à la faire bouillir. Et un toit au-dessus de ma tête. J'avais tout ce qu'il fallait pour survivre. J'avais pris des risques et la chance m'avait souri. À partir de maintenant, il suffisait que je sois intelligent. Patient. Et que je garde mon calme.

Ce soir-là, devant le feu, je me suis fabriqué une petite gamelle avec une vieille boîte de fayots et un rouleau de fil pour clôture. Histoire de m'occuper, pour pas penser à la bouffe. J'avais besoin de toutes les boîtes que je pouvais trouver pour faire bouillir de l'eau. Le temps que j'arrive à fixer l'anse en fil de fer, j'étais quasiment ailleurs. Des fois, quand vous vous couchez à la fin de la journée, vous savez que vous ne rêverez pas, tellement vous êtes crevé. Vous êtes trop fatigué pour vous inquiéter, trop barré pour inventer un cauchemar. Cinq minutes de répit en plus.

*

Le deuxième jour, mon œil amoché allait un peu mieux. Il était toujours gonflé, mais ça tirait moins. Juste après le lever du soleil, j'ai buté un varan grand comme mon bras. Un effronté. Il m'a vu, mais il a pas bougé un muscle. Il m'a regardé, du style : c'est moi qui t'intéresse ? Putain oui ! Je voulais me le faire. Alors, je suis retourné chercher le Browning dans la cabane, et quand je suis revenu, il était toujours là, à se faire griller au soleil, au sommet d'un crassier. Le roi du château. La seconde suivante, sa tête pendait à une branche, à dix mètres de là. C'est comment, ce dicton ? Coq le dimanche, plumeau le lundi. Vous pensez peut-être que du .243, c'est un peu trop pour chasser le varan, mais fallait absolument que je bouffe. J'aurais utilisé un canon s'il avait fallu. Et j'aurais léché les restes sur les feuilles.

J'ai fait cuire ce varan sur les braises, comme un Abo. Et je peux vous dire que j'ai bouffé bien pire.

*

Y a quelque chose de triste dans un endroit que des gens viennent de quitter en laissant tout derrière eux. Mais je suis peut-être le seul qui pense ce genre de conneries. Et vous pourriez sûrement dire qu'un tas de maisons ont l'air aussi tristes avec des gens à l'intérieur. Dieu sait que la nôtre en faisait partie, pour sûr. C'était peut-être cette cabane vide qui me tapait sur les nerfs. J'ai jamais vraiment été seul entre quatre murs. Pas réellement seul. Bizarrement, on se sent encore plus seul quand on est seul dans le bush. C'est peut-être pour ça que je me suis mis à repenser à notre maison. Elle a jamais rien eu de spécial. C'était une baraque en fibro, comme toutes celles de la rue. Le seul truc chic, c'était le piano de maman. Et j'ai jamais compris ce qu'il foutait là. J'ai jamais vu personne en jouer. Pour de bon. Mes petits cousins aimaient taper dessus quand ils venaient de Magnet, mais j'ai pas le souvenir que quelqu'un en ait tiré une seule fois une vraie mélodie. Si maman savait en jouer, je l'ai jamais entendue. Elle l'époussetait chaque semaine et elle posait des photos encadrées dessus. Sur l'une d'elles, on la voyait avec lui sur une plage, quelque part. C'était peut-être cette fameuse fête dont elle parlait. Ils avaient l'air jeunes et heureux tous les deux. Elle avait les cheveux longs, et lui il avait pas de barbe. Y avait aussi une photo de moi bébé. J'étais pas très content. J'avais la tête d'un vieux connard obèse qui veut qu'on lui apporte son déjeuner vite fait.

Y avait aussi une photo de maman seule. En train de chanter. Comme si elle faisait partie d'une chorale ou un truc dans le genre ; elle tenait une carte ou un bouquin dans ses mains, les yeux levés ; on aurait dit qu'elle chantait vers le plafond, ou vers le ciel peut-être. Ça a toujours été ma préférée. Toutes les semaines, elle secouait le napperon, elle enlevait la poussière sur le dessus du piano, et elle balançait du Windex sur les cadres des photos. Après ça, elle passait le piano au Mr Sheen. Des fois, je la surprenais en train de le regarder. Quand on dînait aussi. Elle laissait tomber la téloche pour lorgner le piano, et elle prenait un drôle d'air comme si elle venait de repenser à quelqu'un qu'elle avait connu il y a longtemps, et qu'était mort. Après, elle plantait sa fourchette dans sa saucisse et elle regardait dans le vide.

Je repense à cette photo de temps en temps. À maman avec ses yeux en l'air. Pour mater un truc tout là-haut. En fait, je la connaissais pas du tout. Avec Lee, je sais tout. Mais quand c'est votre mère, c'est pas la même chose. Elle est là tout le temps, mais elle est presque invisible. C'est seulement quand elle est partie qu'on a une impression de manque et qu'on devient tout bizarre. Lee veut que je la connaisse. Je crois pas que maman le voulait vraiment.

Si quelqu'un entendait ce délire, il dirait que j'avais trop le temps de cogiter dans ce trou à rats paumé. Et c'est vrai que j'avais plus de temps pour cogiter depuis que j'avais quitté la ville, les gens et tout ce bordel. Cogiter, c'est un mot que je connaissais même pas avant, là-bas sur le camp, mais je trouve que ça sonne bien. Le type qui me l'a appris connaissait un tas de mots. Putain, il en connaissait tellement qu'il se noyait dedans. C'était quelqu'un qui cogitait beaucoup. Il avait le temps pour ça. Mais c'était un type qui voulait qu'on le connaisse. Même si en définitive, il se dégonflait. Trop dangereux, qu'il disait. Et c'était peut-être vrai. Moi, j'avais rien à perdre. Plus maintenant. À part Lee.

*

Après le varan, j'ai rien vu pendant deux jours. Y a rien qui s'est pointé près de la cabane et des tranchées. Alors, j'ai encore eu la dalle pendant la nuit. J'ai fait bouillir de l'eau dans ma petite gamelle en fer-blanc, et je l'ai bue chaude parce que ça donne l'impression de prendre plus de place. Si j'avais vu un corbeau ou un cacatoès, je les aurais flingués et bouffés, l'un comme l'autre. J'entendais des contopus, plus loin que les cochonneries des mineurs, mais pas un seul s'est approché. À croire que le monde entier m'avait repéré. Ma parole, j'aurais bouffé n'importe quoi : un serpent, une sauterelle, un diable cornu. N'importe quelle chose vivante qui rampait dans les parages. Mais y avait rien du tout, pendant que je guettais du moins. Deux ou trois fois, j'ai pensé à bouffer de la terre rouge, mais ça, c'est bon pour les pauvres mabouls, et j'en étais pas encore là. Le mieux que j'ai pu attraper ces jours-là, c'est des mouches, et j'ai pas vraiment fait exprès de les avaler. Tout ce que j'avais pour survivre, c'était de l'eau chaude qui avait un goût de fumée, de fayots et de fer brûlé.

*

J'ai découvert deux autres choses dans la cabane : une carte et le seul truc qui pouvait me servir : une vieille casquette noire, avec Penrite Oil marqué sur le devant. Crasseuse et à moitié bouffée aux mites. Une casquette de merde en vérité, mais elle m'allait plutôt pas mal et c'était mieux que de me trimballer avec un chiffon autour de la tête comme un Arabe.

On aurait dit que la carte avait été dessinée par un type qui cherchait une réponse à quelque chose. Et il s'était pas appliqué : il avait tracé grosso modo les contours de l'Australie-Occidentale, séparée du reste du pays. Y avait même pas Monkton et Dally. Le lac Balthazar non plus. Uniquement Perth, Kalgoorlie, Broome, Halls Creek et Wyndham. Et quelques chiffres alignés sur un côté. PER-KAL 590, PER-EUCLA 1 428, PER-WYNDHAM 3 227. En voyant ces chiffres, j'en ai eu le souffle coupé. Savoir qu'il y a trois cents bornes de Monkton à Magnet, c'est une chose. Mais se taper dix fois cette distance, c'est une autre chanson. Cette carte me servait à rien, c'était juste un truc à regarder, et très vite j'ai compris que je devrais pas en abuser.

Ces jours-là, j'ai surtout traîné autour du camp. Fallait faire gaffe vu qu'il y avait des fosses, des trous et des galeries partout. Je voulais pas aller trop loin, pour pas tomber dans une galerie et me briser le cou comme une carotte. Et même si la chute vous tuait pas, vous risquiez de vous réveiller au fond d'un puits, en train de reluquer un petit carré de ciel bleu, comme un de ces pauvres gars dans les films. J'aurais bien voulu inspecter quelques-unes de ces vieilles galeries avec des charpentes et des échelles en fer, mais le bois était tout mou et gris, et les marches à moitié rouillées, alors j'étais pas trop chaud. Là-bas, dès que vous regardiez et touchiez un truc, on aurait dit que le tétanos était prêt à vous mordre le cul. Des tranchées remplies de boîtes de conserve coupantes, d'éclats de verre, de cartouches de fusil de chasse et de douilles de carabine. Y avait des empilements de bouteilles plus hauts que moi. Des bouteilles de bière, des bouteilles de whisky, des bouteilles de Coca, des bouteilles de champagne, des petites bouteilles et des flacons de médicaments, minuscules et tout ronds, des bleus, verts et rouges. On aurait dit un musée plein de veuves noires et de serpents. En soulevant des plaques de tôle, j'ai trouvé une vieille paire de bottes et des boucles de ceinture, la moitié d'une selle, dans laquelle un rat avait creusé un trou. Y avait aussi des cadres de lit rouillés, avec des mauvaises herbes qui poussaient à travers, et des rouleaux de fil de fer qui tombaient en morceaux dès qu'on les touchait. C'était un sacré bordel. On aurait pu croire qu'il y avait eu la guerre et que tout le monde avait plié bagage pour foutre le camp, comme s'ils en avaient eu marre tout à coup. Je me demandais combien de types étaient devenus riches grâce à cette mine, combien avaient trouvé assez d'or pour payer une tournée à leurs potes dans un bar.

Maintenant que je regarde en arrière, je comprends pas ce que je foutais sur ce camp de prospecteurs. C'était chouette d'avoir un endroit à moi, mais en fait, j'étais en train de crever de faim. Je chassais même pas pour me nourrir, pas sérieusement. C'était comme si j'avais la trouille de m'éloigner de la flotte et du toit au-dessus de ma tête.

C'est dans un des tas de saloperies que j'ai découvert un gril fait avec du fil de clôture. Un bon par-dessus le marché : on pouvait glisser le pain à l'intérieur et le tenir au-dessus des braises. Mais ça m'a fait penser à du pain, et c'est tout.

Je pensais beaucoup aux patates aussi. Celles qu'on mangeait le dimanche. Rôties dans la graisse, avec plein de sel dessus.

Je pensais à des œufs au plat avec du bacon.

Je pensais à des rissoles à la sauce tomate.

À des bananes.

À du lait froid.

Mais ça me servait à rien de penser à tout ça.

Un jour où j'étais à moitié endormi, je me suis assis à l'ombre et j'ai allumé mon téléphone. Pas de réseau, ça disait, mais j'ai quand même affiché le numéro de Lee, pour voir son visage. C'était une vieille photo, que j'avais prise dans la réserve. Juste elle, portant ce chapeau gris qu'elle avait trouvé. Elle a changé depuis. Et même s'il y avait du réseau, ça servirait à rien de l'appeler, vu que c'est Tante Marg qu'aurait décroché, pas Lee. J'étais pas débile au point d'oublier ça.

*

Et puis, je crois que j'ai ouvert les yeux, avant de dépérir complètement. J'ai bougé mon cul, j'ai repris mon barda et j'ai taillé dans le bush. C'était pas facile d'abandonner la cabane. Quand je l'ai perdue de vue, j'ai eu un coup de flippe. J'avais honte de moi, mais j'y pouvais rien. J'ai pris des repères, j'ai laissé des balises et j'ai essayé de me concentrer sur les moyens de trouver de la viande.

Je suis parti quelques heures seulement, mais c'était pas une promenade de santé. J'étais presque revenu au camp, vidé, quand je suis tombé sur un truc qui valait le coup de tirer. Un petit wallaroo est sorti des eucalyptus en sautillant, comme s'il avait rien à craindre. Et c'était le cas, jusqu'à ce que je me pointe. Y a pas de kangourou plus mignon qu'un wallaroo. On voyait bien qu'il s'attendait pas à rencontrer quelqu'un. À mon avis, il avait même jamais croisé un humain. Il s'est arrêté juste au moment où je mettais une balle dans le canon, et c'est là qu'il m'a vu pour de bon. Il avait l'air plus curieux qu'effrayé. Moi, j'essayais de contrôler ma respiration, de le caler dans le viseur, et lui, il se demandait ce qui se passait. Une oreille dressée vers moi, l'autre qui remuait dans tous les sens. Je me disais de pas me précipiter, que j'avais le temps. Mais j'avais tellement faim que j'aurais bouffé des feuilles, bordel de merde. Je pouvais pas me permettre de le manquer.

Le wallaroo, il a vite pigé qu'un truc clochait. Alors, il a commencé par se tourner sur le côté, comme si c'était le moment de foutre le camp. Et il s'est penché un peu avant, de cette manière qu'ils ont. Il a jeté un coup d'œil vers le sud. Et là, j'ai compris qu'il était prêt à décamper. Il m'a regardé encore une fois, comme si c'était plus fort que lui, et au moment où il tournait la tête dans l'autre sens, je l'ai eu.

Pendant une demi-seconde, avant que le bruit du coup de feu arrive à mes oreilles, on aurait dit que son cou le démangeait. Et juste après, il est tombé sur le cul, au moment où la détonation claquait comme une grosse gifle. Vous savez quand vous avez atteint votre cible. Même si vous fermez les yeux une seconde et que vous la voyez pas tomber. Ça fait un bruit sourd reconnaissable. On a du mal à croire qu'un morceau de plomb de la taille de l'ongle de votre petit doigt peut faire un tel boucan et causer autant de dégâts. C'était magnifique.

Je peux vous dire que j'étais pas mécontent d'être près du camp quand je l'ai buté. Il était petit, mais je crois que j'aurais pas pu le traîner de très loin. De retour au camp, après avoir allumé un feu devant la cabane, je me suis aperçu qu'un couteau à beurre, c'est pas ce qu'on fait de mieux pour découper de la viande, mais c'était du bon boulot quand même. Le temps que je dépouille et que je suspende ce petit gars, j'étais rouge jusqu'aux coudes. On aurait dit que je portais des gants de sang, et quand ça a séché sur mes bras, ça faisait la même impression que des gants aussi.

Je voulais pas que des dingos ou des chats sauvages soient attirés par la peau et les boyaux, alors j'ai enveloppé tout ça ensemble et j'ai été le balancer dans une des galeries. Après, je me suis lavé à la citerne, avec un peu de sable et d'eau. Je me demandais si je serais toujours là quand les tomates seraient mûres. Je me demandais ce que j'aurais fait si j'avais manqué le wallaroo. Mais c'était comme se demander ce que serait votre vie si votre père n'était pas un gros enfoiré.

J'étais prêt à manger, vous pouvez me croire. J'ai même pas pu attendre que les flammes s'éteignent pour faire cuire ce petit salopard. Avant qu'il soit correctement vidé, j'ai découpé un filet, et j'ai pas honte de dire que je l'ai bouffé cru. Après, j'ai arraché d'autres morceaux et je les ai posés sur la clayette de frigo que j'avais trouvée dans le bordel des mineurs, et je les ai regardés grésiller et se tortiller au-dessus des braises. Cette viande avait un goût que vous avez jamais connu dans votre vie.

Ce soir-là, les étoiles sont apparues de bonne heure, plus nettes que je les avais jamais vues, et je sentais toutes les odeurs du bush autour de moi. Je sentais le goût de la fumée et de la gomme dans l'air. Des papillons de nuit et des insectes gros comme des oiseaux se cognaient et rebondissaient contre moi. C'était comme si mon sang bouillonnait, comme si la viande m'avait rechargé à bloc. J'étais vanné, mais je savais que j'arriverais pas à dormir. J'étais trop excité, trop soulagé. Alors, j'ai remis du bois dans le feu et j'ai regardé la Voie lactée dégouliner dans le ciel comme de la graisse renversée, et tout à coup, je me suis aperçu que les oiseaux se réveillaient, et que j'étais couché sur le sol, à côté d'un tas de cendres chaudes.

J'ai appris un truc en vivant dehors. Y a plus de viande sur un mouton de printemps que sur un wallaroo. Après le petit déj, j'avais presque plus rien à emporter pour midi.

Ce jour-là, je suis allé plus loin, jusqu'au milieu des pins du désert et des eucalyptus. Là, j'ai abattu un gris, tellement gros que j'ai été obligé de le dépecer sur place et de le rapporter sur mon dos. J'aurais bien aimé avoir ce couteau Ka-Bar qu'était dans le coffre-fort. Et un crochet aussi. Pas facile de découper un kangourou dans la terre. Mais à l'arrivée, j'avais plus de viande que je pouvais en avaler, et que je pouvais en conserver correctement. Ce soir-là, j'étais trop crevé pour voir le problème, trop content d'avoir à becqueter et de pouvoir rentrer chez moi.

J'ai suspendu la bête à un arbre mort, près d'un des tas de détritus. Y avait de la corde, et c'était pas le fil de fer qui manquait. J'ai regretté encore une fois de pas avoir de crochet, mais je me suis débrouillé et je l'ai découpé du mieux que je pouvais, j'ai fait griller de gros morceaux et je me suis empiffré.

Ce soir-là, j'ai dormi à l'intérieur, sur le sol en ciment, et croyez-moi, c'était comme un waterbed. Toute la nuit, j'ai rêvé que j'étais au bord de la voie ferrée derrière la maison. Y avait personne à l'intérieur. Uniquement la lessive qui se balançait sur le fil, dans le vent, comme une roue blanche, derrière moi. Je marchais sur la voie. Et quand le premier train de blé est arrivé en grondant au milieu des enclos, j'ai pas bougé, je suis passé à travers. Je sentais l'odeur du diesel et des pelures d'orange sur le sol, sous le conducteur. Je sentais le goût d'acier des wagons et de la poussière de céréales qui flottait dans l'air après son passage. C'était comme si rien pouvait m'arrêter. Je continuerais à marcher jusqu'à ce que j'arrive là où je voulais aller. Mais je me souvenais pas où j'allais. C'était ça le truc. Et chaque fois, ça recommençait, comme si j'étais coincé.

*

Je me suis empiffré pendant deux jours. J'ai attaqué ce gris comme un requin-bouledogue. Au départ parce que j'avais faim, et ensuite parce qu'il le fallait. À la fin du deuxième jour, des morceaux de carcasse avaient déjà tourné. L'arbre où je l'avais accroché était couvert de fourmis et de mouches, et les corbeaux ont pas tardé à rappliquer. La seule chose que je pouvais faire pour le garder un peu plus longtemps, c'était de vider tout le jus. Ça voulait dire faire cuire ce qu'il restait. Ce que j'ai fait. J'ai découpé les cuissots et je les ai grillés. Dit comme ça, ça a l'air facile. Je savais que ça me prendrait trop de temps de le désosser avec le couteau à beurre, alors j'ai laissé les pattes entières. J'avais pas de scie, évidemment. Je me suis servi d'une barre de fer rouillée pour casser les tibias. C'était pas beau à voir, mais ça faisait l'affaire. Après ça, je les ai repliées et je les ai mises dans le four. Je l'ai attisé jusqu'à ce qu'il fasse trop chaud dans la cabane pour rester assis à l'intérieur. Et j'ai fait cuire la viande jusqu'à ce qu'elle devienne aussi dure et sèche que le cœur d'un patron de bar. C'était difficile à couper et un enfer à mâcher. Mais il faut savoir se contenter de ce qu'on a.

Et je crois qu'à ce moment-là, je commençais à prendre conscience de la réalité. J'avais deux boîtes de munitions et j'en avais déjà entamé une. Si je voulais rester ici plus d'une semaine ou deux, fallait que je fasse gaffe à chaque balle que je tirais. On peut pas chasser tous les jours et gâcher la moitié de ce qu'on tue. Et je voulais pas laisser traîner toute cette viande avariée pour pas attirer les chiens sauvages. Ce qu'il me fallait, c'était un moyen de conserver la viande. J'avais rien pour la garder au frais. Je me suis dit que je pourrais peut-être la fumer, mais le Cap m'avait jamais montré comme faire. Le seul autre truc, c'était d'utiliser du sel, mais ça non plus, j'en avais pas.

C'est ça le plus marrant. Parce que du sel, y en avait des milliards de tonnes tout près.

J'en reviens pas qu'il m'a fallu autant de temps pour percuter. Quand j'ai enfin pigé, j'étais en train de regarder cette carte merdique. Sur laquelle y avait même pas le lac Balthazar.

Le lendemain matin, je me suis levé et j'ai mangé dans le noir parce que je savais pas combien de temps j'allais devoir marcher. J'espérais être de retour avant le coucher du soleil. Je me disais qu'en suivant ces traces de roues, je finirais bien par tomber sur le lac salé, tôt ou tard, et que je rentrerais avec un sac plein, de quoi tenir un petit moment. Je jouais avec le hasard encore une fois, mais je le savais pas à ce moment-là parce que j'étais concentré sur cette idée, je misais tout sur le fait que le sel était aussi près que je l'imaginais. C'était un plus gros pari que je pensais, et si ça s'était pas révélé payant, bien plus que je l'espérais, vous seriez tombés sur mon squelette dans cinquante ans, en vous demandant qui était ce pauvre gars étendu au milieu de nulle part. Alors, ayez pas pitié de Jaxie Clackton. Parce que je suis un sacré veinard, vous pouvez me croire. Ou alors, c'est comme le dit Fintan. J'ai été envoyé. Je suis destiné. Autrement, je serais déjà mort cinq fois. Je serais pas là aujourd'hui, à trois heures de tout ce qui compte sur terre.

Alors, ce matin-là, j'étais motivé. J'avais réfléchi la moitié de la nuit. Et à l'aube, quand je suis sorti de la cabane, j'avais une bonbonne pleine d'eau et un max de viande dans mon sac. J'avais les jumelles autour du cou et le .243 sur l'épaule. J'étais déjà concentré sur les traces. Je m'attendais pas à avoir de la compagnie. Du coup, quand j'ai vu quelqu'un dans la grisaille, près des crassiers, j'ai failli me chier dessus Il m'a fallu deux secondes pour voir que c'était pas un homme, juste un vieux kangourou, aussi gros qu'un *fullback*. Il s'est redressé en levant les coudes et je sais même pas pourquoi je l'ai buté, à part qu'il était là. Je pourrais même pas dire comment j'ai pu dégainer aussi vite. Il s'est rassis sur sa queue et il est tombé sur le côté, et je me suis dit : putain de merde, et maintenant ?

J'avais pas le temps de le parer comme il faut, alors je l'ai juste accroché, je l'ai vidé et j'ai balancé les boyaux dans un puits. J'avais jamais approché d'un kangourou aussi gros. Il était couleur rouille. Et lourd. J'ai laissé la peau. Et la tête. C'était pas l'idéal, mais fallait que je reparte. Je m'en occuperais plus tard.

C'est moche de faire ça, je me dis. Buter un kangourou et le laisser là. Mais je pouvais pas savoir que je resterais absent aussi longtemps. Et puis, c'est pas facile de refuser de la bouffe qui vous tend les bras.

Quand j'ai repris la route, le soleil s'était levé et j'étais tout couvert de sang. En passant devant les tranchées, j'ai regardé en arrière : c'était pas beau à voir. Toute cette terre retournée et dégueu. Et au milieu de tout ça, ce vieux bossu tout triste. Et devant, suspendu à un eucalyptus, un corps qui se balançait dans le vent comme si un pauvre type qui en avait marre de chercher de l'or s'était pendu pour en finir.

C'est la dernière fois que j'ai vu cet endroit.

*

Les ornières étaient pas difficiles à suivre. Y avait pas de vent, il faisait encore un peu frais et c'était bien pour marcher. Je traçais aussi vite que je pouvais sans péter une durite. Le seul bruit que j'entendais, c'était la petite gamelle en fer-blanc. Je l'avais accrochée au sac et elle cognait, elle couinait, presque à chaque pas.

Autant que je pouvais en juger, j'étais parti de Monkton depuis une semaine. Lee devait être au courant de tout maintenant. Elle devait se demander où que j'étais, et pourquoi ça me prenait tout ce temps. Elle finirait par comprendre. Elle est futée, Lee. Et elle me connaît bien. Elle aura déjà un sac tout prêt dans sa penderie. Elle attendra. Le temps qu'il faut, elle attendra. Fallait juste espérer que Tante Marg l'avait pas envoyée en pension à Moora. Ou à Perth, ce qui serait encore pire. Mais ça, ça arriverait seulement si Lee faisait des siennes, si elle la ramenait au lieu d'encaisser et de rester calme. Elle saurait être intelligente, au lieu de se comporter comme quelqu'un qui attend. Elle serait encore là-bas, à Magnet. J'aurais pas pu continuer si j'avais pensé le contraire.

*

En milieu de matinée, les traces ont bifurqué vers le nord et j'ai vu la première arête rocheuse qui descendait d'ouest en est. Alors, je me suis arrêté pour souffler un peu et boire une gorgée. Et là, dans le silence, j'ai entendu un oiseau que j'aime bien, celui avec son chant triste qui me fait de l'effet à chaque fois. Un *butcherbird*[1]. Cest pas dingue ça ?

J'ai levé mon cul et je suis reparti en direction de l'arête. Mais c'était plus loin que ça en avait l'air. Le temps que j'arrive au pied, le soleil était au-dessus de ma tête. Les traces devenaient rudement accidentées à flanc de colline. Par endroits, je m'enfonçais jusqu'aux genoux dans des ravines. Je me suis dit qu'une voiture normale avait aucune chance, et même avec un 4 × 4 vous deviez en baver pour passer. Plus haut, les broussailles c'était plus que des machins épineux, bouffés par les chèvres qui laissaient leur merde partout. Les rochers étaient rouge et jaune, avec des gros morceaux de quartz qui ressemblaient à du lait congelé.

Quand je suis arrivé au sommet, j'ai regardé vers le nord et j'ai vu un autre ressaut, à deux bornes de là peut-être. Plus haut et plus rocailleux apparemment.

1. Littéralement : « oiseau-boucher ».

La vallée entre ce ressaut et celui où j'étais avait l'air bleue à cause des arbres et des ombres. À droite, elle descendait, comme je l'avais espéré, et là-bas, à l'est, au-delà de tous ces arbres, on apercevait la peau rosée, brillante, du lac. Il était assez loin pour que je comprenne tout de suite que je pourrais pas rentrer ce soir, mais ça m'a filé un coup de fouet de voir tout ce sel, alors j'étais pas triste.

Mais c'est vrai que je me suis arrêté un petit moment, et j'ai pris sur moi avant de repartir sur l'éperon. Je pouvais pas m'empêcher de regarder. Encore heureux que je pouvais suivre les traces de roues, sinon j'aurais eu du mal à retrouver mon chemin.

Je suis redescendu en faisant gaffe et je suis arrivé dans la vallée où tout était frais et ombragé. Les oiseaux faisaient trembler les eucalyptus salmonophloia. C'était plus facile de marcher, et je crois que la plupart des gens auraient trouvé ça beau cette vallée, avec ces millions de troncs et de branches, plus joli que la mulga où j'étais resté tout ce temps, mais on voyait pas très loin devant, et c'était la galère pour faire la différence entre le vrai et les ombres, et ça me plaisait pas trop. Comme je le disais, c'était bien pour marcher, mais on aurait dit que cette vallée était sans fin.

*

On s'est toujours bien entendus, Lee et moi. Elle a six mois de moins que moi. Je suis du 2 juillet et elle du 4 décembre. Et je me dis des fois qu'on est devenus potes parce qu'on n'avait pas d'autres amis. Quand Tante Marg était pas chez nous, on était là-bas, à Magnet. Pour les longs week-ends, les vacances scolaires. Un jour, on est tous partis en caravane à Coral Bay, du temps où Oncle Ted était encore là. Et un été, on a loué une cabane sur la plage à Dongara, on était tous les uns sur les autres là-dedans, c'était le délire. On faisait tout ensemble, tous les gamins, tous les adultes. Mais je crois que c'étaient les femmes et les enfants qu'étaient les plus proches. Y a un truc chez les hommes qui les en empêche. En tout cas, Oncle Ted s'est fait la malle quand Lee avait dix ans. Ça aurait été mieux si c'était à maman que c'était arrivé. Si vous voulez mon avis, c'est moins dangereux quand ils foutent le camp.

Du coup, on a grandi ensemble, Lee et moi. Pendant longtemps, elle a été la seule fille que je connaissais vraiment. De près, je veux dire. On ramassait des têtards, on se trimballait mutuellement sur nos vélos. J'aimais bien quand elle était là, et quand elle était pas là, elle me manquait. C'est peut-être pour ça que je m'intéressais pas trop aux autres gamins à l'école. J'étais avec Lee.

Je savais même pas pourquoi je l'aimais bien. Elle était là, voilà tout. J'étais habitué à elle. Comme je le disais, on faisait des trucs ensemble. Les autres, c'étaient des bébés. Je me souviens quand elle a perdu ses dents de devant. Elle arrivait même pas à prononcer mon nom correctement. Elle me courait après dans le stade en criant : Jackthee ! Jackthee !

Je vais t'attraper Jackthee Clackton ! On aurait dit une gogol. J'avais du mal à courir tellement je riais.

Le truc, c'est qu'elle était pas comme les filles de l'école. Elle était toujours partante. Et c'était pas une râleuse. Elle était pas comme ces filles qui passent leur temps à faire des histoires et qui veulent pas salir leur robe, leurs petites chaussures qui brillent ou leurs genoux, et tout le tintouin. D'abord, elle savait lancer une balle. Mais surtout, elle était toujours prête pour faire des conneries. Des trucs marrants. Pendant que Susie et ce petit trouillard de Norman étaient affalés devant *Le Roi Lion*, encore et encore, on foutait le camp au site des *Granites* et au réservoir. Si on était à Monkton. À Magnet, on allait à la piscine, mais j'aimais mieux les *Granites* ou la voie de chemin de fer, où y avait pas besoin de s'occuper des autres.

L'été, les *Granites* étaient toujours trop chauds, alors on allait surtout au réservoir. En fait, c'est juste une sorte de grosse citerne en pierre qu'ils ont construite dans le temps pour alimenter les trains en eau. Y a un énorme rocher plat d'où on peut sauter, et où on peut s'allonger. Si on plonge assez profond, l'eau devient froide et verte, et c'est tellement visqueux et dégueu au fond qu'on ose pas y toucher.

Dans les gorges, y a des *gnamma holes*, ces trous dans la roche où les Abos stockaient la flotte quand il pleuvait. Ils sont pas plus larges que l'intérieur d'un chapeau pour certains. Lee et moi, on attrapait des têtards là et on trouvait des os dans les grottes. Des os d'oiseaux ou des restes de bandicoots, ou je sais pas quoi. C'étaient pas des vraies grottes, juste des avancées dans le vide, ou des grandes crevasses où on pouvait se faufiler pour être au frais. J'aimais bien toucher la mousse qui poussait sur les murs. À l'autre bout, y a des trucs raides comme des falaises que vous pouvez escalader pieds nus si vous le sentez. C'était notre truc quand on était petits. Lee savait grimper sur un rocher raide, comme un rat dans le tuyau d'une gouttière. Mais plus tard, quand on était plus vieux, on restait allongés au soleil la plupart du temps. Pour bavarder, je suppose. Ou sans parler du tout, ce qui était aussi chouette.

Quand on foutra le camp de Magnet, on aura tout le temps de faire l'un ou l'autre : parler ou pas parler. Ça fait un sacré bout de chemin jusque dans le Nord. À Darwin, on pourra travailler sur un crevettier ou continuer vers le Queensland à l'est.

Lee a un œil vert et l'autre gris. Dit comme ça, c'est flippant, mais en fait, pas du tout. Elle a des cheveux épais, raides, un peu couleur blé. Quand elle était petite, sa mère les frisait. On aurait dit une gogol. C'est peut-être pour ça qu'elle a foutu le camp et qu'elle les a coupés court comme un garçon l'année dernière. Je peux pas dire que ça m'a plu, au début. Mais je m'y suis habitué. Quand on lui caresse la tête, ça fait comme un chiot. Mais ça, c'était avant que tout parte en couille. Maintenant, elle a plus de cheveux du tout.

*

C'était chouette de marcher dans cette vallée. Les vieilles traces de roues étaient presque effacées par endroits, mais elles étaient pas difficiles à suivre. Elles zigzaguaient un peu en descendant la colline, jusqu'en bas, mais la pente était si douce qu'on s'en apercevait à peine. Et autour, tout était frais, coupé par des ombres. Le sol était rocailleux, ou granuleux plutôt, couvert ici et là de branches mortes et de feuilles séchées. Regroupés comme ça, les eucalyptus ça fait joli dans le désert. Des cacatoès et des perruches à collier jaune passaient dans le ciel, en bandes. J'ai vu des cailles et un tas d'oiseaux que je connaissais pas du tout. J'aurais pu tuer de quoi me nourrir une semaine. Des gris surtout, et un émeu ou deux. J'étais heureux d'être là, simplement. Près de l'endroit où j'allais. En marchant d'un bon pas. Perdu dans mes pensées.

*

Lee a été privée de sorties entre Noël et le jour de l'An. Pire que ça encore : elle était enfermée dans la maison. Le jour du Boxing Day, elle s'est coupé les cheveux avec une tondeuse pour chiens. Complètement, genre la boule à zéro. Quand elle me l'a dit par texto, je l'ai pas crue, j'ai pensé qu'elle se foutait de moi. Mais elle m'a envoyé une photo. Putain, c'était horrible. Elle avait des yeux énormes, tout tristes, et la tondeuse devait être merdique car elle avait des coupures partout. Elle me faisait penser à un truc que j'avais vu dans un film :

une fille qu'on va faire brûler sur un bûcher. Ça m'a foutu la trouille. Mais elle m'a dit que ça lui donnait l'impression d'être forte et pure. Au bout d'un moment, j'ai pigé je crois, j'ai compris, et très vite, sa photo m'a endurci. Aujourd'hui encore. C'est là que j'ai su qu'on les enterrerait tous, ces connards. C'était comme si elle l'avait fait pour nous deux. Alors, je me suis coupé les cheveux moi aussi. Et après, je me suis rasé la tête. Ah, putain, ma mère a piqué sa crise. Elle s'est mise à gueuler. Wankbag m'a expédié en bas du perron, en disant que j'étais une honte. J'avais donc aucun putain de respect pour ma mère ? C'est alors que j'ai percuté : ma mère portait une perruque depuis presque un an. Je crois que ça leur a foutu les jetons de me voir avec le crâne rasé. Mais je pensais pas à tout ça quand je l'ai fait. Je cherchais pas à faire mon intéressant. Elle est restée là, à le regarder pendant qu'il me flanquait une raclée, dans la rue. À partir de ce jour-là, j'en avais plus rien à foutre de ce qu'ils pensaient l'un ou l'autre.

Pendant très longtemps, j'ai pas su qu'il y avait un truc spécial entre Lee et moi. À part qu'on était copains. Je connaissais rien à tout ça, jusqu'à ce qu'on ait onze ans à peu près. C'est un jour, au réservoir, que c'est devenu bizarre. Ce jour-là, on aurait dit que toute la ville était venue là. Les lycéens faisaient leur cirque. Ils se roulaient des clopes, ils parlaient fort et ils se poussaient. Au bout d'un moment, les gamins plus jeunes sont partis, y avait plus que nous et les ados, et chaque fois qu'ils riaient, on avait l'impression qu'ils se moquaient de nous. C'était affreux, mais on voulait pas rentrer, alors on est restés là, à l'ombre, sans nager ni rien. Installés sur nos serviettes, on essayait de se rendre invisibles et on lançait des vannes aux ados, en murmurant pour pas qu'ils nous entendent. J'avais pas envie de me battre ce jour-là, mais je savais que si l'un d'eux venait nous dire un truc en face, je serais obligé de lui sauter dessus, direct. Peut-être que je me serais fait casser la gueule, mais l'autre connard en aurait eu pour son grade. Lee croit que je cogne avant de parler, mais je parle vachement plus qu'avant. C'est bizarre comme on devient bavard quand y a personne pour vous écouter.

Bref, il a commencé à faire chaud sur le coup de midi, et au bout d'un moment, les lycéens ont foutu le camp, y avait plus que nous deux. Et comme les rochers n'étaient plus à l'ombre de notre côté, on a enlevé nos T-shirts et nos shorts et on s'est baignés comme si on venait de sortir de prison. L'eau était glacée. On a fait les idiots, en s'éclaboussant, et elle a fait des allers-retours en frimant, parce que c'est la meilleure nageuse de la famille. Championne de son école à Magnet, d'après Tante Marg, même si j'ai jamais vu une coupe. Après quelques minutes, on tremblait comme des lapins. Et juste à côté du rebord en pierre tout visqueux et couvert d'herbe, que ça vous fait réfléchir à deux fois avant de monter dessus pour sortir, on s'est rentrés dedans, en voulant être le premier. C'était un accident, pour sûr, un truc auquel on fait même pas attention. Je me suis cogné dans son dos, elle s'est retournée, elle m'a regardé, elle a passé ses bras autour de moi et on s'est retrouvés enlacés. Blottis contre le froid, et puis serrés l'un contre l'autre, os contre os. C'était amusant. On a rigolé. Jusqu'à ce que j'aie la trique. Alors Lee est sortie de l'eau, et j'ai nagé encore un peu, en attendant que ça passe, et on a fait comme si de rien n'était.

Après, on est restés allongés au soleil pour se réchauffer, un peu gênés. Mais je pouvais pas m'empêcher de la regarder. Ses cheveux coiffés en arrière, qui gouttaient sur le rocher, et sa main sur son visage pour se faire de l'ombre, avec la chair de poule à cause du froid. Elle était en bikini. Elle avait les bras et les jambes bronzés. La voir là, sur les rochers, ça m'a fait comme un coup de poing dans le ventre. Après ce jour-là, je crois que ça a plus jamais été pareil entre nous.

Pourtant, il s'est rien passé. Rien de différent de ce qu'on faisait d'habitude. Pendant longtemps, en tout cas. On était des gamins, on faisait des trucs de gamins. Et on n'avait pas de trucs à faire comme les gens de la ville. On pouvait pas prendre le car pour aller à la plage ou au ciné, ou traîner dans les grands centres commerciaux. Partout où on allait, on devait y aller à vélo ou à pinces. On allait prendre un milk-shake au routier et visiter le dépotoir local. Parce que y avait pas de KFC ni de Subway. On se baladait au bord de l'autoroute, en cherchant des plumes d'aigle. Elle est très branchée animaux, Lee. Elle me sort des trucs sur les oiseaux et les serpents que même moi je connais pas. Des fois, elle dit que je suis un taureau qui cherche un magasin de porcelaine, mais quand elle est avec moi, j'ai pas cette impression. Y a des gens qui pourraient dire qu'elle parle trop, mais ça me gêne pas. Chez nous, on dit presque pas un mot. Putain, c'est bon d'entendre quelqu'un parler.

Avant qu'on ait chacun notre téléphone, Lee m'appelait sur la ligne fixe de Magnet, ou alors je filais jusqu'à la cabine devant le routier avec mon skate. Une ou deux fois, je l'ai appelée de la boutique. On racontait n'importe quoi, comme tout le monde. Si on parlait pas des animaux, on parlait des gens qu'on connaissait, ou qu'on aimerait bien connaître, ou des gens super célèbres. Et on adorait dire des conneries. À quoi ressemblerait Ryan Gosling avec la tête de JLo, ce genre de trucs. Pas besoin de parler de machins importants. J'étais heureux quand j'entendais sa voix, son rire. Au fond de moi, je me souvenais de ce que j'avais ressenti dans la réserve. Et je voulais connaître d'autres jours comme celui-là. Une fois que vous avez été tout près de quelqu'un, et dur comme ça, c'est pas facile à oublier.

Je me suis engueulé une seule fois avec Lee. On se disputait jamais. C'était toujours pour rire, pour se charrier. Mais j'ai pas aimé la fois où elle a dit que je marchais bizarrement. On était près des silos quand elle a sorti ça. Elle a imité ma démarche, devant moi. Ça m'a rendu dingue. J'ai pigé tout de suite quand elle l'a fait, sur le chemin de graviers. Je me suis reconnu. J'étais furax. Je l'ai pas frappée, ni rien, je lui ai même pas demandé de retirer ce qu'elle avait dit. Je l'ai plantée là. J'ai foutu le camp, les mains dans les poches. Plus tard, à l'*oval*, elle m'a dit qu'elle était désolée. Je lui ai demandé pourquoi elle faisait ça. Parce qu'elle me comprenait, elle a répondu. Et elle voulait me le montrer. Elle a dit que je marchais avec les coudes sortis, comme un scorpion en colère qui cherche la bagarre et qui veut avoir l'air plus costaud. J'aurais pu lui balancer un coup de poing dans la gorge parce que j'aime pas qu'on se moque de ma petite taille. Elle a dit que c'était naturel, les vipères heurtantes faisaient pareil et les poissons-globes aussi. Mais j'avais pas besoin de le faire devant elle, voilà ce qu'elle voulait dire. En fait, elle était pas du tout désolée. Je lui ai dit, direct, et elle a avoué que c'était vrai. Ce qui est marrant, c'est que j'étais plus énervé, du coup. Ma colère a disparu. Peut-être que je comprenais ce qu'elle voulait dire. Genre : je pouvais me détendre avec elle. Lee, c'est la seule avec qui j'ai pas besoin de jouer les durs. C'est la seule qui cherche pas à se battre contre moi, ou à me remettre à ma place.

Et vous savez qu'une personne compte pour vous quand vous avez toujours envie de la voir.

Lorsque Tante Marg a perdu la maison, Lee et les autres venaient à toutes les vacances et souvent le week-end. On n'allait plus très souvent à Magnet. Maman disait que c'était parce qu'ils avaient dû déménager dans le pub où bossait Tante Marg, et qu'elle avait honte. En tout cas, c'était chouette qu'ils soient là. Lee et moi, on perdait pas une minute. Ces deux années-là, c'était du délire. Malheureusement, y avait toujours de la famille quelque part, des lits et des corps dans toutes les pièces, aucun endroit pour être seuls. Alors, du petit déj jusqu'au soir, on foutait le camp tous les deux, et on faisait nos trucs.

Des fois, on allait plus loin que les silos avec nos vélos, jusqu'à cette parcelle d'eucalyptus salmonophloia, à la limite de la ville. Et y avait aussi la tribune, quand y avait pas de poivrots dans les parages. L'hiver, on grimpait sur le toit du vieux club de bowling sur gazon, et c'était génial. Y avait jamais un chat. Les greens sont morts et personne n'a joué là depuis années. On se couchait sur les plaques d'amiante, jusqu'à avoir le dos tout ondulé. Y avait que nous et les cacatoès noirs. Après, ça s'est fini comme ça se finit toujours, j'imagine. Pas la peine de vous faire un dessin. On est comme tout le monde.

Bon, d'accord, c'est ma cousine. La fille de la sœur de maman. On peut rien y faire. On n'a pas demandé à être cousins. On n'a pas demandé à naître. Et on n'a pas prévu ce qui s'est passé. Un truc que m'a expliqué maman, c'est que l'amour, ça tombe pas toujours au bon moment. Elle avait raison. Même si, plus tard, elle prétendait qu'elle avait jamais dit ça.

Ce truc, ça nous est tombé dessus, mine de rien. Vous pourriez dire qu'on est des dégueulasses, trop jeunes pour faire ce genre de trucs ; la vérité, c'est que je me contrefous de ce que pensent les autres maintenant. J'en ai marre qu'on se foute de ma gueule, j'en ai marre que des connards me regardent de haut comme si j'étais un moins-que-rien. C'est ça qui m'est arrivé, c'est tout ce que j'ai. C'est mieux que tout ce que j'ai jamais eu et je refuse de m'excuser ou de laisser tomber, pour qui que ce soit.

Vous vous dites certainement que c'est une histoire de cul. Ouais, si vous voulez. Vous pouvez dire ce qui vous chante, si ça vous excite. Mais vous êtes loin du compte. C'est pas comme si on faisait que ça toute la journée. Comment on aurait pu, d'abord ? À Monkton ou à Magnet, des endroits tellement petits que tout le monde vous observe ? Vous pouvez pas comprendre si vous avez jamais été obligé d'acheter des capotes à des chauffeurs routiers. Pas moyen d'entrer dans une boutique pour acheter une boîte sans que tout le monde en ville soit au courant. Vous êtes toujours sur vos gardes, vous faites tout en douce, vous guettez la moindre occasion. Tout doit être bien réglé et avoir l'air normal. C'est le truc le plus important dans votre vie, et ça doit rester secret.

Ça vous ronge. Même l'excitation de devoir se cacher, ça vous mine. Le mieux qu'on pouvait faire, c'était d'imaginer que tout était différent. Des fois, on se planquait dans une crevasse aux rochers, ou bien, on faisait du vélo près des silos en rêvant qu'on avait un endroit où aller. Une maison à nous. Ou un Winnebago comme les touristes. Peut-être qu'un jour, on pourrait grimper l'escalier de secours du Railway, en douce, et trouver une chambre libre. Un lit, un lavabo, une grande fenêtre, le store baissé. Rien que pour nous. On resterait allongés là, sur les oreillers et les draps, avec la porte fermée à clé. Quand tout ce que vous avez, c'est de l'herbe sèche, des toits en amiante et l'ombre puante de la tribune, une vraie chambre, c'est carrément le grand luxe. C'était chouette d'en parler, de se faire tout ce cinéma ensemble. D'être l'un avec l'autre. Seuls.

On l'a jamais vraiment dit à voix haute, ni elle ni moi, mais on savait bien qu'on serait jamais tranquilles et heureux dans ces conditions. Vivre dans le secret, c'est cool, mais c'est pas aussi bien que de se sentir honnêtes et à l'abri. Quand vous commencez à parler d'avoir une chambre à vous, que vous imaginez comment ça pourrait être, comme un truc qu'on voit à la télé, vous savez que vous avez aucune chance chez vous. Lee et moi, on serait obligés de partir. Mais on n'a jamais pu faire des plans. Tout ça nous a rendus négligents et cinglés.

*

Y a des jours où vous crapahutez avec un tas de souvenirs dans la tête, et vous êtes tellement occupé à réfléchir que vous en revenez pas d'être allé aussi loin, comme si à peine parti, vous étiez déjà arrivé. Eh bien, ce jour-là au milieu des eucalyptus salmonophloia, c'était pas du tout comme ça. Dieu sait pourquoi j'avais la tête pleine, mais le chemin en finissait pas, comme si quelqu'un était planqué devant pour le fabriquer au fur et à mesure, pendant qu'un autre enfoiré installait des arbres nouveaux et des oiseaux des deux côtés, rien que pour moi, pour faire durer la plaisanterie et me faire chier à mort.

Je vous jure que je commençais à croire que cette vallée finirait jamais.

Au bout d'un moment, comme il se faisait tard, je me suis arrêté. J'ai allumé un feu et j'ai enlevé mes bottes. Je me suis fait du thé et une bonne ration de viande froide, mais je vais pas vous mentir : cette nuit-là, j'ai eu un coup de cafard. Et j'ai pas beaucoup dormi. Ces putains d'arbres ont pas arrêté de craquer, de murmurer, de péter et de grogner, toute la nuit.

Le lendemain, en repartant, je me sentais pas très bien. Je pensais à rien. Je cherchais juste une ouverture au milieu des arbres, un peu de blanc pour me redonner de l'espoir.

Il est plus de midi, putain, quand je ressors enfin du bois. Un peu avant ça, c'est devenu plus brillant derrière les arbres, comme s'ils s'espaçaient, mais la vérité, c'est qu'il y avait moins d'arbres après, y avait plus que des atriplex rabougris et des salicornes. Faut croire que j'avais perdu pas mal de temps sur le rivage, à le scruter, à essayer de tout voir. Le sel était plus taché que dans mon souvenir. Et le lac était si grand qu'on pouvait même pas comprendre ce que c'était.

Les traces de pneus que je suivais tournaient vers le nord, mais ça se voyait comme une bite d'âne que personne était passé par là récemment. Dans le virage, y avait deux tranchées profondes, où quelqu'un avait dû s'embourber un max, mais maintenant, la terre était redevenue toute dure.

C'est à peu près à cet endroit que j'ai quitté les traces. J'en avais plus besoin. J'ai continué à avancer au milieu des salicornes, jusqu'à ce qu'elles soient de plus en plus rares et qu'il reste juste du sel. C'était un terrain bizarre : plat quand on le regardait, irrégulier quand on marchait dessus. Dans l'ensemble, c'était de la terre compacte, mais de temps en temps, votre botte s'enfonçait un peu, et du coup, vous saviez plus à quoi vous attendre. Vous saviez pas si vous pouviez faire confiance à ce que vous voyiez, et parfois, j'avais du mal à garder mon équilibre avec tout cet attirail que je trimballais.

Au bout d'un moment, je me suis arrêté et je me suis baissé pour racler une petite poignée de sel. Mais à cet endroit, il avait l'air tout sale, avec des petits morceaux de pierre noire dedans. Et dans les parcelles les plus molles, il y avait des veines grises, comme un truc qu'aurait tourné. Alors, j'ai continué.

Cent mètres plus loin environ, je suis arrivé devant un affaissement de terrain que j'avais même pas vu avant de tomber dessus. Tout était tellement lumineux, aveuglant, que ça paraissait plat, alors qu'en réalité, le sol s'enfonçait peu à peu dans un cratère, pas plus grand qu'une mare de ferme, et au milieu ça devenait tellement mou qu'on traversait la croûte, jusqu'aux chevilles. Une fois que vous aviez brisé le glaçage blanc, y avait que des cochonneries d'un drôle de violet dessous. Finalement, je me suis servi du fusil comme d'une canne pour pouvoir passer. Ah, putain, ce truc ça collait comme de la merde sur une couverture.

Le temps que j'arrive de l'autre côté, sur la belle étendue blanche, mes bottes étaient deux gros blocs de matière visqueuse et puante ; et en se détachant comme la merde au cul des moutons, elle laissait des traînées, visibles comme le nez au milieu de la figure. Mais même sur le meilleur terrain, je laissais des empreintes de pas qui pouvaient me trahir, et ça me plaisait pas.

J'ai marché jusqu'à ce que les arbres ressemblent à une bande bleu-vert derrière moi, et plus loin, le soleil était presque sur la crête déjà. En regardant vers l'est, on distinguait l'autre rive. Alors qu'à droite et à gauche, le lac se poursuivait à perte de vue.

J'ai continué à crapahuter et dès que le sel m'a paru sec et propre, je me suis débarrassé de tout mon barda, j'ai bu une petite gorgée d'eau, vite fait, et j'ai étendu par terre les deux torchons que j'avais piqués à la maison. Celui que j'avais mis sous mon chapeau était tout dégueu, mais je pouvais pas faire le difficile. Si j'avais été délicat à ce point, j'aurais pris une chemise de rechange ou un caleçon propre, mais j'avais emporté ni l'un ni l'autre. N'empêche, j'étais bien content d'avoir quelque chose pour mettre le sel. Je me suis servi du bouchon de la bonbonne pour racler le sol jusqu'à ce que j'aie un petit tas de sel avec lequel je pouvais faire une boule grosse comme un melon paddy ou une tête de bébé, peut-être. Après ça, j'ai entortillé les torchons et je les ai ficelés avec un morceau de fil de fer rouillé. Et ensuite, j'ai versé le contenu des bouchons de sel directement dans le sac, haut comme ma main, et j'ai fourré les deux torchons au fond, où ils pourraient pas se renverser. Mais c'est plus lourd qu'on croit, cette saloperie. Quand j'ai refermé le sac, on aurait pu croire qu'il était rempli de pierres.

Je pourrais pas dire combien de temps j'ai perdu à glander comme ça. En définitive, aller chercher du sel au lac, c'était pas aussi rapide et facile que je le croyais. Ça m'a pas pris des heures, mais assez longtemps quand même pour que je commence à avoir un mauvais pressentiment. Je savais déjà que je camperais au milieu des eucalyptus cette nuit, encore une fois. Et que le *roo* risquait de pourrir, accroché à son arbre, là-bas. Mais c'était pas ça qui me faisait flipper. C'était d'être allé si loin, à découvert, et d'avoir mis tout ce temps pour faire ce que j'avais à faire. N'importe qui à des kilomètres à la ronde pouvait me repérer sur cette grande étendue déserte. Et puis, j'avais l'impression que je commençais à voir des choses.

J'ai arrimé le sac sur mes épaules et je me suis frotté les mains pour bien les laver. J'ai ramassé le fusil et la bonbonne, et quand je me suis relevé, j'ai vu une tache noire danser dans le coin de mon bon œil. Quand vous avez reçu autant de coups sur la tête que moi, vous êtes habitué à voir flotter des points et des étoiles. Des fois, c'est juste un cil, mais pas cette fois. C'était une tache noire. Au milieu de tout ce blanc. Quand j'ai tourné la tête, elle a disparu. Quand j'ai regardé de nouveau, elle était revenue. Un peu plus vers le nord. Elle dansait dans la lumière chaude et ondulante.

Ah, putain, j'ai dit à voix haute. J'ai saisi les jumelles qu'étaient autour de mon cou. J'ai vu que c'était un truc sombre, mince et grand. Ou quelqu'un. J'arrivais pas à savoir. En tout cas, ça ressemblait à quelqu'un. Je pouvais pas estimer la distance. Je voyais aucun visage non plus. J'ai laissé retomber les jumelles et je me suis mis à courir.

Y a pas eu de cri. Pas encore de coup de feu. Et une fois que je me suis mis à courir, je voyais presque plus rien.

J'ai essayé de contourner cette parcelle de boue, mais je me suis embourbé sur le pourtour. J'ai failli basculer cul par-dessus tête. Le temps que je traverse les salicornes et que j'atteigne la première rangée d'arbres, j'avais le souffle coupé. Je me suis allongé à plat ventre et j'ai regardé à travers la lunette du fusil. Je comprenais pas comment je les avais pas repérés avant. Y en avait pas qu'un seul. J'en comptais trois maintenant. Non, quatre. Regroupés. Comme s'ils m'observaient. Attendaient. Pour voir ce que j'allais faire peut-être. Putain de merde, je savais même pas ce que j'allais faire. Qu'est-ce qui se passerait quand ils seraient à portée de fusil ? Est-ce que j'allais vraiment buter ces connards ? À quoi ça servirait ? J'avais pas envie de tuer des gens que j'avais jamais vus de ma vie. Pas mon genre. C'est un truc de malade. Et s'il y en avait d'autres dans les parages ? Une partie de moi-même me disait : laisse tomber, Jaxie, tire-toi. Mais j'avais ce sentiment complètement dingue qu'il fallait que je sache qui c'était. Peut-être même que c'était pas après moi qu'ils en avaient. N'empêche, croiser quelqu'un par ici, c'était synonyme d'ennuis. J'étais à l'abri tant que personne savait où j'étais. Le truc le plus intelligent, ç'aurait été de retourner dans la vallée et de les semer au milieu des arbres. Au lieu de ça, évidemment, j'ai marché vers le nord. Comme si c'était plus fort que moi. Fallait que je les voie de près avant de foutre le camp.

Plié en deux, en avançant aussi vite que possible, j'ai zigzagué entre les arbres comme si j'étais dans un putain de film. La plupart du temps, je voyais même pas le lac. Bientôt, j'étais même plus certain qu'ils étaient encore là. Finalement, je suis arrivé sur un petit éperon rocheux au-dessus du lac et je me suis approché en rampant jusqu'à ce que je puisse braquer mes jumelles sur eux.

Et là, j'ai vu que j'étais un crétin de première.

C'était pas des gens sur le lac. Ni même des animaux. C'était un groupe de rochers à la con. Plantés tout droit dans le sel, alignés par vagues. Et y en avait pas que trois ou quatre, y en avait tout un tas. Quand j'ai enfin percuté, j'aurais pas su dire si j'étais soulagé ou furax. Je suis resté allongé par terre, essoufflé, à parler tout seul comme un maboul, jusqu'à ce que mon cœur ralentisse et que je remette de l'ordre dans mes pensées. C'est là que la curiosité a repris le dessus car je pigeais toujours pas ce qui se passait là-bas. C'était pas un phénomène naturel. Quelqu'un avait installé ces machins à cet endroit. Ça m'a foutu en rogne.

Ils étaient beaucoup plus loin que je croyais. Pendant un moment, ça ressemblait à une clôture. Mais en approchant, on voyait qu'ils avaient une forme de têtard, avec une tête torsadée et une longue queue. C'était super bizarre. La plupart de ces blocs de pierre bruts vous arrivaient même pas à la taille.

Avant d'avancer à découvert, j'ai bien regardé le

lac, d'un bout à l'autre. Y avait personne, c'était certain. Rien que des pierres et l'air qui tremblotait. Je suis resté planté là un petit moment pour être bien sûr, mais c'est pas évident quand vous savez que vous avez failli perdre la boule à cause d'une meute de rochers.

Quoi qu'il en soit, je suis reparti. Avant ça, j'ai bu une gorgée d'eau, et j'ai senti que la bonbonne était légère. Le trajet du retour risquait d'être dur. Ça commençait à ressembler à une mission.

J'étais à mi-chemin de la rive quand j'ai remarqué qu'il y avait un truc qui clochait dans les empreintes que je suivais. Les foulées avaient changé. Et en regardant de plus près, je me suis aperçu que c'était plus la même forme de chaussure. C'étaient pas les miennes. Là, ça m'a fait l'effet d'une baffe en pleine gueule.

Je me suis mis à quatre pattes pour être sûr, mais y avait pas d'erreur possible. C'étaient les empreintes d'un autre salopard. Putaaaain, j'étais baisé ! Je me suis relevé et j'ai regardé autour de moi, lentement, prudemment. Je suis revenu sur mes pas, jusqu'aux machins en pierre, et là, j'ai vu une autre ligne d'empreintes qui partait à angle droit. Je me suis approché et j'ai mis ma botte dans une trace. C'était bien moi. Mes traces venaient de la tache floue des arbres au loin, normal. À partir du moment où j'ai bien regardé, il est devenu évident que l'autre piste partait vers le nord, plus ou moins. Elle était pas récente, mais assez fraîche malgré tout pour me filer la chair de poule. Même les eucalyptus me paraissaient dangereux.

Ça me faisait chier de devoir faire un autre détour. Fallait que j'accélère l'allure et que je prenne le large. Mais je pouvais pas me poser quelque part, tranquille, s'il y avait quelqu'un dans les parages. Fallait que je sache qui c'était, s'ils étaient plusieurs et ce qu'ils manigançaient. J'avais pas le choix.

*

J'ai suivi la piste pendant une demi-heure peut-être. Elle a atteint la rive près de quelques falaises basses, taillées dans la même pierre sombre, verdâtre, que sur le lac. Puis elle est repartie vers le nord, à travers les atriplex, en longeant le bord. Juste au moment où je l'ai perdue de vue, quand le sol est devenu trop rocailleux, j'ai repéré un éclair argenté droit devant. J'ai pris mes jumelles et je l'ai vu : comme un reflet sur une voiture, un pare-brise ou un truc dans le genre.

C'est là que je me suis barré du lac pour retrouver l'abri que m'offraient les casuarinas et les *jam trees.*

À peu près au même moment, une brise s'est mise à souffler de l'est. Ou peut-être que je l'ai remarquée à cause du bruit dans les arbres. Chaque fois que je jetais un coup d'œil, je voyais les éclairs arriver de plus en plus vite. Jusqu'à ce que je m'aperçoive que c'était une éolienne. Et derrière, au milieu d'un nid d'eucalyptus loxophleba, y avait un toit en tôle que frappaient les derniers rayons de soleil.

Cette éolienne était peut-être une bonne nouvelle. Mais la maison, probablement pas. Je pouvais juste espérer qu'elle était vide. De là où j'étais, impossible à dire, même avec les jumelles. Je devais réfléchir à ce que j'allais faire, mais je me sentais pas super en forme. J'avais des crampes dans les jambes, la tête qui tournait.

Je suis retourné à couvert, dare-dare, je me suis débarrassé de mon barda et j'ai bu l'eau qui restait. S'il y avait pas d'abreuvoir sous cette éolienne, j'étais bon pour passer une nuit merdique. J'ai mâchonné un peu de viande, mais le sel avait formé une croûte, et je peux pas dire que ça m'a fait du bien. J'ai attendu un peu, le temps que ça arrête de tanguer. Sur ce, j'ai repris mon fourbi et je me suis approché, à pas feutrés. Quand j'ai senti une odeur de fumée, j'ai failli recracher. Et voilà, j'ai pensé, je suis baisé.

Puis je me suis dit : sois courageux, bordel, et reste calme. Avant toute chose, fallait que je trouve de l'eau. Tout le reste, genre changer totalement mes plans, ça devrait attendre. Alors, je suis revenu sur mes pas, pour essayer sous un autre angle, avoir une meilleure vue.

J'ai marché un peu vers le nord, discrètement. Et je suis revenu par la crête, le nez au vent et le soleil dans le dos. Très vite, je me suis retrouvé suffisamment près pour pouvoir dire que c'était du pin du désert qui brûlait là-bas. Une odeur qu'on n'oublie pas.

Un peu plus loin, je suis tombé sur des traces de pneus. Je les ai suivies jusqu'à la sortie d'un virage, où elles passaient devant une fosse remplie d'ordures : boîtes de conserve écrasées, rouleaux de grillage rouillé, chaises défoncées, un réservoir d'eau plus troué qu'une porte à moustiquaire. Un vieux Land Cruiser à moitié renversé dans le trou avait été presque entièrement dépouillé. Quand j'ai jeté un coup d'œil au fond, une horde de mouches s'est enfuie, laissant voir un tas d'os. Sur ceux du dessus, il restait des lambeaux de viande séchée.

J'ai reculé tout doucement pour pas faire de bruit en me cognant dans un truc, et c'est là que j'ai remarqué les traces de roues. Un engin roulant était entré et sorti de ce camp, récemment, mais d'après ce que je pouvais voir, c'étaient des pneus déchapés, ce que j'arrivais pas à comprendre. Après ça, je suis devenu encore plus nerveux. J'ai continué à suivre les traces, mais en restant sous les *jam trees* et les casuarinas, et je marchais plié en deux, en m'arrêtant presque tous les mètres pour m'assurer qu'il y avait pas de danger, avant de repartir. Et quand j'ai vu de la tôle grise à travers la mulga, je me suis foutu à plat ventre et j'ai rampé le plus près possible, jusque sous des branches basses. J'étais bien content d'avoir ma veste de camouflage, chaude et puante. Fallait juste espérer qu'il y avait pas de clebs. J'ai posé le fusil, tout doucement, et j'ai levé les jumelles, mais dès que je faisais le moindre mouvement, mon sac à dos se prenait dans les branches et ça frottait. Alors, j'ai reculé en me tortillant, lentement, en essayant de pas faire de bruit. Et ensuite, j'ai bien regardé où j'étais.

C'était une cabane en tôle ondulée. Pas beaucoup plus grande que chez moi, mais mieux construite. Y avait une façade en pignon et un toit en pente, avec une gouttière, et une bonne cheminée en fer-blanc. Sur le porche, à l'ombre, y avait deux sièges. Qui provenaient d'une bagnole. De l'épave du Land Cruiser, vu le look. D'un côté, y avait une porte grande ouverte, et de l'autre, un volet ouvert. Plus loin, devant le mur de devant, y avait un amas de bidons, d'outils rouillés et des cordes. Plus une brouette.

C'était pas une construction récente, pour sûr. Y avait des traînées de rouille sur le toit et les deux citernes étaient posées sur des traverses de chemin de fer, comme dans le temps. Celui qui campait ici était pas un amateur car autour des citernes, y avait des vieux bidons d'essence avec des légumes qui poussaient à l'intérieur. Plus près de moi, un peu sur la gauche, à découvert, y avait un chiotte, avec le couvercle fermé. Et plus près encore, à une dizaine de mètres de l'endroit où j'étais allongé, un arbre mort, et un gros et vieil eucalyptus crenulata, d'où pendait une corde avec une poulie et un croc de boucher qui se tortillaient dans le vent.

J'ai bien regardé partout, en faisant gaffe. Aucune trace de véhicule, pas même des roues de vélo. Alors, je comprenais pas d'où venaient ces empreintes de roues. Pas facile de rester calme. Et dur d'être si près de la flotte, alors que j'avais la gorge sèche. Ah, putain, j'avais les lèvres comme de l'écorce.

C'était un campement bien foutu. La cabane était construite sur une parcelle de terre rocailleuse orangée. Derrière, légèrement vers le lac, y avait l'éolienne. Avec un abreuvoir au pied de la tour, et tout autour une clôture, une sorte d'enclos fait de fil de fer et de branches mortes, dans le style corral. Putain de merde, quelqu'un approchait. Mais en regardant bien, j'ai vu que c'était pas quelqu'un, c'était une chèvre blanche, crade. Et elle était énervée. Elle se jetait sur la clôture, rebondissait contre le portail et tournait en rond.

C'est là que j'ai entendu une voix à l'intérieur de la cabane.

Un homme.

Et ce salopard ne faisait pas que parler. Il chantait. À croire que le monde entier s'était passé le mot pour me foutre en rogne ce jour-là.

J'ai pointé mes jumelles sur la porte, puis sur la fenêtre, mais y avait que des ombres noires. Mon seul point de repère, c'était la voix du type. Il beuglait à tue-tête, genre il aimait s'écouter chanter. Un vrai frimeur. Et par-dessus le marché, il chantait une chanson que je connaissais ! Comme si c'était déjà pas assez embrouillé dans ma tête. C'est rare d'entendre un type chanter, mais chanter une chanson que vous connaissez en plus, y a combien de chances que ça arrive ? Je suis resté scotché une seconde, comme si je savais plus où j'étais, et c'est à ce moment-là que je le vois sortir, pieds nus. Je lâche les jumelles et je le regarde fixement.

C'est juste un vieux bonhomme. Presque chauve. Qui marche délicatement, comme s'il avait mal aux pieds. Sans s'arrêter de chanter. Il tient des trucs dans les mains. Qu'il pose sur un fût. Il s'assoit sur une caisse de bouteilles de lait, à l'ombre. Et il sort une paire de bottes en caoutchouc. Après ça, il reprend les trucs posés à côté de lui et s'avance en plein soleil en traînant les pieds, et quand il s'appuie contre le pilier du porche, je le vois mieux. Maillot de corps. Caleçon qui pend au cul. Gros binocles. Court sur pattes et fort, le type. Visage rougeaud. Et les trucs qu'il tient à la main, c'est un couteau et un fusil à aiguiser.

Il regarde autour de lui, sans se presser. Il arrête de chanter et il se met à fredonner pendant qu'il aiguise son couteau. Il s'y entend pour refaire une beauté à une lame, je le vois tout de suite. Quand il a fini, il accroche le fusil à aiguiser à un clou planté dans le pilier, il ramasse une corde et il se traîne jusqu'à l'éolienne. Les vieilles bottes en caoutchouc noires cognent contre ses tibias. Un son que je connais trop bien. Il est évident que c'est ses empreintes que j'ai vues dans le sel. Mais je me dis qu'il y a pas que lui que je dois gérer. Ça peut pas être juste un vieux bonhomme tout seul. Parce que je vois pas de voiture.

Quand il a le dos tourné, je pointe les jumelles sur lui et je vois ses grandes oreilles rouges, ses épaules poilues, couvertes de taches de rousseur et de grains de beauté.

Je regarde la chèvre qui donne des coups de tête dans la clôture, au pied de l'éolienne. Et je pige l'astuce. Cet enclos, c'est un piège à eau. Ce type a tout prévu. L'animal flaire la flotte dans l'abreuvoir, il se jette contre le portail à ressort, il entre et le portail se referme derrière lui. C'est vachement mieux que de cavaler après des *roos* dans la cambrousse. Mais à le voir avancer en boitillant et entrouvrir le portail comme s'il avait peur de déranger, je me dis que le vieux bonhomme va en chier pour attraper cette chèvre crasseuse dans l'enclos.

Mais il est rapide comme un serpent. À peine il a franchi le portail qu'il chope la chèvre. Elle en revient pas. Il l'a attrapée avec la corde et c'est terminé avant qu'elle ait le temps de se débattre. Quand le couteau s'enfonce dans sa gorge, je crois l'entendre rigoler. Ou peut-être que c'est le vieux. J'espère que c'est pas moi, putain, parce que je suis glacé tout à coup. Comme si j'avais le souffle coupé.

Sans déconner, je suis congelé sur place. Alors que j'aurais dû foncer vers la citerne pendant qu'il est occupé, je reste allongé là, à regarder la chèvre mourir debout. Elle frissonne, elle gargouille et soudain, elle est aussi molle qu'un tapis de bain.

Franchement, dans ma vie, j'ai vu un tas de choses se faire tuer. J'ai vu des vaches électrocutées et des cochons égorgés. Je l'ai fait moi-même, un paquet de fois. Je les ai plantés, je les ai butés avec un fusil, je les ai abattus avec une arbalète. Putain, j'ai même fracassé le crâne d'un chien à coups de marteau. J'ai même fait pire que ça. Mais voir cette chèvre mourir, ça m'a foutu les jetons. Le plus dingue, c'est que j'avais envie de rire. Tout haut. Comme un maboul qu'arrive pas à se contrôler.

La seule fois où j'ai ressenti ça avant, j'étais encore petit. C'était à Moora. Mamie était la première personne morte que je voyais. Elle était couchée sur son lit, dans une de ses robes à pois qu'elle aimait porter au club de sport. Elle avait des chaussures à talons hauts et des bas. La chambre sentait la poudre de riz, l'encaustique Mr Sheen et le pipi. Tante Marg était assise à côté du lit. Elle brossait les cheveux de mamie avec sa petite brosse de bébé, et quand je suis entré dans la chambre, plus ou moins poussé, en vérité, par maman qui était juste derrière moi, elle m'a tendu la brosse, et moi, je l'ai regardée. Je savais pas ce que je devais faire. Tu peux brosser les cheveux de mamie, elle m'a dit. Je la regardais fixement. On aurait dit qu'elle dormait. Sauf qu'elle était maquillée, et elle avait mis ses dents, comme si elle était prête pour sortir.

Je devais avoir huit ans. Et j'avais pas envie de la toucher. Je savais même pas comment qu'on faisait pour brosser les cheveux d'une dame. Mais les autres sont entrés dans la chambre, sans faire de bruit, en reniflant un peu. Je les voyais pas, mais je sentais qu'ils étaient là, bordel. J'étais coincé, j'avais l'air d'une mauviette, avec Tante Marg qui me tendait la brosse et maman qui répétait mon nom comme si elle essayait de me réveiller. Et tout le monde me regardait. Alors, j'ai pris la brosse. J'ai donné deux petits coups vite fait, tout près de son visage rose cochon. Ses cheveux étaient bleus sur l'oreiller. Et quand ma main a cogné contre sa joue, elle était froide, dure, et une sorte d'étincelle m'a traversé, comme une horrible sensation familière. Et j'ai compris. Mamie était de la viande. Comme toutes les choses mortes. Elle était morte sans être morte. La viande est une chose morte sans être morte. Ça me semblait pas normal. Aujourd'hui encore. C'était trop. Dès que j'ai senti ce contact froid comme de la viande, j'ai bousculé toutes ces bonnes femmes et je suis sorti dans le jardin plein d'herbes mortes et d'émex, et je me suis caché derrière la buanderie, où personne pouvait me voir. Parce que je savais que j'allais chialer. Et j'aurais bien aimé. Mais tout ce qu'est sorti, c'est un rire qui m'a brûlé la gorge comme du vomi.

Alors, je reste allongé sous les fourrés, sonné. Au lieu de courir vers le réservoir, ou même de reculer jusqu'à un endroit plus sûr pour mater. D'utiliser l'énergie qui me reste pour me ressaisir. Et soudain, c'est trop tard pour faire quoi que ce soit. Le vieux ressort de l'enclos en traînant la chèvre par les pattes. Il la tire derrière lui, d'une main, comme si elle avait jamais été plus vivante qu'un sac de blé. Avec son maillot de corps gris et ses bottes en caoutchouc. Il tient encore le couteau dans sa main rouge.

Il arrive à la cabane et continue à marcher vers moi. Je m'enfonce dans le sol et je tourne la tête pour qu'il voie pas mes yeux. J'aurais dû piger depuis le début parce qu'il s'est arrêté tout près. Devant l'eucalyptus mort où pendaient la corde et le croc de boucher.

Du coup, je me retrouve cloué là pendant qu'il soulève la chèvre et se met au boulot. Si près que je l'entends respirer, péter et parler tout seul, même si j'arrive pas à comprendre ce qu'il dit, et que ses yeux sont cachés par le reflet de ses lunettes. Mais tout de suite, je peux dire qu'il a fait ça un millier de fois. Il se remet à fredonner. Et il est pas maladroit avec un couteau, croyez-moi, parce qu'il lui faut pas longtemps pour dépecer cette chèvre.

Je l'ai regardé ouvrir le ventre et laisser tomber

les viscères sur le sol. Il a arraché la trachée et le gosier vite fait, et il a retiré le trou du cul entre le pouce et l'index, pour pas qu'il y ait de la merde sur la viande. Les mouches posées sur sa tête ressemblaient à une couronne brillante. Il fredonnait plus. Ses lèvres faisaient la moue comme s'il voulait siffler, mais j'entendais rien. Et il a eu un petit sourire, comme s'il était content de lui ou je sais pas quoi.

Il a essuyé la carcasse avec un torchon. Ensuite, il est reparti vers la cabane en traînant les pieds et je me suis dit que c'était peut-être l'occasion de foutre le camp, mais impossible, j'avais trop soif. Je me demandais dans combien de temps une bagnole allait rouler dans ces traces derrière moi.

Arrivé sur le porche, il a renversé la brouette pour faire tomber des branchages et il a balancé quelques outils dedans. C'était un vieux machin avec une roue en métal, qu'on aurait dit sorti d'un musée, et quand il l'a fait rouler jusqu'à l'arbre, une pelle à long manche faisait des bonds à l'intérieur.

Il travaillait comme s'il y avait pas le feu. Il a pris un hachoir pour fendre la poitrine, bien proprement. Il a déposé les deux morceaux sur une souche, l'un après l'autre, et il les a coupés en quartiers, et en petits bouts ; il a tout mis dans un sac en toile de jute, qu'il a suspendu au croc de boucher, à l'abri des fourmis. Après ça, il a fourré tous les abats dans la peau, et il l'a balancée dans la brouette, avec la tête et les sabots.

Pendant une seconde, j'ai cru qu'il la poussait droit vers moi. J'étais plaqué au sol comme une putain de bouse de vache. J'ai collé mon visage contre les pierres, jusqu'à ce que mon œil amoché me sorte par l'arrière du crâne, et quand je l'ai entendu bifurquer et s'éloigner dans un bruit de ferraille, j'ai pas osé relever la tête. J'ai attendu et j'ai compté, j'ai compté encore et j'ai attendu, et c'est seulement quand j'ai entendu cogner la pelle que j'ai décollé mon visage du sol, et que j'ai vu le hachoir posé sur la vieille souche d'eucalyptus. Là-bas, sur le porche, le fusil à aiguiser était accroché au pilier. Et son couteau était quelque part aussi. Je les voulais, j'en avais besoin pour rester en vie, mais j'avais encore plus besoin d'eau.

Je savais pas si j'avais le temps de remplir une bonbonne de cinq litres. Ce que je pouvais espérer de mieux, peut-être, c'était de foncer jusqu'aux citernes et boire au robinet aussi longtemps que possible. Jusqu'à maintenant, j'avais été super prudent. Mais j'avais une soif d'enfer.

Je me suis préparé. J'ai pris l'Igloo. Je me disais que je pouvais courir avec si elle était vide, et que si j'avais plus de temps que je croyais, je pourrais la remplir.

Mais soit le vieux était rapide, soit j'étais lent car avant même que je m'arrache du sol, j'ai entendu la brouette qui revenait dans un grondement. Merde alors, c'était cuit. J'étais furieux après moi-même. J'ai enfoncé mon visage dans les cailloux encore une fois et j'ai écouté le vacarme de la brouette, la pelle qui cognait et la roue en fer qui heurtait les branches et les pierres sur son chemin. En me disant : et maintenant, et maintenant, bordel de merde ?

Il y a eu un moment de silence. Comme si le vieux s'était arrêté. Pour ramasser un truc, peut-être. Je l'ai entendu marmonner. Et je me suis dit : putain, j'espère qu'il m'a pas repéré. Mais il a recommencé à pousser sa brouette. Tout près de moi. Près de l'arbre à dépecer. J'ai pas osé lever la tête, mais je l'ai entendu décrocher le sac de viande. J'ai attendu qu'il soit retourné dans la cabane et qu'il fasse du bruit à l'intérieur pour jeter un coup d'œil.

Je vois la terre sombre sous l'arbre mort, comme une tache de gas-oil. Des mouches grouillaient dessus, on aurait dit des épines, des teignes ou de l'émex. Je me demande si j'ai le temps de foncer jusqu'à la flotte pendant qu'il est à l'intérieur, mais voilà que ce vieux connard ressort pour aller chercher une brassée de bois sous le porche. Il retourne à l'intérieur et j'entends un bruit de ferraille comme la grille d'une cuisinière qu'on ouvre d'un coup sec. Je me raidis de nouveau, prêt. Sauf que le revoilà. Avec un torchon sur l'épaule et un seau à saindoux. Il reste planté là une minute et il dit un truc, haut et fort.

Il y a une saison pour tout.

C'est quoi, ce bordel ?

Et il ajoute : un temps pour le sang. Et un temps pour le savon. Pas vrai ?

Il radote comme s'il était à la téloche, le vieux. Comme s'il parlait devant un public. Et là, je me demande : il est un peu maboul ou bien il se fout de ma gueule ? Il a pigé que j'étais là ?

Sur ce, il repart vers l'enclos et l'abreuvoir. Et moi, je suis coincé là. Je me dis que si je peux le voir, là-bas à l'abreuvoir, dès que je vais faire un geste, il va me voir lui aussi, c'est sûr. Et s'il sait déjà que je suis là, il va ouvrir l'œil.

S'il avait rien dit, j'aurais tenté le coup, certain. En tout cas, c'est ce que je me disais. En réalité, j'étais piégé, allongé par terre comme si je faisais partie du décor, à observer et à me tortiller, à essayer de deviner ce qu'il avait dans la tête, à me creuser la cervelle, pendant tout le temps qu'il lui faut pour aller jusque là-bas, remplir le seau, s'asperger, se frotter les bras et le visage, s'essuyer avec le torchon, aller remplir un autre seau d'eau souterraine et le rapporter, tout ça au ralenti, comme un vieillard.

De retour à la cabane, il laisse le seau à côté de la porte et suspend le torchon à un fil de fer qui part du porche. Et il rentre. Je me prépare à foncer, encore une fois, mais il ressort presque aussitôt avec un machin à la main. Un bouquin. Et il va s'asseoir à l'ombre, sur un des sièges de bagnole.

Et c'est tout. Pendant une putain d'éternité. Au bout d'un moment, une odeur de viande grillée surgit, mais il se passe rien d'autre. Il reste assis là. À lire sa saleté de bouquin, avec sa bouche en cul-de-poule. Comme s'il lisait un truc à mourir de rire, ou qu'il était content, simplement, d'avoir un gros morceau de chèvre au four. Ou peut-être qu'il trouve cette situation hilarante : moi allongé sur le sol, tenant plus en place, bouffé par les fourmis, mort de soif, et lui, peinard, avec ses deux citernes pleines de flotte et de la bouffe qui l'attend. Non, je me dis. Il sait pas, il peut pas savoir. Mais je crois que je me dis ça pour pas armer le fusil et lui trouer la peau.

Alors, je sais plus quoi penser. Mais je comprends très vite que je suis baisé. Au moins jusqu'à la tombée de la nuit. Pas question maintenant de retourner au camp sans avoir bu. Alors, faut que je reste tranquille en attendant de pouvoir agir en douce. Toute la nuit s'il le faut.

Et c'est ce que j'ai fait. Je croyais pas vraiment que je serais obligé, mais c'est ce qui s'est passé.

Le soleil s'est couché. Toutes les ombres m'ont dépassé et se sont étirées vers la cabane, en rampant jusqu'aux pieds du vieux. Pour lui, elles étaient comme des chiens couchés à plat ventre. Et tout ce qu'il faisait, c'était se gratter les couilles en lisant son bouquin. Par moments, on aurait cru qu'il lisait une phrase à voix haute, ou qu'il se parlait à lui-même. Il avait une drôle de façon de dire des trucs. Avec une sorte d'accent. Comme s'il était habitué à parler tout seul aussi. Ça m'a fait flipper. Mais j'ai pas bougé. Je savais que je pouvais l'avoir à l'usure.

Les gens disent que j'ai aucun self-control, aucune discipline. Ils parlent sans savoir. J'aimerais bien les voir se taper une nuit pareille.

Un chien, ça sait attendre. Les chiens sont doués pour ça. Parce que la moitié du temps, un clébard sait même pas qu'il attend. La vraie attente, c'est quand vous savez que vous attendez. Mais vous devez vous transformer en chien de troupeau et oublier ce que vous faites. Je parle pas de dormir comme un kelpie. Ce que je veux dire, c'est que vous êtes là sans être là. Vous allez quelque part dans votre tête. Sinon, vous êtes foutu. J'ai l'habitude. Comme j'ai l'habitude d'être seul.

*

Je sais que j'aurais dû avoir de la peine pour mes cousins. Mais en vérité, j'étais jaloux. Parce qu'ils étaient trois. Ils pouvaient compter les uns sur les autres.

Avant, je me demandais pourquoi j'étais tout seul moi, puis j'ai pigé. Maman l'aurait jamais avoué, mais à mon avis, quand elle m'a eu, elle a compris dans quoi elle s'était fourrée. Elle a compris qui elle avait épousé, je veux dire. Peut-être qu'au départ, le Capitaine était un type bien, mais ça s'est gâté. Tout ce qui a du sang à l'intérieur peut s'abîmer, sans doute. Comme la viande. Et c'est le sang qui m'inquiète. Il transporte des trucs que vous avez sans le savoir. Des fois, je me demande si cette saloperie est en moi aussi, s'il me l'a refilée genre. Est-ce que ça veut dire que je vais devenir comme ça ? Avec Lee ? Avec nos propres gamins ? Putain, rien que d'y penser, ça me fout les jetons. Pour survivre, faut être dur, je le sais. Mais personne veut être un connard fini. C'est pas correct.

Vous pensez peut-être que je suis un salopard sans cœur parce que je m'en fous qu'il soit mort, mais vous l'avez pas connu. Tout ce que je peux dire, c'est que j'espère qu'il a entendu quelque chose. Juste à la fin. Comme j'entendais s'entrechoquer les couteaux, dans son seau, une demi-seconde avant qu'il s'avance derrière moi pour me flanquer un grand coup sur la tête. Il était toujours bourré au rhum, mais peut-être que ce soir-là, il a entendu le châssis du Hilux craquer, ou peut-être que le cric a produit un petit grincement avant de céder. Et qu'il a eu le temps de se dire, Oh merde, avant de tout recevoir sur la tronche. Mais je prends mes désirs pour des réalités. Car quand on y réfléchit, Wankbag a décroché le jackpot. Tous ses sales péchés dégueulasses sont restés impunis. Il est mort sur le coup, sans souffrir. Avertissement ou pas, il a cassé sa pipe vite fait bien fait. Toute sa vie ça a été un perdant, un fainéant et un minable, mais à la fin, il a eu de la chance. Plus que maman, c'est sûr. Et ça me fout les boules.

Quand je repense à maman maintenant, j'essaie de me souvenir d'elle avant qu'elle soit malade. Je la revois dehors, devant sa corde à linge. Juste avant un orage d'été, alors que le Cap était parti buter des chevaux et les découper pour en faire du bœuf Angus de premier choix. Le ciel était noir et les enclos avaient la couleur du pain. Le vent s'est levé avant l'arrivée de la pluie, et maman avait encore ses vrais cheveux qui flottaient derrière elle. Je suis sorti par la porte de derrière, elle était en train de rentrer les chemises et tout le reste, les draps ondulaient, et j'ai couru pieds nus pour l'aider. Mais je pensais plus aux épines, aux mauvaises herbes et à l'émex, et très vite je me suis retrouvé en train de sautiller comme une tapette qui danse. On a ri tous les deux.

Et là, je suis heureux. Quand elle tend la main vers moi pour m'empêcher de tomber, j'ai l'impression que c'est mon anniversaire, et même les bleus sur ses bras peuvent pas gâcher ma joie.

Mais soudain, elle me repousse, il y a un coup de tonnerre, et je me dis : c'est quoi ce bordel ? et elle me montre le dernier drap, derrière lequel il y a quelqu'un. Putain, je me dis ; il est revenu. Sauf que c'est pas du tout le Capitaine. Je connais cette silhouette. Grâce au vent qui plaque le drap, je sais qui c'est. Puis l'averse dégringole et je me retrouve ailleurs. Me voilà à Magnet. Et je me dis… attendez voir, c'est pas vraiment arrivé. Je suis derrière le pub, et un *roo* est suspendu à la corde à linge qui tourbillonne, le sang coule sur l'herbe et les tribules. Je passe devant, tout droit, et je grimpe l'escalier jusqu'au grand balcon au premier. J'ai l'impression que mes pieds sont pleins de verre brisé, mais je m'arrête seulement quand je suis devant leur fenêtre, pour regarder à l'intérieur. Quatre lits tout riquiqui et un ventilateur qui tourne sur la coiffeuse éraflée. Les autres sont pas là, y a juste Lee. En train de lire un bouquin. Avec son pyjama-short. Les bras et les jambes brunis par le soleil. Le rideau s'écarte chaque fois que le ventilo souffle dans ma direction, et je me dis qu'elle va me voir d'une seconde à l'autre. Je dirai rien, j'attendrai qu'elle me voie. Mes pieds me font mal, mais je m'en fiche, je pourrais rester là toute la journée. Parce qu'elle sait que je suis là. Elle fait semblant. Pas de problème.

Soudain, y a un nouveau coup de tonnerre et elle

lève la tête, et ce qu'elle voit la terrorise. Pendant une seconde, je crois que c'est moi qui lui fais peur, et c'est comme recevoir un coup de pied dans les couilles. Mais elle regarde derrière moi. Et j'entends le métal qui s'entrechoque. La trousse à couteaux. Les fusils à aiguiser et les couteaux. Le bruit de la mort. Je me retourne à moitié pour lui faire face, mais c'est pas du tout le Capitaine. C'est Tante Marg. Avec un couteau aussi gros qu'une putain d'épée. Et quand je tends le bras pour l'arrêter, la lame me tranche la main, au niveau du poignet. Cette femme est devenue dingue, je me dis. Et vlan, l'autre main. Sale bon à rien, elle dit. Je dévale l'escalier sur mes pieds pleins d'épines, et pendant un moment, je me sens libre, loin, jusqu'à ce que je voie que ce qui pend à la corde à linge et qui saigne sur les ronces, c'est pas du tout un *roo*. C'est moi. Je suis déjà là-bas, avant moi, et mes moignons s'agitent contre ma poitrine comme des pattes de *roo*. Et je me dis : putain, y a un truc qui déconne.

Là, j'ai relevé la tête brusquement, et j'ai compris que j'avais piqué du nez une seconde. Sur ce, j'entends le frottement d'un fusil à aiguiser, j'ouvre les yeux et je vois que le soleil s'est couché. Le vieux n'est plus qu'une silhouette devant la cabane. Plus loin, derrière lui, le lac brille d'une drôle de lumière verdâtre. Ça sent la viande rôtie partout et, nom de Dieu, je peux à peine bouger les jambes, comme si elles s'étaient endormies. Je suis furax de m'être assoupi, et pour couronner le tout, voilà que le vieux schnock se remet à chanter.

Il était le fils unique de son père, la joie et la fierté de sa mère…

D'après ce que je peux voir, il est en train d'aiguiser son couteau, appuyé contre le pilier. Et je peux pas m'empêcher de lui en vouloir d'être si content de lui.

Il disparaît un moment, sans s'arrêter de chanter, et une lumière s'allume à l'intérieur, une lampe ou une bougie. J'entends la porte du four. Putain, je vous le dis, c'est un bruit que vous oubliez jamais. Un grand claquement sec, et il ressort. Avec une lampe-tempête qu'il accroche à un clou. Même sans mes jumelles j'aperçois la bouffe dans l'assiette en fer-blanc : de la viande et autre chose. Je vois même la vapeur qui s'en échappe. Le vieux schnock la pose sur un gros et vieux baril, et il continue à chanter.

Il volait les riches, il aidait les pauvres, il a abattu James Mac Evoy.

J'ai tous les poils dressés.

Le jeune colon sauvage semait la terreur en Australie…

Parce que c'est une chanson que chantait mamie. J'ai entendu maman la chanter aussi, quelques fois. D'accord, j'avais un peu perdu les pédales, mais je me suis mis dans la tête que ce vieux connard savait que cette chanson allait m'énerver. Comme s'il savait que j'étais le fils unique de mon père. Il savait pas seulement que j'étais là, il savait qui j'étais, et il connaissait ma famille. Salopard, je me suis dit. Tu essaies de me débusquer comme un animal errant, en sortant de la viande et en jouant avec moi. Puis j'ai pensé : Jaxie, espèce d'abruti, comment il peut savoir qui tu es? Il sait même pas que t'existes. C'est juste un vieux type solitaire qui parle tout seul et qui chante tout le temps. Ça fait ça quand on est tout seul. Putain, mec, reprends-toi et calme-toi.

Alors, je me suis ressaisi. Il a arrêté de chanter et il s'est coupé un gros morceau de barbaque. Et v'là-t'y pas qu'il ressort de sa cabane en disant : y a largement assez pour deux.

Peut-être qu'il a entendu mon cri de surprise parce qu'il a continué à parler à voix haute.

Je suis un gars civilisé, qu'il a dit.

Tout ce que je pouvais faire, c'était m'enfoncer la tête dans la terre.

Mais comme tu peux le voir, il a ajouté, je suis pas un imbécile. Et j'espère que toi non plus. Alors, soyons deux gars civilisés. Y a de quoi manger, et tu es le bienvenu.

J'ai gardé la tête baissée. Je sentais qu'il attendait. Au bout d'un moment, j'ai relevé la tête, le plus lentement possible. C'est là que j'ai vu le fusil de chasse derrière lui, sur la bâche.

Mais si c'est toi qui viens me chercher, il a dit, ainsi soit-il. Je partirai les yeux ouverts et le ventre plein.

Et il s'est mis à manger. L'assiette faisait un bruit

de ferraille. Des papillons de nuit se lançaient à l'attaque de la lampe, leurs ombres dansaient au-dessus de lui et devant la cabane. Je l'ai regardé vider son assiette. Et l'espace d'un instant, je me suis dit que je pouvais faire un truc dément. Je pensais à tous ces trous dans le sol, là-bas au campement. J'avais le Browning sous la main. Le vieux était dans la lumière, pas moi. J'avais une lunette et assez de place pour me poser. Le temps qu'il prenne son fusil, il serait mort. Et personne n'entendrait rien par ici. Rien pouvait m'en empêcher.

Il mâchonnait et faisait des bruits avec sa bouche, comme s'il en avait rien à foutre, comme s'il était même pas sûr que j'existe, et j'aurais dû y voir un bon signe, mais ça me foutait en rogne, j'avais l'impression que cet enfoiré me prenait pas au sérieux. J'étais un salopard aux abois, qui crevait de faim et de soif, armé d'un .243, et il imaginait même pas qu'il me poussait à bout. J'étais tellement énervé que mes dents étaient électriques.

Il m'avait repéré, c'est sûr, et maintenant, il rusait. C'était un vieil enfoiré sournois ou un pauvre maboul ? Peut-être qu'il faisait ça tous les soirs, en croyant voir des trucs, des gens qu'existaient pas. Sauf que j'étais bien là et qu'il pouvait tirer quelques cartouches dans le noir, pour se rassurer, et me découper en morceaux à cette distance. Mais il m'offrait à bouffer.

J'allais pas tomber dans le panneau. Il me connaissait pas. Il savait pas de quoi j'étais fait. Et il était vieux. Il pouvait pas rester éveillé toute la nuit. Toute ma vie, j'avais attendu que des vieux schnocks s'endorment.

J'étais à la masse, c'est vrai, et je lui en voulais à mort de se foutre de ma gueule de cette façon, mais j'étais pas du genre à tuer un homme de sang-froid.

Le problème, c'est que ce vieux bonhomme pouvait pas le savoir. Il jouait gros, hein ? Il se demandait si j'étais un homme civilisé, comme il disait. Et il misait sa vie.

Mais ça voulait pas dire que je pouvais lui faire confiance. Un type qui vous bute pas d'emblée, un type qui vous offre à bouffer, ça empêche pas qu'il peut vous dénoncer aux flics.

Finalement, le vieux schnock a laissé tomber et il est rentré. Peut-être qu'il en a eu marre. Ou peut-être qu'il pouvait pas supporter une minute de plus tous ces papillons de nuit. Il a fini son assiette et il s'est resservi. Il a fredonné, il a chanté et après, il est resté assis, tranquille. Il se disait peut-être qu'il m'avait imaginé. En tout cas, il a plié bagage et il est retourné dans la cabane.

Il était tard. J'avais l'impression du moins. Alors, j'ai supposé qu'il se préparait pour aller au pieu. Et d'une seconde à l'autre, j'allais l'entendre ronfler. Mais sa lampe était toujours allumée. Une lumière jaune sortait par la porte et à travers le volet. C'est tout ce que je voyais, mais chaque fois que je croyais qu'il dormait, j'entendais une chaise racler le plancher ou le tintement de sa timbale.

Des bestioles grattaient le sol sous moi. Et au-dessus de ma tête, de tout petits oiseaux ou des insectes gazouillaient, s'agitaient et bruissaient. Pendant des heures, j'ai attendu que cette foutue lampe s'éteigne, mais le vieux tenait le coup. On aurait dit que toute la cabane était prête à s'assoupir. Et j'arrêtais pas de me dire que le toit du porche commençait à tomber comme une paupière, mais ça venait de moi, je suppose.

À un moment pendant la nuit, un oiseau a atterri dans le buisson d'épineux au-dessus de moi. J'ai senti les branches se tordre et se balancer sous son poids, et après, tout ce que j'ai entendu, c'est des trembillements et des grattements, une minute avant qu'il s'envole. Il a jamais su que j'étais là.

Au bout d'un moment, il a fallu que je pisse. Ça ressemble à une grosse insulte : crever de soif et avoir envie de lansquiner. Du coup, je pouvais rien faire d'autre que d'ouvrir ma braguette et me soulager là où j'étais. On aurait pu penser que la terre sèche allait tout absorber comme une éponge. Je pouvais pas imaginer que j'aurais le froc complètement trempé. C'était génial de passer la nuit couché dans la pisse.

J'ai pensé battre en retraite et remonter sur la crête en douce, pour trouver un endroit sûr où dormir, avant de me traîner jusqu'au campement, le lendemain matin. Des gens ont fait pire que ça. Et j'aurais pu le faire. sans cette odeur de flotte, si près, et la vue de ce fusil de chasse.

Fallait que j'attende.

J'ai pas choisi de penser à Lee. C'était pas le moment. Mais peut-être que j'avais pas d'autre endroit où aller.

*

Noël avait pas trop mal commencé. Jusqu'au déjeuner, tout allait bien. Maman était déjà très malade, mais ce jour-là, elle s'était pomponnée et elle faisait comme si de rien n'était. Elle portait une robe jaune et on avait accroché des guirlandes et des serpentins. Dans le salon, y avait des trucs à grignoter partout, répartis dans des coupes : des chips, des Twisties, du chocolat, etc. Dans la maison, ça sentait la viande grillée, mais il faisait trop chaud, et la clim était déréglée. Tante Marg était venue de Magnet ; et Lee et moi, on jouait au cricket dehors avec les petits, histoire de prendre l'air et de les occuper. C'était rasoir, mais chouette en même temps, parce que les vieux étaient tous à l'intérieur, en train de boire de la bière et des panachés, et Lee et moi, on pouvait être tout près l'un de l'autre. Les mômes remarquaient rien.

De temps en temps, un batteur réussissait un joli coup et la balle traversait l'enclos d'émex, en direction de la voie ferrée, et quelqu'un devait traverser cette merde sur la pointe des pieds pour aller la chercher.

Je me souviens des silos, blancs sous le soleil. Et de l'odeur du chaume. Franchement, c'était paix sur terre et aux hommes de bonne volonté, je me disais. Surtout quand les petits ont commencé à geindre et sont rentrés chercher du Fanta, et qu'on s'est retrouvés seuls dehors, Lee et moi.

J'avais un truc pour elle, un cadeau. Pas aussi classe que les roues de skate, mais je savais que ça lui plairait. Je l'avais trouvé à la décharge, là où ils empilent toutes les épaves de voitures. C'est bourré de serpents là-bas. Dans la moitié des bagnoles et des camionnettes, y a des mulgas qui cavalent après les souris. Mais si vous aimez ramasser des plaques, ça vaut le coup de prendre le risque. J'y allais plus souvent quand j'étais gamin. J'y étais pas allé depuis un bail, mais ce jour-là, c'était spécial. Parce qu'au mois de novembre, j'avais trouvé la plaque idéale pour Lee. Je l'avais chopée sur une fourgonnette de l'âge de pierre. Rien que le nom. En lettres penchées et argentées. Austin. Je l'avais nettoyée et astiquée. Après, je l'avais collée sur un bloc de pin. Que j'avais taillé en biseau, poncé et verni. C'est rien qu'une plaque, je sais bien, mais elle est faite exprès pour elle, vu que c'est son nom de famille : Lee-Ann June Austin.

Juste au moment où je me dirigeais vers le cabanon où je l'avais planquée, Tante Marg nous a demandé de venir voir une vidéo avec eux. Alors, je me suis dit que je le ferais plus tard, et on est rentrés comme des enfants bien sages, des cousins de Noël souriants. Finalement, j'ai jamais pu lui donner son cadeau.

Voici ce qui s'est passé. On est assis sur le canapé. Moi à côté de Lee, les gamins par terre devant nous. Il fait une telle chaleur dans la maison, la peau de sa cuisse est si fraîche contre la mienne que j'ai juste envie de la toucher. Et peut-être de lui prendre la main aussi. Car malgré la viande qui rôtit dans le four, je sens son odeur de peau d'orange, et ça me rend dingue. Mais le vieux Wankbag est juste là, dans son gros fauteuil inclinable, il pue le rhum et il gratte sa barbe. Je sais pas si je vais pouvoir supporter ces conneries une seconde de plus. Être obligé de faire semblant, de rester assis là comme un animal débile, toute la journée, en sentant tout ça, sans rien pouvoir dire, rien pouvoir faire. J'en voulais pas de leur Noël en famille à la con. J'avais pas envie d'être avec eux, pas même avec ma mère malade. La seule chose que je voulais était à côté de moi, et je pouvais pas l'avoir. Et c'est devenu trop dur à supporter.

Alors, j'ai filé. Je me suis levé pour marcher jusqu'à la porte, voilà tout. Attends, Jaxie chéri, m'a dit Tante Marg. Le déjeuner est bientôt prêt. Mais j'ai continué et soudain, je me retrouve pieds nus dans les ronces, je dépasse la corde à linge, jusqu'au cabanon. J'entre pour me mettre à l'ombre, mais à l'intérieur, ça empeste l'odeur de Wankbag, et là, je deviens fou, je panique comme si j'étais pris au piège, alors je pousse la petite porte de derrière, et je ressors en plein cagnard dans les mauvaises herbes remplies de serpents.

Je suis coincé. Genre, je sais même pas ce que je fais, je sais plus quoi faire. J'ai pas de chaussures. Je peux pas cavaler jusqu'aux enclos de chaume. Tous les coupe-feu sont hérissés d'émex. Et les rails de la voie ferrée vous feraient fondre la plante des pieds tellement ils sont brûlants. J'ai une trique à laquelle on pourrait accrocher une gourde. C'est horrible, débile, humiliant, et je sais pas si je dois me branler ou me couper la bite avec un cutter. Et c'est comme ça qu'elle me trouve, en train de chialer toutes les larmes de mon corps, en silence. Je la sens à côté de moi, mais j'ose même pas la regarder. Elle s'en fiche. Elle pose les mains sur moi, en douceur, sur mon visage, mes oreilles, elle m'embrasse, en faisant des petits bruits comme si elle essayait de consoler un bébé qui pleure, mais je peux pas m'arrêter, je suis sans défense, mort de honte. Et vous savez quoi ? Ce que je voulais à ce moment-là, c'était pas me la taper, je voulais juste lâcher toutes les choses que j'arrivais pas à sortir. C'était comme si je pouvais dire son nom avec ma bouche, mais pas avec mon larynx. Je croyais que j'allais prendre feu et mourir.

Et soudain, la voilà qui s'agenouille dans l'herbe sèche. Pendant une seconde, je crois qu'elle me supplie d'arrêter de pleurer, d'arrêter de faire ma tête de poisson qui avale de l'air. Mais elle baisse mon short. Ses cheveux brillent. Ses yeux étranges regardent à l'intérieur de moi comme si elle comprenait tout. Et ça ressemblait pas aux fois d'avant, c'était très triste, calme et doux, comme si on était vraiment dans une chambre à nous. Quand j'ai fini, elle s'est accroupie, elle s'est essuyé la bouche, avec un sourire victorieux, et c'est là que j'ai su que je l'aimerais toute la vie, que je ferais n'importe quoi pour la garder et la protéger, et que quoi qu'ils me fassent, ils pourraient pas m'obliger à renoncer à elle.

La seconde d'après, bien entendu, il est là, devant moi, et il m'en colle une. Je vois arriver son poing, mais je bouge même pas pour me protéger.

Je tombe dans l'herbe la tête la première, et le

seul truc que je pense, c'est que la terre tout entière a l'odeur de Lee, et que c'est bien, c'est bon. Quand je me relève, ils sont partis tous les deux.

Lorsque j'entre dans la cuisine, y a un silence de mort. Ils sont tous assis autour de la table avec leurs chapeaux en papier grotesques, et ils attendent, en respirant à peine vu leurs têtes. Ils ont tout avalé, la viande, les légumes, la sauce et les boissons. Y a des serpentins et des guirlandes partout. Pourtant, personne n'est heureux. On dirait qu'ils ont oublié ce qu'ils font là. Mes petits cousins ont l'air effrayés et perplexes. Maman et Tante Marg plaquent leurs mains sur leur bouche et ouvrent des yeux comme des soucoupes. Évidemment, le seul qui est pas assis, c'est lui. Adossé à l'évier, avec sa chemise hawaïenne toute neuve, il tète une bouteille de tord-boyaux. Il retire le goulot de sa bouche, rote et me regarde.

Sale petite merde, il dit.

Je réponds pas. J'ai encore la tête qui résonne. Lee entre à son tour, le visage rouge et mouillé. Comme si elle était allée dans la salle de bains. Pour réfléchir. Tante Marg fait un drôle de bruit, comme si elle allait se mettre à jacasser.

Quand il s'approche de moi, je me retourne pour décamper. Et je me retrouve en train de ramper dans du verre brisé et de la bière. Il se met à raconter. Tout. Devant les petits. Ce qu'on a fait. Ce qu'il a vu. Mais il avait déjà dû en parler. Les femmes hurlent. Pas à cause de ce qu'il me fait. Oh, ça non, jamais.

Tout à coup, Tante Marg traverse la cuisine et

attrape Lee par les cheveux. Les gamins sortent en courant. Lee me regarde, juste une fois. Elle porte son short en jean et un T-shirt qui a des taches de sueur sur le devant. Elle est pieds nus. Mais je me souviens surtout de ses yeux d'animal qu'on mène à l'abattoir.

C'est la dernière fois que je me suis retrouvé dans la même pièce qu'elle. Elle a même pas eu le droit de venir à l'enterrement.

Mais c'est pas l'image que je veux garder d'elle. Quand je la fais apparaître, je l'installe dans un gros fauteuil, dans une pièce avec des rideaux. Elle est enveloppée dans un drap, ses cheveux ont repoussé et ils sont coiffés en arrière, mouillés, comme si elle sortait du bain. C'est pas une chambre merdique comme au Railway. C'est un cinq-étoiles. Avec une moquette épaisse. De la bouffe et des fleurs partout, du poulet froid et des pizzas, des bouteilles de champagne ou un truc dans le genre, sur des plateaux et des tables. Elle est assise bien droite comme une princesse, ses pieds nus et sales sont posés au bout du lit, plus large qu'une piscine. Et elle me fait son truc avec les sourcils, pour me faire rire quand j'essaie d'avoir l'air sérieux. Je suis tout propre et bien habillé, comme un adulte. Mes poches sont pleines de fric. Mais j'arrive pas à rester sérieux. Je m'écroule en riant. À plat ventre sur le lit, au milieu de toute cette bouffe. Avec elle.

DEUXIÈME PARTIE

J'ai été réveillé par un truc qui me donnait des petits coups. Comme un animal. Je me suis relevé si vite que ma tête s'est accrochée dans toutes ces branches enchevêtrées.

Eh bah, a fait le vieux schnock, penché vers moi, accroché à son chapeau de rodéo débile, recourbé sur les côtés. Bien le bonjour.

Il s'est redressé. Il a fait tournoyer une branche dans sa main pendant une seconde, avant de la jeter.

Je disais rien. Je le regardais en clignant des yeux. Il m'a fallu un moment pour piger. Quand j'ai voulu prendre mon fusil, il a souri et il a levé l'épaule pour que je voie le Browning qu'il portait en bandoulière. Il a repoussé le chapeau de cow-boy sur son front.

Sacrée nuit, pas vrai ?

Quand j'ai ouvert la bouche, ça a fait un bruit sec de déchirure. Comme quand on arrache la peau d'un bœuf.

Dure pour tous les deux, il a ajouté.

J'avais pas assez de salive pour parler. De toute façon, je savais pas quoi dire.

J'ai cru que tu étais la fin des temps. Je l'avoue, pendant un moment, j'y ai vraiment cru. Et puis, je me suis demandé : est-ce qu'ils enverraient un enfant ? Oui, évidemment !

Il a éclaté de rire, d'une manière qu'était pas vraiment drôle. Et je comprenais rien à ce qu'il racontait. Je le regardais à travers le buisson d'épineux et je voyais le ciel mauvais derrière lui, et la réalité m'est tombée dessus d'un coup. J'avais tenu le coup, j'avais attendu toute la nuit. Nom de Dieu, je m'étais transformé en un putain de guerrier pour résister, et j'avais fini par piquer du nez. Et voilà que je m'étais laissé prendre.

Un môme, rien de moins, il a dit.

Il a tendu la main pour prendre ma bonbonne, et j'ai pas pu m'empêcher de reculer. J'étais sur les nerfs, de mauvais poil, un vrai chat sauvage. Quoi qu'il arrive maintenant, je me disais, ça sentait pas bon. Et puis, j'avais plus rien pour me défendre.

Il a secoué la bonbonne et il s'est marré.

De quoi il a soif ce jeune gars, en plein désert ? De ruisseaux d'eau vive ? Ou de vengeance peut-être.

J'arrivais pas à savoir s'il était complètement bourré ou s'il se foutait de ma gueule. J'ai pas répondu. Je pensais en moi-même : je reverrai plus jamais Lee. Même s'il m'enterre pas ici même, il va me balancer aux flics.

Alors, tu dis pas bonjour ? T'as rien à dire pour

ta défense ? Après avoir bu un coup, peut-être. Amène-toi.

Et puis merde, je me suis dit. J'avais du mal à tenir sur mes jambes, mais dès que je me suis retrouvé dans la clairière, j'ai marché droit jusqu'à la citerne et je me suis agenouillé. Je m'en foutais qu'il soit derrière moi avec le fusil. Je pensais qu'à une seule chose : la flotte. Elle était chaude comme du sang, mais j'ai bu aussi vite et autant que je pouvais, et quand j'arrivais plus à tenir le rythme, j'ai laissé l'eau couler sur mon visage et mon cou, jusqu'à ce que le vieux s'avance pour fermer le robinet. Pendant un moment, je suis resté allongé là, dans la bouillasse, et j'ai senti qu'il reculait pour me regarder.

Pire que je pensais, il a dit.

Il s'est rapproché, il m'a tendu le bras et moi, comme un môme, je lui ai pris la main et je me suis relevé en titubant. Il m'a pas lâché tout de suite. Au lieu de ça, il a retourné ma main, il a regardé mon bras et il a vu toutes les écailles de sang séché.

Tu dégages un sacré fumet.

Je savais pas de quoi il parlait, alors j'ai rien dit.

Tu te sentiras mieux après avoir fait trempette.

Tout ce que je veux, c'est un verre, j'ai dit.

Pas de problème, mon garçon. Mais regarde dans quel état tu es. Tes fringues pourraient marcher toutes seules jusqu'à la laverie.

C'est là que j'ai compris : il voulait dire que je puais. Et ça m'a fait rougir. De colère surtout, mais de honte aussi. Mais je pouvais rien dire ; ni rien faire parce que c'était sa flotte qui circulait dans mes tripes comme un ver chaud et j'étais aussi chancelant qu'un jeune veau non sevré.

Y a du savon à côté de l'abreuvoir. Et je peux te filer une serviette.

Si vous voulez.

À la bonne heure.

J'avais pas envie de me laver. J'avais juste envie de m'allonger à l'ombre. Et ça me faisait flipper qu'il insiste autant, j'aimais pas ça du tout, mais c'était lui qui avait le fusil, alors qu'est-ce que je pouvais faire, hein ? J'ai pris la serviette et j'ai marché jusqu'à l'éolienne, suivi par le vieux. L'enclos autour de l'abreuvoir était tellement rafistolé avec des morceaux de fil de fer entortillés qu'on aurait dit le tricot d'une vieille folle. La barrière était dans un sale état, mais en la tirant à peine vers moi, je me suis aperçu que le ressort était encore bon. Et je me suis demandé combien de chèvres ce vieux bonhomme avait butées. Combien de connards comme moi. Sur une souche, à côté de l'abreuvoir, y avait un seau en fer-blanc et du savon dans un flacon en plastique. Le vieux m'a fait signe d'entrer, comme s'il m'avait préparé une table pleine de bouffe.

Profites-en pour laver tes fringues, pendant que tu y es. Toutes. Elles seront vite sèches au soleil. Et j'ai ce qu'il faut pour te changer.

Je l'ai regardé avec de grands yeux, je crois. Il a levé les sourcils, en souriant, c'est tout, comme pour me dire d'y aller. Mais pas question de baisser mon froc devant un inconnu.

Vas-y. Je vais nous préparer du thé.

J'ai attendu qu'il soit presque arrivé à la cabane

avant d'enlever mes bottes. Et je suis resté devant l'enclos un moment. En me demandant si j'étais plus intelligent qu'une chèvre. Finalement, j'ai poussé le portail et je suis entré.

Sous mes pieds, le sol était tout spongieux, à cause des merdes de chèvre. L'humidité traversait mes chaussettes. J'ai regardé l'intérieur verdâtre de l'abreuvoir, j'ai accroché ma casquette à la clôture, j'ai posé mon téléphone sur le poteau, et j'ai grimpé dedans tout habillé. Je savais pas trop ce qui faisait kiffer ce vieux bouffon, mais s'il avait ce genre de penchants, j'allais pas lui faciliter les choses.

Ah, putain, ce qu'elle était froide cette flotte. Dure et cuivrée comme au réservoir, et quand j'ai beuglé, je l'ai entendu rire jusqu'à la voie ferrée. Va te faire foutre, vieux schnock. Moque-toi de moi, vas-y. Mais comme au réservoir, le froid m'a stimulé au bout d'un moment, tout mon corps s'est habitué, et pendant un instant, je me suis senti flotter, comme si tout mon être était libéré.

*

Quand je suis revenu, il avait allumé un feu, devant la cabane, et sa grosse gamelle noire bouillonnait presque. Le vieux m'a regardé, pieds nus, juste avec ma serviette, et il m'a eu l'air trop choqué pour être un pervers. Faut croire que j'étais dans un sale état. En plus des égratignures et les divots que je m'étais faits en chemin, y avait les bosses et les bleus avec lesquels j'avais quitté la maison. J'avais pas prévu de me désaper, mais avec mes fringues trempées sur le dos, j'avais des frissons partout, alors je les avais retirées dès que j'étais sorti de l'abreuvoir et je les avais suspendues à l'éolienne. Ça m'avait fait du bien de me frictionner avec la serviette rêche, mais c'est le feu qui m'a donné l'impression de redevenir un être humain.

Nom d'un chien, il a dit. On dirait que tu t'es battu bec et ongles pour arriver jusqu'ici.

J'ai pas répondu. J'avais enveloppé mon téléphone dans ma casquette et je le serrais fort devant moi pour empêcher la serviette de glisser. Je suis resté tout près du feu jusqu'à ce que je sente que les poils de mes jambes allaient cramer. Le vieux est entré dans la cabane. Il en est ressorti avec un bol en fer-blanc dans une main et des fringues dans l'autre.

Tiens.

J'ai pris les fringues, mais j'allais pas les enfiler là, maintenant.

Oh, oui, bien sûr, il a dit. Entre.

Il a posé le bol par terre et j'ai vu qu'il était rempli de pâte à pain. Il s'est assis sur une caisse de bouteilles de lait, il a pris une poignée de pâte, il l'a aplatie un peu et il l'a posée sur les braises, sur le côté. La pâte a gonflé sous la chaleur en dégageant une odeur de rêve. Je l'ai regardée jusqu'à ce que j'en puisse plus.

À l'intérieur de la cabane, il faisait sombre. Y avait le même sol en ciment et les mêmes murs à colombages que dans ma cabane de chercheurs d'or, mais elle était plus grande et mieux construite, et surtout, y avait plus de réserves. Le vieux avait installé un évier en fer-blanc et un seau sous la fenêtre à côté du poêle à bois. La fenêtre n'avait pas de carreaux, juste un volet rabattu à l'extérieur. Il y avait un vieux lit en fer et un matelas. Une table. Deux chaises. Dans des caisses en pin empilées contre un mur, il avait mis des bouquins. Et le long des cales en jarrah, il y avait posé des pierres, des coquillages, des nids d'oiseaux et des morceaux d'os. Mais le mieux, c'était le garde-manger. Un simple placard grillagé. Peint en vert dans le temps, apparemment, mais la couleur était devenue toute laiteuse. Les quatre pieds en bois étaient dans des boîtes de conserve remplies d'eau pour repousser les fourmis. C'était parfait. Pendant une demi-seconde, je me suis vu en train de le trimballer à l'autre bout du lac, derrière la crête, jusqu'à l'endroit où j'avais accroché le *roo.* Mais comment ? Qu'est-ce que j'allais faire ? Lui piquer son garde-manger ?

Mon fusil était appuyé contre le mur, derrière la porte, mais le chargeur avait disparu, et j'étais prêt à parier que la chambre était vide. Je voyais pas le fusil de chasse.

Finalement, j'ai enfilé le caleçon du vieux et la chemise. Les deux sentaient le feu de bois et une odeur citronnée, familière. Près de la porte, y avait un petit miroir pour se raser, mais je voulais pas regarder. J'ai remis ma casquette et fourré le téléphone dans la poche du caleçon. Quand je marchais, il cognait contre ma jambe.

Dehors, devant le feu, le vieux a retiré la terre et

les cendres qu'étaient sur le pain, et il m'en a donné la moitié. Il a versé du thé dans deux timbales et m'en a tendu une. J'ai attendu autant que je pouvais, et malgré ça, je me suis brûlé la bouche avec le thé. J'ai englouti le morceau de pain en trois bouchées. Le vieux s'est marré et il m'a donné le restant du sien. Il a pris un autre morceau de pâte qu'il a posé sur les braises. Et pendant un moment, on est restés muets tous les deux. Lui assis, moi debout. C'était bizarre.

Il m'a dit d'aller chercher une chaise, et j'ai répondu que j'étais bien comme ça. Il a claqué des dents, comme si je l'avais un peu énervé, et après ça, il a montré mon œil en disant : sacré coquard.

J'ai haussé les épaules.

Tu es un bagarreur, alors ?

J'ai bu une gorgée de thé.

Y a pas beaucoup de portes pour se cogner dedans par ici.

J'ai juste reniflé. Je savais pas où il voulait en venir.

Tu es parti chasser, tu t'es retourné et tu as perdu les autres. Du coup, te voilà ici, hein ?

Si vous le dites.

Quoi ?

J'ai dit : si vous le dites.

Hmmm. C'est pas ce que tu dis, toi ?

Pourquoi vous me demandez ça ?

Je suis un gars curieux, il m'a répondu en souriant toujours.

J'ai rien dit et il m'a examiné encore une fois, comme s'il essayait de prendre une décision. Derrière ses lunettes, ses yeux nageaient comme deux poissons obèses. Nerveux.

Mets-toi un peu à ma place, mon garçon. Je vis ici tout seul, je vois personne d'un mois à l'autre, et donc quand un type s'approche de chez moi en rampant, à l'improviste, je brûle d'envie de savoir d'où il vient, et à quoi il joue, de connaître sa putain d'histoire. Tu comprends ?

J'ai haussé les épaules en mâchant mon morceau de pain et en regardant les braises du feu.

C'est tes jumelles qui t'ont trahi, en tout cas, il a ajouté. Ou la lunette du fusil. Sache-le. J'ai aperçu un reflet là-bas, au sud. Un homme seul remarque certaines choses, et par ici, dès qu'il se passe un truc, c'est un événement important. Alors, j'ai gardé mes vieux yeux grands ouverts, comme ils disent dans les films, et tu étais toujours là, plus près, mais vers la crête. Hier, tu es passé à côté de ces pierres dans le sel, pas vrai ?

J'ai fait oui de la tête.

Sacré spectacle, hein ?

Vous saviez que j'étais là, pendant tout ce temps ?

Oh, je m'en doutais. Un homme seul retrouve sa nature animale, mon garçon. Tu n'es pas d'accord ?

Je sais pas. Peut-être.

Attention, ça veut pas dire qu'il devient une bête.

Je repensais à ce fusil de chasse. Je savais que je pourrais déjà être mort ou en train de saigner, truffé de plombs.

Alors, comme une créature sauvage, je t'ai senti. J'ai perçu ta présence, j'ai senti que tu m'observais. Nom d'un chien, c'est même étonnant que je t'aie pas reniflé aussi, vu ton état. Sans parler du petit problème de ton sac à dos… Je le vois d'ici.

J'ai regardé en direction des buissons d'épineux, au-delà du gympie gympie et des crocs de boucher, où je m'étais caché toute la nuit, et il était là en effet, bien visible : un éclair bleu sur le fond vert et gris.

Nom de Dieu, j'ai fait, écœuré par moi-même.

Mais je reste un homme civilisé, il a ajouté, et pour comprendre le monde, un homme a besoin d'autre chose que d'odeurs et d'ombres. Un homme a besoin d'une histoire. Tu crois pas ?

Je le regardais retourner le pain avec un bout de fil de fer. L'odeur de farine chaude me donnait des vertiges.

À toi maintenant, il a dit. C'est à ton tour.

Quoi ? j'ai dit.

Raconte ton histoire à un pauvre vieux bonhomme.

J'ai rien à dire.

Hein ?

Je disais que j'avais rien à dire.

Tu n'es pas perdu, alors ?

Pas vraiment.

Quoi ? il a fait en tournant la tête vers moi comme s'il entendait pas bien.

Je suis pas perdu.

Qui t'a envoyé ici, alors ?

Personne.

Comment tu as atterri ici, nom de Dieu ?

J'ai marché.

Peuh.

J'ai haussé les épaules.

En partant d'où ? L'autoroute ?

Plus loin.

C'est-à-dire ?

Peu importe, j'ai répondu, en sachant que j'en avais déjà trop dit. Je voulais pas laisser une piste de miettes de pain qui conduirait à Monkton. Je savais pas qui il connaissait là-bas.

Tu as volé une voiture, alors ? Tu as quel âge, mon garçon ?

J'ai pas volé de voiture.

Je m'en fiche. Je suis pas de la police. Je vois dans quel état tu es.

Je suis venu à pied.

D'où ?

J'ai détourné la tête pour regarder les cendres, les braises et les fourmis qui rappliquaient pour faucher des miettes.

Et tu es tombé sur moi par hasard. Au milieu de ce désert paumé.

Je savais même pas qu'il y avait quelqu'un par ici.

À quoi tu joues ? il a demandé en s'énervant. Qu'est-ce que tu viens faire ici ? Qu'est-ce que tu cherches ?

Ça me regarde, je lui ai répondu, et j'ai essayé de me foutre en rogne moi aussi, prêt à me battre s'il s'approchait de moi. Je me disais qu'il était vieux et que j'étais jeune, il était toujours assis et moi j'étais debout. Je savais que s'il s'en prenait à moi, je devais attaquer le premier.

Maintenant, ça me regarde aussi, figure-toi.

Mon cul.

Tu viens bien de quelque part.

On s'en fout.

Et tu vas bien quelque part.

Qui ça intéresse ?

Toi et moi, je dirais.

Le vieux schnock a retrouvé son sourire, il a sorti son pain du feu et il l'a posé sur deux branches pour qu'il refroidisse. Après ça, il a caressé sa moustache argentée. J'arrivais pas à le cerner. Et je savais pas si je devais faire la paix ou montrer les dents. Sa seule arme, c'était ce petit bout de fil de fer, mais il l'a posé par terre pour se gratter la tête, à deux mains, et il a soupiré.

Bon, il a dit finalement. Si c'est ça ton histoire, je dirais que tu manques d'imagination ou que t'es pas très généreux. Tu es juste un milieu, on dirait. Sans début ni fin. Tu me déçois.

J'avais besoin de sel, j'ai dit, sans le vouloir.

Oh ? Du sel maintenant ?

Je voulais du sel pour conserver ma viande. C'est tout. J'ai vu votre toit et je me suis approché pour regarder.

Pour me regarder.

Écoutez, j'ai rien contre vous. J'avais une arme moi aussi. J'aurais pu m'en servir si c'était mon genre.

Et c'est pas ton genre ?

Non.

Tu avais les moyens de me faire du mal, je le reconnais, et tu t'es retenu. C'est pour ça que je me suis demandé si tu étais porteur d'un message.

Non, pas de message, j'ai dit.

Il s'est adouci, comme s'il était paumé d'un coup, et un peu déçu.

Je voulais pas vous foutre la trouille.

Tu es un mystère, alors, il a dit en reprenant le pain, qu'il a coupé en deux pour m'en donner un morceau. Mais j'ai eu ma dose de mystères.

J'ai mangé lentement pour lui montrer que j'étais pas une sorte de sauvage. Peut-être aussi pour me le prouver à moi-même. Il a regardé le morceau de pain qu'il tenait dans ses mains et il l'a retourné comme s'il contenait des indices.

Parfois, c'est pas facile de savoir ce qui est réel et ce qui est… un mirage simplement. Tu comprends ?

Ouais, j'ai dit.

Dans un endroit comme ici, seul, on se pose des questions des fois. Et c'est dur de savoir à quoi se fier. Du coup, tu es un vrai casse-tête.

Un quoi ?

Un problème, si tu préfères.

Y a pas de raison. Je dirai rien. Sur vous, sur tout ça… ce que vous faites.

Comment je peux le savoir ?

Parce que je vous le dis. Pourquoi j'en parlerais ? Je veux pas d'histoires, moi. Je sais même pas qui vous êtes, ce que vous faites, et franchement, je m'en contrefous. J'ai mes propres emmerdes à régler. Je vous ai jamais vu et vous m'avez jamais vu, point.

Tu connais pas mon nom, c'est vrai ?

J'en ai aucune idée, j'ai dit la bouche pleine.

C'est la vérité ?

J'ai hoché la tête.

Est-ce que la vérité, ça a un sens pour toi ? Je veux

dire, est-ce que c'est important ? Est-ce qu'on t'a déjà menti, est-ce qu'on a déjà raconté des mensonges sur toi ?

Là, je me suis arrêté de mâcher. J'ai eu une sensation de froid tout à coup. Comme s'il pouvait voir à l'intérieur de moi.

Je dis la vérité.

Je suis obligé de te croire sur parole, mon gars.

Et moi aussi.

Oui, il a fait, préoccupé.

Quand vous me l'aurez donnée.

Hein ?

Je disais : quand vous m'aurez donné votre parole. Vous savez pas qui je suis, vous m'avez jamais vu.

Évidemment.

OK.

Il a regardé le feu pendant un moment.

Tu es pas venu pour moi, c'est vrai ?

Putain, je viens de vous le dire.

Et tu n'as pas un foutu message ?

Non. Et personne m'envoie.

Il a mordu dans le pain et il l'a mangé comme un vioque, comme s'il avait mal aux dents et aux gencives, comme s'il essayait de mâcher du sable et des roulements à billes. Et quelque chose s'est éteint dans ses yeux. J'aurais pas su dire s'il était soulagé d'entendre que personne m'avait envoyé ou si c'était la plus mauvaise nouvelle de sa vie.

Je suis censé savoir qui vous êtes ? j'ai demandé. Genre, vous êtes quelqu'un de connu ?

Non. Je suis personne. Grâce au ciel, je suis plus ce que j'étais. Et peut-être que ça n'a plus d'importance maintenant. Tout est oublié, ou même pardonné… si ça se trouve. Mais je veux pas trop y croire. Je sais pas si c'est parce que ça serait trop facile, ou trop affreux, d'imaginer que tout le monde s'en fiche maintenant.

J'étais largué. Alors, j'ai rien dit. Le pain était bon et le thé encore meilleur. Et le vieux avait raison : le bain m'avait fait du bien, même si ça me donnait envie de dormir comme un bébé. J'ai regardé le bordel qu'il avait entassé devant la cabane : les rouleaux de corde, la hache et le traîneau, le sac de voyage sous la plaque de tôle ondulée.

En fait, il a ajouté, les yeux fixés sur les braises fumantes, ils envoient des enfants pour faire ce qu'un homme voudrait pas faire. Ils les bourrent de drogue et ils les arment jusqu'aux dents. Et pas seulement en Afrique, pas seulement de nos jours… ils font ça depuis Abel et Caïn. J'ai vraiment cru que tu étais la fin des temps.

Il a dû voir que je le regardais comme s'il était complètement givré parce qu'il a ricané et il s'est arrêté.

Je m'appelle Fintan. Fintan MacGillis.

Vous avez été en Afrique ?

Qui me pose cette question ?

Oubliez.

Si tu avais été là-bas, tu pourrais pas.

Je l'ai observé un moment. J'arrivais pas à le cerner.

Nos histoires. On les range là où les mites et la rouille détruisent tout.

J'ai vidé le fond de ma timbale dans la terre, sans rien dire.

On en fait trop, hein ? Non pas parce qu'on les chérit toutes, mais parce que c'est plus prudent de les garder près de nous. Est-ce que j'ai vu clair en toi ? Est-ce qu'on a ça en commun ?

Je faisais tourner la timbale entre mes mains en évitant son regard.

Tu es juste au début, et moi, j'approche de la fin.

Je m'appelle Jackson, j'ai dit. Jaxie Clackton.

Et voilà.

Ouais, je me suis dit. Ça y est, tu l'as dit, pauvre idiot. Et peut-être qu'il pensait exactement la même chose. On s'était montrés, on avait dit nos noms. On avait bien failli se trahir, bordel.

J'ai jamais su quoi penser de Fintan MacGillis. Au bout du compte, vous pourriez dire que je savais quel genre d'homme c'était, et c'est peut-être le plus important. Il était irlandais, qu'il m'a expliqué, d'emblée. Mais j'ai jamais pu savoir ce qu'il avait fait pour se retrouver là, près du lac. Quel genre d'individu il était avant. Réellement. Il laissait échapper des trucs, mais il m'a jamais raconté le début de l'histoire, ni le milieu. Comme il disait, j'avais débarqué à la fin, et c'était grandement suffisant pour nous deux. C'est seulement maintenant que je pige ce qu'il entendait par là. C'était un de ces types seuls depuis si longtemps qu'ils se parlent à eux-mêmes toute la journée ; il se raconte ce qu'il va faire, ce qu'il devrait faire, ce qu'il a oublié de faire. Il parlait tellement, bordel, que c'était comme s'il vous balançait un amas de détritus. Vous étiez obligé de faire le tri parmi tous ces mots tordus, entre le baratin et la vérité. Ce que je veux dire, c'est qu'il faisait beaucoup de bruit, mais parfois, il parlait presque pas. Son accent et sa façon sophistiquée, musicale, de dire les choses, c'était comme un camouflage, et vous sentiez au fond de vous-même qu'il avait fait ça toute sa vie : se cacher en se montrant.

Il avait une tête de poivrot et pourtant, autant que je pouvais en juger, y avait rien à boire dans sa cabane, à part de l'eau de pluie et du thé. Il avait des jambes toutes maigres, avec des veines bleues, comme des cordes, qui remontaient le long; ses dents du haut étaient en plastoc et elles remuaient tellement que ça filait le mal de mer. Ses lunettes étaient toujours de traviole sur son nez; une des charnières était pétée et la branche tenait avec du fil de fer entortillé n'importe comment. Et c'était évident qu'il était à moitié sourd. Chaque fois que vous disiez un truc, il penchait la tête comme un kelpie.

Le premier jour, on est restés assis toute la matinée, j'ai l'impression. Le pain terminé, il a tripatouillé le feu et il a recommencé à me bombarder de questions comme s'il pouvait m'attiser moi aussi. Mais je me méfiais. Je voulais pas qu'il sache quoi que ce soit, au cas où d'autres types débarqueraient et le feraient parler. Je me disais que j'allais retourner au campement pendant quelques semaines.

Il m'a expliqué que sa bicoque était une ancienne cabane de berger, à l'époque où ils élevaient des moutons dans le coin. Je lui ai demandé à qui appartenaient ces terres, et il m'a répondu qu'il en savait rien, mais je me suis dit qu'il l'avait su, et que les choses avaient changé depuis. Les gens arrêtent pas de parler de ces foutus Chinois qui achètent des terres, mais ça aurait pu être n'importe qui. Celui à qui elles appartenaient maintenant n'était pas pressé d'en faire quelque chose. Y avait pas de bétail, pas de machines, pas d'habitants. Juste lui, moi et quelques chèvres sauvages.

Quand je lui ai demandé s'il avait un téléphone ou une radio VHF, il s'est foutu de moi. Il a dit qu'il avait vu que j'avais un téléphone. J'ai répondu qu'il y avait pas de réseau. Alors, on était quittes. Je lui ai parlé de sa voiture, et il m'a dit qu'il en avait pas, qu'il avait jamais eu de voiture ici. C'est là que j'ai commencé à piger. C'était pas vraiment un ermite chercheur d'or ou un aventurier du dimanche qui butait des chèvres pour le plaisir. Et il était pas venu dans ce désert de sel pour passer des vacances, pour sûr. Il était comme un marin abandonné sur une île au milieu de nulle part. Ce type était échoué.

Je trouvais ça curieux. Et intéressant. Il m'intriguait. Mais sincèrement, j'avais surtout envie de récupérer mon attirail et de repartir. Si seulement il me laissait faire. Car c'était encore lui qui commandait, d'après ce que je pouvais voir. Alors, j'observais et j'attendais. Et il restait assis près du feu comme s'il réfléchissait. C'était un peu zarbi. Je gigotais dans son short et sa chemise trop larges, pieds nus, en me demandant : et maintenant, bordel ?

Finalement, il a bougé, il s'est levé et il a refait du thé. Il fredonnait, il grognait et il parlait dans sa barbe. Il a lâché une caisse.

Oh. Un peu d'éducation, il a dit.

Me regardez pas, j'ai dit.

Hein ?

Rien.

Je te demande pardon. Je me laisse aller.

Depuis combien de temps vous êtes ici ?

Oh, il a dit en crachant des feuilles de thé par terre. Longtemps. Des années.

Genre ?

Huit ans ? Oui, je dirais huit.

Et vous êtes venu à pied vous aussi ? j'ai demandé, mais je pensais bien qu'il avait pas pu arriver à pied avec toutes ses merdes.

Non. Bien sûr que non. On m'a déposé. Un drôle de mot, tu trouves pas ?

Vous voulez dire que quelqu'un vous a amené ici ?

Oui.

Avec tous ces trucs ?

Il a hoché la tête.

Vous veniez d'où ?

Comme tu le sais certainement, fiston, ça n'a pas vraiment d'importance.

Et ils vous ont laissé là, comme ça ?

Ouais.

Nom de Dieu.

En effet. Mais c'est un refuge autant qu'un exil. On pourrait dire que je suis un prisonnier en liberté. Tu as déjà lu Dostoïevski ? Ils l'enseignent à l'école ?

J'ai secoué la tête.

Dommage.

Trop de trucs.

Il a penché sa tête de rouquin qui pelait comme

s'il avait trop pris le soleil pour un type dans son genre.

Hein ?

Je disais que vous aviez trop de trucs. Vous êtes pas arrivé ici avec de la bouffe pour huit ans.

Non, non. Y a quelqu'un qui vient. À Pâques et à Noël. En gros. En gros.

Qui ? Qui c'est qui vient ?

Je sais pas qui c'est, Jaxie. Et tu n'as pas besoin de le savoir. Je croyais qu'on s'était compris.

Ouais, d'accord. Mais putain…

Deux fois par an, quelqu'un vient avec de la bouffe et des produits de première nécessité, quelques bouquins, quelques nouvelles. Mais Pâques est passé, et personne est venu. Alors…

Qu'est-ce qui va se passer si personne vient à Noël ?

On verra bien, non ?

Je sentais que c'était pas le bon moment pour lui dire que je verrais pas. Parce qu'à Noël, je serais plus là. Putain, c'était dans plusieurs mois.

Depuis le temps, il a dit en remplissant les timbales, je devrais avoir appris que rien n'est jamais sûr. C'est ce que je me dis, évidemment, mais c'est pas facile de discipliner son esprit. On ne peut pas s'empêcher d'avoir envie d'être en terrain connu. Alors, curieusement, je me rassure en voyant le soleil se lever au-dessus du lac tous les matins, en me disant que j'ai un toit et qu'il y a une chèvre dans l'enclos. Je me dis : un jour de plus. Et ça suffit. Mais hélas, c'est triste à dire, ça dure pas. Tu vois, même un homme sans avenir fait des crises de…

d'anticipation. Qu'est-ce qui m'attend? Quand? Est-ce qu'ils vont venir? Et après? Qu'est-ce qui va se passer?

Sur ce, il a replongé dans un de ses longs silences. Il mâchonnait ses dents en plastoc et j'écoutais les pigeons à huppe aller et venir, j'ai soufflé sur mon thé et je l'ai bu aussi vite que possible. Au bout d'un moment, je me suis dit que ça valait le coup d'essayer de filer.

Écoutez, j'ai dit en me levant et en balançant par terre les feuilles restées au fond de la timbale, j'ai encore du chemin à me taper.

Hein? Maintenant?

Il m'a regardé de la tête aux pieds, comme s'il venait de se souvenir que j'étais là.

Faut que je rentre.

Où ça?

Sur mon camp.

Ah. Oui. Et il est où ce bivouac?

Dans le Sud. J'ai laissé un *roo* accroché dehors. Il risque de tourner.

Oh, un morceau de kangourou, qu'est-ce que je ne donnerais pas pour ça. Les chèvres me sauvent la vie, Jaxie, mais quelle monotonie.

Je pourrais vous en apporter de temps en temps, j'ai dit, sans être vraiment sûr d'y croire. On pourrait faire échange.

Il m'a fait signe de me rasseoir, mais je suis resté debout, agité et nerveux.

Ton linge, il est pas sec.

M'en fiche, j'ai répondu, même si je détestais

marcher avec des fringues humides, et avoir des chaussettes mouillées, c'était l'enfer.

Reste déjeuner. Y a encore de la viande, plus qu'il n'en faut.

Non. Je m'en vais.

Tu m'as pas l'air en forme.

Ça va, j'ai dit, mais en vérité, j'étais naze, et j'avais mal partout.

Avant de partir, tu veux bien rendre service à un vieux bonhomme, Jaxie ?

Ça dépend.

Faut que je rentre du bois. Qu'est-ce que tu dirais d'aller en chercher avec la brouette ? Ensuite, je te donnerai de la viande dans un sac.

OK, j'ai dit en haussant les épaules. Je vais récupérer mes bottes.

Pas la peine, j'en ai une paire pour toi. Ça leur laissera le temps de sécher encore un peu.

Ça faisait déjà bizarre de porter ses fringues. Malgré ça, je me suis assis sur une caisse, sur le porche, pieds nus, et j'ai enfilé une drôle de paire de bottes. Le vieux portait le .243 sur son épaule et je voulais pas faire d'histoires.

On a poussé la brouette sur le chemin. Ou plutôt, j'ai poussé la brouette pendant qu'il braillait à côté de moi. Ses bottes pesaient des tonnes, elles étaient déformées, et les ornières faisaient comme des vagues. Deux ou trois fois, je me suis senti mal, mais pas au point de gerber. Ça promettait d'être sympa le trajet du retour dans cet état.

On a dépassé la décharge et on est entrés dans un rassemblement d'eucalyptus et de *jam trees.* Le sol était couvert de petit bois et de branches bouffées par les fourmis et on n'a pas mis longtemps à remplir la brouette. Je me sentais mieux en revenant, pendant que le vieux arrêtait pas de jacter. On était presque voisins, il disait, et si je décidais de revenir un jour avec un morceau de *roo,* valait mieux qu'on établisse une sorte de signal : un cri ou un sifflement. Quand il m'a demandé quel bruit d'oiseau on pourrait utiliser, j'ai pas su quoi répondre, alors j'ai imité un *shit-hawk*, et il a rigolé comme un maboul, en disant que c'était parfait. Quand je reviendrais, il a dit, faudrait que je m'arrête dans les buissons et que j'imite ce chant d'oiseau, et comme ça, il saurait qu'il y pas de danger. Entendu, j'ai dit, pour dire quelque chose, alors qu'en vérité, j'en avais rien à foutre.

Quand on est arrivés au gympie gympie, j'ai posé la brouette et je suis allé chercher mon sac, mes jumelles et mon blouson dans les broussailles. Je croyais que le vieux allait prendre le bois et le transporter lui-même, mais il m'a suivi, en jacassant toujours. Quand je me suis penché en avant pour ramasser mes affaires, le sol est devenu tout mou sous mes pieds, et je suis tombé à genoux. Il a dit un truc dans mon dos, que j'ai pas bien compris, et à ce moment-là, j'ai pensé : vieux salopard, tu m'as drogué.

Quand vous vous êtes fait tabasser pas mal de fois, vous connaissez bien cette sensation. Le monde vous paraît très loin, il pétille à l'extérieur de vous comme une image télé pourrie. C'est comme quand une clôture électrique vous balance une décharge, tout est flou, avec des points, et au bout d'une minute environ, le monde revient en trombe. Je crois que j'étais dans cet état. Je sentais une odeur de sang, de viande et de sciure, et je pensais : putain de merde, je me suis encore fait cogner, je vais le tuer cet enfoiré.

Soudain, j'entends un bruit métallique et un salopard qui chante, j'ouvre les yeux et là-bas, je vois la tôle ondulée, les poutres de jarrah et de la fumée tout autour. L'odeur du pin du désert en train de cramer. Le sol est tout moelleux sous moi. Je cligne des yeux et je tourne la tête, en faisant bien gaffe, et je vois de la terre orange, une flaque de cendres, le gympie gympie et tout ce qu'il y a devant la cabane de berger. Mais y a un truc qui cloche dans les ombres. On dirait que c'est déjà l'après-midi.

C'est quoi, ce bordel ?

Je redresse le haut du corps, mon bras cogne contre le mur en tôle et Fintan MacGillis sort la tête par l'encadrement de la porte.

Comment va ?

Qu'est-ce que vous m'avez filé ?

Hein ?

Qu'est-ce que vous m'avez fait, bordel ?

Je t'ai mis dans la brouette, tant bien que mal. On ira chercher le bois plus tard.

Vous m'avez filé un truc !

Du thé et du pain, je crois. Et j'allais me faire des côtelettes, si tu as encore faim.

J'étais couché dans un hamac sous le toit du porche. Je me souvenais pas de m'être installé là. En revanche, je savais que j'avais faim. Ah, putain, je crevais la dalle.

Tu as tourné de l'œil, mon garçon. Déshydratation, je dirais. Tu te sens mieux maintenant ?

Ouais, je crois.

En vérité, j'avais un mal de crâne comac, mais j'avais moins de vertiges.

C'est quoi, Magnet ? il m'a demandé.

Hein ?

C'est un mot que t'as prononcé.

Rien. C'est rien.

Il a fait sa bouche en cul-de-poule comme s'il me croyait pas, mais il a pas voulu insister.

C'est l'après-midi, j'ai dit en me levant. Il est tard.

Je me suis appuyé contre le poteau et je me suis rappelé que c'était pas mes fringues que j'avais sur le dos. J'ai tapoté les poches du short : plus de téléphone.

Il est à l'intérieur, sur la table, a dit l'Irlandais.

Vous me l'avez piqué ?

Il est tombé de ta poche, Jaxie. Monte pas sur tes grands chevaux. Il est là, avec toutes tes affaires.

Vous avez bien fouillé dedans, je parie.

Calme-toi. Il ne faut pas que tu perdes un ami, déjà que tu n'en as pas beaucoup.

Il m'a souri, avec l'air de dire va te faire foutre, et j'ai compris que ce vieux salopard avait fouillé dans mon téléphone. Il avait eu la moitié de la journée pour faire défiler mes photos et mes messages. Il avait promené ses yeux et ses doigts partout, sur Lee, sur toute ma putain de vie. Il l'avait vue avec son crâne rasé, quand il était à vif et laid, c'était pire que s'il l'avait vue à poil. Ah, nom de Dieu, j'aurais pu lui arracher les yeux avec mes deux pouces, j'aurais pu l'étrangler avec un morceau de fil de fer.

J'ai ouvert une boîte de champignons pour l'occasion, il a dit, tout miel. Et il reste deux ou trois tomates.

J'avais envie de lui répondre de se les carrer dans le cul et d'y foutre le feu, mais l'entendre parler de bouffe, ça me faisait saliver.

Tes fringues sont sèches.

Il est retourné dans la cabane, j'ai entendu le dessus du poêle cogner et quelque chose s'est mis à grésiller.

J'ai marché jusqu'à la citerne, et j'ai bu une grande gorgée au robinet, comme j'aurais dû le faire la veille au soir, et j'ai regardé les haricots verts qui poussaient dans des bidons d'essence et les plants de tomates entassés contre le mur. Le vent d'est soufflait presque plus quand je suis descendu à l'éolienne, dans ses bottes tordues : les pales tournaient à peine. Le lac virait au rose dans le soleil du soir, et un groupe d'oiseaux a traversé le ciel comme une griffure. Je me sentais vanné. Et idiot. Je pensais à toute cette viande de *roo* en train de tourner, là-bas au camp. Même si je décollais maintenant, jamais je pourrais être rentré chez moi ce soir. J'aurais même de la chance si j'arrivais le lendemain.

J'ai repris tout mon barda, j'ai enfilé des chaussettes propres et des bottes correctes, enfin. Quand je lui ai rapporté ses affaires, la cabane était pleine de fumée de friture, et je me suis mis à saliver. Et voilà.

On a mangé assis à table, et pour une fois, le vieux n'a rien dit. Il faisait moins sombre à l'intérieur de la cabane avec le soleil qui entrait par la porte ouverte et à travers le volet au-dessus de l'évier. Je me sentais encore un peu sonné, mais la bouffe m'a requinqué. Il avait fait bien griller les côtelettes ; elles étaient salées et croustillantes. Je les ai toutes rongées jusqu'à l'os, en forme de lance. Il me regardait comme si j'étais un programme de télé.

Après, pendant qu'il faisait du thé, j'ai jeté un coup d'œil à ses caisses et à ses empilements de boîtes de conserve. Fintan MacGillis avait du lait en poudre, du sucre, du beurre, des sacs de farine dans des bacs en plastique, des pois secs, de l'essence, de l'huile de cuisson. Il était plutôt bien installé, même si ses potes revenaient pas avant Noël. Y avait un gros morceau de viande de chèvre dans le garde-manger. D'après ce que je pouvais voir, il y en avait aussi, déjà salée, dans ces tonneaux en plastique, là-bas dans le coin.

Je sais pas pourquoi, mais je me disais qu'après huit ans passés ici, il aurait pu mettre des photos, mais il avait que des bouquins et des images découpées dans des magazines. L'une d'elles montrait une petite maison blanche, avec un toit de chaume, entourée d'un tapis d'herbe verte. Sur une autre, on voyait un type noir comme la nuit debout sur un bateau, avec des poissons jusqu'aux genoux, mort de rire. Il avait de grosses dents plates comme un hippo, toutes rouges comme s'il avait bouffé de la viande crue, sur l'os. Une autre image représentait une paire de sandales sales, c'est tout : des sandales sur un sol en terre craquelé. Il avait collé ces images sur des morceaux de carton et les avait suspendues à des clous. Elles étaient fripées et cloquées, comme s'il avait fabriqué la colle lui-même, comme quand on était mômes.

Les bouquins du vieux étaient alignés dans un cageot de fruits, et devant, à plat, il y avait une sorte de collier, ou un bracelet peut-être, fait de perles bleues, rouges, vertes, orange, jaunes, blanches et noires.

C'est vous qu'avez fabriqué ça ? j'ai demandé en tendant le doigt.

Non. C'est pas moi.

Il m'a filé une timbale de thé, il s'est rassis et il a bu le sien lentement, méthodique. Je me suis retourné vers ce truc en perles sur l'étagère. Ça semblait pas du tout à sa place dans cette cabane, parmi les affaires d'un vieux bonhomme. Il a bien compris ce que je pensais, et j'étais certain qu'il allait se dresser sur ses pattes arrière pour me donner un tas d'explications, mais son expression disait qu'il allait pas le faire, comme si c'était un domaine réservé.

Très bonnes ces côtelettes, j'ai dit.

Tu as quel âge, fiston ?

Dix-sept ans.

Plutôt quinze, je dirais.

Dites ce que vous voulez.

C'est dangereux de se balader seul par ici, tu crois pas ?

J'ai haussé les épaules. J'ai aligné mes os de côtelettes dans mon assiette.

Mais je vois que tu es un gars débrouillard. C'est pas n'importe quel gars de ton âge qui aurait survécu. Moi, à quinze ans, j'avais encore besoin de ma maman. Mais elle m'a quand même foutu dehors. Elles font toutes ça, les mères. On était une sacrée bande d'imbéciles, Jaxie. Personne aurait jamais filé un Browning à des gens comme nous, pas chez nous. On devait se contenter de la peur de Dieu, de chou bouilli et du réconfort de la flagellation.

Après ça, il est resté muet un moment. Puis il m'a regardé comme s'il avait oublié que j'étais là.

Tu vas loin ?

J'ai hoché la tête.

Il fera nuit dans une heure.

J'irai le plus loin possible et je camperai.

Sans même une couverture ?

J'ai l'habitude.

Tu seras plus en sécurité après une nuit de repos. Tu es épuisé.

Vous voulez que je reste ici ?

Si tu as envie. Je te le conseille. Y a suffisamment de place.

Je me voyais pas passer une autre nuit au milieu des eucalyptus. C'était pas vraiment ce que j'avais imaginé en partant chercher du sel. Un paumé, voilà ce que j'étais. Quand ce sentiment d'échec m'est tombé dessus, j'ai compris que j'avais pas le courage de repartir tout de suite.

OK, j'ai dit. Peut-être que je vais rester. Juste pour ce soir.

Tu es le bienvenu.

Je me suis levé et je me suis arrêté sur le seuil. Maintenant qu'il y avait plus rien à bouffer, et que j'avais annoncé que je restais, je savais plus quoi faire. Je me sentais tellement mal que j'en aurais chialé. Mais j'ai pas chialé.

Tout va bien, fiston ?

Oui, j'ai répondu en lui tournant le dos.

Tu te sens capable de marcher un peu ?

Où ça ?

À cette heure-ci, j'aime bien faire un petit tour

sur le lac. Pas loin. Pour admirer la lumière douce. Et voir ce qu'il pourrait faire.

C'est un lac salé, j'ai dit. Il peut rien faire.

Oh, il bouge toute la journée. Il change en permanence.

Je me suis retourné vers lui. Il affichait son air idiot.

Tu ne l'as pas vu ramper sur lui-même, se remplir et se vider tous les après-midi ? De temps en temps, j'aperçois la rive est dans le ciel, tous ces arbres rabougris plantés sur la tête, au-dessus du désert.

C'est des mirages.

Peut-être. Mais il y a de la vie à l'intérieur.

Il s'est levé et il m'a bousculé pour s'avancer dans la lumière devenue toute laiteuse.

Viens, Jaxie. Je vais te montrer.

Je sais pas pourquoi je l'ai suivi. Peut-être parce que je me sentais déprimé et nul. Ou bien pour qu'il la ferme. Mais aussi parce qu'il avait laissé le fusil derrière lui. Il a attendu dehors une seconde et on s'est retrouvés à égalité. Puis je me suis dit : et merde, faut être juste, il est correct.

C'est comme ça qu'on est partis, deux personnes qui marchent côte à côte. Et on n'est pas allés loin. Après l'éolienne, on a traversé les salicornes et on a avancé un peu sur le lac.

Le vieux était pas pressé, et ça m'allait bien. Il marchait avec ses bottes en caoutchouc, tranquillement. Sauf qu'il arrêtait pas de jacter. Comme s'il pouvait pas s'en empêcher. Je le suivais, en m'apitoyant sur mon sort encore une fois, en priant pour qu'il se taise. Très vite, on s'est arrêtés de marcher, mais le flot de paroles tarissait pas.

Regarde-moi ça, mon gars. Quelle vue ! Quelle provocation !

Je l'ai rejoint et j'ai regardé le sel, le ciel et la lumière branlante entre les deux.

Avant, je croyais que c'était l'Enfer lui-même. Cet endroit où on m'avait expédié. La chaleur, le sel, les mouches. Un endroit tellement vide que vos pensées vous reviennent comme en écho. Regarde là-bas : ça se poursuit jusqu'à l'infini, on dirait un rêve dont on peut pas s'échapper. Tu imagines à quoi ça pouvait ressembler pour des types comme moi ? Affreux, étrange, inhumain. Et ces mirages, nom d'un chien, ils me hantaient. Chacun d'eux est une distorsion, un simulacre. Certains jours, je me disais que le lac, le sel, tout le paysage m'appelait, comme un truc infernal. Fintan, mon garçon, approche et meurs !

Il a dû voir la façon dont je le regardais parce qu'il a eu un petit haussement d'épaules.

Évidemment, j'étais pas bien à l'intérieur de moi-même. J'étais pas un homme complet, disons. Bref, je te le demande, mon gars, est-ce qu'un coupable pourrait faire apparaître un paysage plus pénitentiel ?

Franchement, j'aurais préféré qu'il me pose pas la question. Parce que je pigeais que dalle à ce qu'il racontait. Mais j'ai compris qu'il me posait pas vraiment la question, en fait, il continuait à jacter. En m'appelant Jaxie comme s'il me connaissait depuis toujours.

Minuscule, il a dit. Voilà comment je me sentais. Une simple petite tache. Et affreusement seul, comme un type perdu dans l'espace au cinéma. Je marchais jusqu'au bord du lac, mais jamais plus loin. Je me méfiais du sel, de la croûte. J'avais peur que si j'avançais trop et que je m'enfonçais jusqu'au cou, y aurait personne à des milliers de kilomètres à la ronde pour m'entendre hurler. Bon sang, tu imagines ?

Oui, j'imaginais, très bien, mais ça me filait les jetons d'y penser. Je me demandais comment il était encore vivant, ce vieux schnock ; à force de penser à des trucs pareils.

Mais ça, c'était au début, fiston. Maintenant, je vois clair. C'est un endroit rare et beau, tu trouves pas ? Avec une mémoire. Parfois, je me dis que, peut-être, c'est rien qu'une mémoire. Tiens, regarde ça.

Il m'a montré des traces d'émeu, des éraflures et des trous laissés par des *roos* et des chèvres.

Tout ce qui s'est passé ici est encore présent aujourd'hui. Dans la croûte, dessous, dans les vapeurs. Maintenant, je regarde ce lac et je l'entends qui me dit : je suis là, mon gars, toujours là. J'étais déjà là avant que toi et tes semblables vous veniez au monde. Avant même votre premier souffle.

Pour moi, j'ai dit, ça tient pas debout tout ça. Y a rien d'autre que nous deux ici. Et y a que vous qui parlez. Pas moyen d'en placer une, bordel.

Le vieux a lâché un petit rire sifflant et il m'a donné une claque sur le bras qui m'a fait reculer d'un pas.

Ah, quel effronté ! il a dit.

Je disais ça comme ça.

Il a souri et il a gratté sa moustache.

Oui, Jaxie, c'est un magnifique endroit pour perdre la boule. Mais je vais te dire un truc, l'ami. Si j'avais l'occasion de partir d'ici, je suis pas sûr que je le ferais.

On a regardé vers l'est où la rive la plus éloignée était juste une vague rouge. Et en me retournant pour repartir parce que trop c'est trop, j'ai aperçu cette bande de rochers dressés, au sud. Il a dû voir que j'hésitais.

La première fois que j'ai vu ces rochers, fiston, j'ai cru que c'étaient des gens.

Moi aussi, j'ai pensé. Mais pas question de l'avouer.

Ça m'a fait un sacré choc, Jaxie. Je m'étais jamais senti aussi seul de toute ma vie et quand je les ai vus… c'était comme recevoir la foudre. Pendant une seconde ou deux, j'étais fou de joie, comme si c'était de la compagnie, enfin, peut-être même la délivrance. Et puis j'ai pensé : oh, merde, ils approchent. Ça y est, c'est la fin, ils ont envoyé une véritable armée pour me liquider. Quel radoteur, hein ? Ah, l'arrogance de ce vieux Fintan MacGillis. Comme si Rome avait besoin d'un bataillon pour supprimer les gens de mon espèce.

J'ai rien répondu. La vérité, c'est que je comprenais pas un mot.

Mais maintenant, quand je les aperçois là-bas, ces rochers, je leur trouve un côté rassurant. C'est une présence, d'une certaine manière.

Donc, vous vous plaisez ici.

Oh, je me suis fait une raison. À ma manière.

Pourtant, vous êtes prisonnier.

Pas exactement.

Pourquoi vous partez pas, alors? Personne vous en empêche.

Tu as vu ce qu'il y a là-bas? Un jour, j'ai traversé le lac, par curiosité et par désespoir. Au-delà de la rive, c'est le désert. Ce serait comme se jeter dans les flammes, rien de moins. Un jour, dans les premiers temps, j'ai crapahuté vers l'ouest jusqu'à l'autoroute, et j'ai failli en mourir. Je me suis assis à l'ombre, au bord de la route, et j'ai réfléchi. Comment je vais me débrouiller, qu'est-ce que je vais dire aux personnes que je vais croiser? J'ai pas de papiers, pas d'argent, je sais pas vraiment où je suis. Et puis, je suis trop vieux pour m'enfuir, Jaxie. Où est-ce que j'irais? Chez moi, il n'y a plus personne qui voudra m'accueillir. Et ici, je suis un étranger.

Comment ça?

Un exilé. Je n'existe plus pour les autres humains. J'ai personne.

Et ces gens qui vous apportent à manger?

Ah…

Ils sont de votre famille?

À une époque, j'aurais pu le croire. Mais non. Ce qu'ils m'apportent c'est moins de la sollicitude qu'un moyen de subsistance. Sans parler de la surveillance.

C'est des flics, alors. C'est quoi au juste : de la protection de témoin?

Le vieux m'a regardé en souriant.

Personne n'a jamais présenté la chose de cette façon, fiston, mais tu n'es pas tombé loin.

Je pige pas.

Sauf qu'ici, c'est le responsable qui est le témoin de ses propres actes.

En langage clair?

Eh bien, en langage clair, c'est la protection du coupable.

Vous parlez de vous?

Ouais. Et d'eux. Idem. Mais pour eux, c'est moi le problème gênant, à cause de ce que je sais, autant qu'à cause de ce que j'ai fait.

Nom de Dieu. Me dites rien.

Crois-moi, mon garçon, j'en ai pas la moindre intention.

J'ai réfléchi un instant. Mais j'avais trop d'idées foireuses qui me trottaient dans la tête pour que ça mène quelque part.

Ils vous obligent à porter un traceur GPS?

Non. Rien de tel.

Ces gens qui viennent…

Il est seul.

Quand il vient ici, il reste combien de temps?

Oh, il ne reste pas. Il ne peut pas. Il ne restera jamais.

C'est pas un pote, alors.

Il fait son travail, Jaxie. Il m'apporte des vivres, il m'offre un certain réconfort et je le renvoie sans lui rendre la pareille.

Ouah, j'ai fait. Ça me plaisait pas tout ça.

Il doit m'apporter le sacrement de la réconciliation, fiston. C'est son boulot.

Hein?

C'est ce que nous faisons.

Nous ?

J'en déduis que tu n'es pas catholique ?

Non, j'ai répondu en m'éloignant encore un peu plus de lui, sans réfléchir. Je crois pas à ce genre de conneries.

Ah oui, j'oubliais. Tu es le jeune colon sauvage.

Soudain, c'était comme si je le voyais pour la première fois. Putain de merde, j'avais passé toute une nuit et toute une journée à l'observer, en essayant de comprendre qui était ce vieux schnock, et c'était seulement maintenant que je comprenais.

Vous avez parlé de votre mère…

Elle est décédée, la pauvre.

Mais elle vous a envoyé quelque part. Vous avez dit qu'elle vous avait foutu dehors.

Oh. Elle m'a envoyé à l'école. Et après ça, au séminaire.

Le séminaire.

Tu ne connais pas ce mot ?

J'ai tourné à droite à ce moment-là pour revenir vers la rive.

Je sais ce que ça veut dire, j'ai lancé par-dessus mon épaule.

Jaxie !

J'ai couru un peu. Vers le soleil couchant. Mais la surface salée était douteuse et j'avais plus de souffle. Alors, je me suis contenté de marcher aussi vite que je pouvais, jusqu'à la cabane de berger et mes affaires. Il arrêtait pas de crier et de m'appeler dans mon dos, mais j'écoutais pas. J'arrivais pas à croire que j'étais tombé dans ce piège comme un débile.

J'étais tellement en colère après moi-même que j'aurais pu me bouffer dans un miroir.

Le premier truc que j'ai récupéré en arrivant, c'est le Browning. Le chargeur ensuite. Et après ça, la bonbonne, mon sac à dos avec le sel et les munitions à l'intérieur. Je devais vérifier que tout était bien dedans. Je pouvais pas retourner dans le bush sans mes munitions, mais le temps que j'aie terminé, le vieux était dehors.

J'ai foutu une balle dans le canon et je suis sorti avec tout mon barda, en pointant le fusil sur lui. Il a stoppé net, avec ses binocles de traviole, et il a levé les bras comme un abruti dans les films. Mais même avec un fusil braqué sur lui, il a pas arrêté de jacter.

T'en va pas, mon gars. Tu te fais des idées.

Vous êtes un de ces prêtres, pas vrai ?

Oui. Mais c'est pas ce que tu crois.

Ils vous planquent ici.

Je ne peux pas le nier. Mais c'est pas à cause de ce que tu penses, peut-être.

Pourquoi, alors ?

Je ne peux pas te le dire.

Même si je vous explose le pied ?

Jaxie, s'il te plaît. Je ne suis pas comme toi. Je ne suis pas un homme courageux.

Répondez-moi.

Impossible. Je ne peux pas.

Vous osez même pas le dire, hein ? Ah, bon Dieu, je pourrais vous buter, là maintenant.

Oui, tu pourrais, Jaxie. Je le vois bien.

Y a des galeries de mines partout par ici. Personne vous retrouvera.

C'est juste. Mais tu commettrais une terrible erreur.

Je rendrais service au monde, plutôt.

Peut-être. Mais pas à toi-même. Crois-moi, fiston, il y a des erreurs dont on ne se remet pas.

Vous êtes une ordure.

C'est vrai.

Ah, putain de merde, comment vous pouvez vous supporter ?

Ses lunettes étaient accrochées à une seule oreille maintenant. Et ce vieux salopard tremblait tellement qu'elles ont fini par tomber, dans la poussière.

Oui, comment ? C'est tout ce qu'il trouva à dire.

Le truc, c'est que je savais que jamais je buterais Fintan MacGillis. Mais à voir ses guibolles trembler, et comment il me regardait, il en était pas sûr, lui. Il s'est mis à avaler de l'air en murmurant des conneries, et j'ai eu honte de nous deux.

Nom de Dieu, j'ai dit. Ramassez vos lunettes. Je vais pas vous buter.

Le vieux schnock était pas loin de chialer comme un veau quand j'ai éjecté le chargeur, retiré la balle du canon et accroché le fusil à mon épaule. Il a dû s'y reprendre à deux fois pour remettre ses lunettes sur son nez, et il osait même pas me regarder en face quand il m'a dit merci.

Je me tire, j'ai dit.

Il va bientôt faire nuit.

Je m'en remettrai.

Prends le sac de couchage, alors. Je n'en ai pas besoin.

Je suis trop chargé.

Dans ce cas, reviens le chercher si tu veux.

Ça m'étonnerait.

Tu as pris de la viande ?

Non. Je suis pas un voleur.

Prends-en, alors. S'il te plaît. Je vais te chercher un sac.

Je suis resté devant la cabane pendant qu'il entrait à l'intérieur. Le ciel avait atteint la crête et deux oiseaux-bouchers poussaient leur chanson triste. C'est là que j'ai pensé aux couteaux et au fusil à aiguiser. J'avais juste ce couteau à beurre pourri.

Quand je suis entré dans la cabane, le vieux prêtre s'est écarté du garde-manger, d'un bond, comme si j'allais le tabasser. Il tenait une assiette en fer-blanc remplie de morceaux de chèvre et un sac à farine vide était posé sur la table. Il aurait eu le temps de prendre son fusil de chasse et deux cartouches, mais il y avait pas touché.

Dites-moi tout. Je vous tuerai pas pour ça.

Je ne suis pas un violeur, a répondu le vieil homme. Je suis pas un pédophile.

Vous êtes quand même quelque chose.

Oui.

Quand vous regardiez Fintan MacGillis, il pouvait être n'importe quoi, un prof de sciences, par exemple. Ou un type qui renifle les selles de vélo. Je savais pas quoi penser.

C'est quoi, la réconciliation ? j'ai demandé. Je croyais que c'était pour les Abos.

Un sacrement. C'est ce qu'on appelait la confession.

Mais vous voulez pas le faire ?

Il a secoué la tête.

Putain, je vous comprends pas, vous autres.

Eh bien, on est deux, Jaxie.

Les pédos mentent tout le temps.

Oui, je crois.

Si vous étiez un tripoteur, vous mentiriez aussi, je parie.

Oui, sans doute.

Il a vidé le contenu de l'assiette dans le sac, et quand je lui ai dit que je voulais pas lui prendre toute sa viande, il a ressorti quelques côtelettes, qu'il a remises sur l'assiette, avant de fermer le sac. Ses mains tremblaient et il était si maladroit que j'avais encore l'impression de le voler. J'aimais pas ce sentiment. Mais toute cette scène commençait à me donner envie de jacter, alors j'ai pris le sac et je lui ai dit au revoir. Je suis allé remplir ma bonbonne à la citerne. Il m'a rejoint et il s'est arrêté près de moi. Ça me filait les jetons.

J'aimerais bien que tu restes. Vraiment.

Ouais, j'en suis sûr, j'ai pensé. Mais je l'ai pas dit. Je l'ai remercié pour la bouffe, j'ai repris ma bonbonne et je suis parti.

Je suis pas allé loin avant qu'il fasse nuit. Pas question même d'arriver jusqu'au lac et aux eucalyptus sans être obligé d'avancer à tâtons comme un putain d'aveugle. Alors, j'ai marché droit devant, en tournant le dos à la cabane de berger, et je me suis traîné jusqu'aux terrasses de pierre, là où les gommiers cannelés et la mulga étaient assez épais pour me cacher. Et pendant qu'il faisait encore assez clair pour voir, j'ai dégotté un coin pas trop dur sous un kurrajong, et je me suis installé pour la nuit.

J'ai pas allumé de feu. J'étais vanné, mais je me suis pas endormi tout de suite. J'étais trop énervé à cause de tout ce qui s'était passé là-bas. J'avais encore jamais braqué une arme à feu sur un être humain. C'est nul de faire ça quand vous avez pas peur pour votre vie. Et puis, j'avais toujours ces picotements dans les jambes et les bras, un genre d'électricité, comme si tout mon corps savait ce que j'avais fait et qu'il était horrifié.

Pendant un long moment, je me suis demandé ce

qui se serait passé si j'étais allé jusqu'à buter Fintan MacGillis. Cette histoire de galeries de mines. Alors que les plus proches étaient à une journée de marche. Comment est-ce que j'espérais transporter un cadavre jusque là-bas ? En le découpant en morceaux et en transportant sa carcasse à travers tout le pays dans la brouette, en trois voyages ?

La vérité, c'est que ce vieux bonhomme avait été chouette avec moi. Il m'avait donné à manger et à boire. Peut-être que c'était pour m'amadouer, pour pouvoir poser ses sales pattes de prêtre partout sur moi, mais le pire qu'il avait fait, c'était de me saouler de paroles. Du coup, j'étais un peu dégoûté d'avoir agité un fusil sous son nez. Même si c'était un pervers, je pouvais pas le buter, là comme ça.

Et je me suis demandé : si c'est pas un pédo, comme il le prétend, pourquoi ils le cachent, à quoi ça sert ? Ah, nom de Dieu, deux jours plus tôt, y avait pas plus de monde que sur Mars dans ce coin, et maintenant, on se serait cru en ville.

Je suis resté assis pendant des plombes. Je voyais le lac, et je pouvais observer la petite lumière dans la cabane. Pendant un moment, y a eu un mini-croissant de lune, mais il est retombé dans mon dos. Très tard dans la nuit, la lumière de la cabane s'est éteinte, et il restait plus que la lueur du sel.

Il faisait plus doux dehors cette nuit-là. Le vent arrivait du nord et l'air était comme collant. Tout était silencieux, tellement silencieux qu'on entendait une sorte de bourdonnement en fond sonore. Comme si tout dormait, alors que le monde, lui, continuait à tourner, en produisant un bruit qu'on n'était pas sûr d'entendre vraiment. Comme les abeilles l'année dernière dans l'arbre foudroyé, avec leur grasseyement, tellement grave que j'étais pas certain de l'entendre au début.

C'est aux alentours de la Journée de l'Anzac, je crois, qu'on a repéré l'essaim. Un jour, un arbre a été fendu par un éclair, les abeilles l'ont repéré et elles se sont installées à l'intérieur. En quelques semaines, tout le jardin sentait le miel. C'est alors qu'on a commencé à les entendre, et maman parlait plus que de ça. Elle disait que c'était une odeur divine, mais elle avait peur que les abeilles entrent dans la maison. Non pas qu'elle soit allergique, mais parce que des abeilles avaient pas leur place dans une maison. Fallait faire quelque chose, elle disait. Ça signifiait que le Cap ou moi, on devait faire quelque chose. Wankbag l'a ignorée. Il voulait rien savoir.

Moi, j'étais fan des abeilles. Maman avait raison au sujet de l'odeur, c'était comme si quelqu'un faisait cuire du pain tous les jours. Et quand vous vous approchiez de la ruche, vous sentiez leur chaleur à l'intérieur du tronc, et le bourdonnement ressemblait à un bruit de chambre froide. Je l'entendais de ma chambre. Tous les soirs, pendant le dîner, maman disait : ces abeilles sont toujours là, mon chéri, il faudrait faire quelque chose. Mais on continuait à manger nos côtelettes en regardant la téloche. Par la suite, peut-être qu'elle l'a appelé à son travail, ou un truc comme ça ; elle l'a tellement enquiquiné qu'il en a eu marre. Si c'est ça, elle a de la chance de pas avoir reçu une raclée. En tout cas, il s'est passé un truc parce qu'un soir, le vieux est rentré du boulot avec un bidon d'essence. Avant le dîner, il est sorti derrière la maison. Et quand il est revenu, il avait les bras piqués de partout et les doigts plus gros que les saucisses dans son assiette, mais il a bouffé et il a regardé les infos comme si on passait une joyeuse soirée en famille. Maman tirait la tronche, sans rien dire. Après le repas, je suis sorti pour aller voir, et maman m'a suivi. On s'est regardés, c'est tout, et on est rentrés faire la vaisselle. Wankbag était toujours assis à table, il faisait semblant de mater la télé. On voyait bien qu'il attendait que l'un de nous deux fasse une remarque sur l'odeur d'essence dégueu et le million d'abeilles qui s'agitaient dans l'herbe, mais on n'était pas idiots, maman et moi. Ce soir-là, dans mon lit, je croyais entendre encore leur bourdonnement, mais c'était juste ma colère. Certains soirs, je ressentais tellement de trucs dans ma tête que j'étais bien content que ça puisse pas sortir. Putain, on aurait pu faire cramer un gratte-ciel avec ce qu'il y avait en moi. Bref, je crois que j'ai fini par m'endormir sur le sol, dans la poussière, sous le kurrajong, en écoutant ce bourdonnement lointain, en pensant aux abeilles.

*

Je me suis réveillé longtemps avant l'aube. Je voyais les étoiles entre les branches. Je me suis souvenu qu'un jour, j'avais vu les lunes de Jupiter avec les jumelles. Le prof disait que c'était possible, mais pour moi, ça ressemblait à du pipeau, typique. J'avais essayé quand même, et putain, c'était vrai. J'avais trouvé la Ruche aussi. Le prof avait un télescope. Il disait qu'un jour, je pourrais regarder à travers, mais j'étais toujours collé, et il est parti peu de temps après. Depuis ce jour-là, j'avais super envie d'un télescope, mais c'était pas possible. N'empêche, c'était quand même chouette de voir des trucs à travers les jumelles. Deux ou trois fois, Lee et moi, on a grimpé sur le toit du cabanon la nuit. On a regardé la ceinture d'Orion et la Voie lactée, c'était dément.

La première fois que vous voyez vraiment le ciel, quand vous découvrez que les lunes et les planètes, c'est des endroits qu'existent vraiment, ça fait un choc. Les corps célestes. Les étoiles, c'est beau à voir, mais le plus mortel, c'est de se dire qu'elles sont vraiment tout là-haut, qu'elles vivent et qu'elles meurent. Après une dure journée, c'est chouette, je trouve, de fermer les yeux et de penser à ça. Alors, j'ai gigoté un peu dans la terre, pour me caler, et j'ai senti que je replongeais dans le sommeil.

Mais soudain, je me suis redressé, glacé, les yeux écarquillés.

Les jumelles.

J'ai tâté mon cou. J'ai fouillé dans le sac à dos. Mais je savais déjà qu'elles y seraient pas. Je savais très bien où elles étaient. Ah, saloperies, je les avais laissées sur la table du vieux.

Je voulais lever le camp illico pour aller chercher les jumelles. Mais je me suis dit qu'en pleine nuit, c'était la meilleure façon de se faire exploser la cervelle. Alors, je suis resté assis jusqu'à ce que je voie les premières lueurs grises, j'ai rassemblé mon barda et je suis redescendu jusqu'au lac, tranquillement.

Avant même de voir la cabane, j'ai senti l'odeur du feu. Je suis passé à travers les arroches et les acacias, en suivant la piste, et il était là, assis près des flammes. Quand il m'a vu, je me suis arrêté et je lui ai fait un signe de la main, mais il est rentré dans la cabane. Je me suis demandé s'il allait ressortir avec le .410, mais c'était une deuxième timbale qu'il tenait à la main quand il est réapparu, et le temps que j'arrive, elle m'attendait, remplie et fumante.

Bonjour, il a dit.

Salut.

Tes jumelles… elles sont sur la table.

J'ai simplement hoché la tête. Je me suis débarrassé de mon barda d'un mouvement d'épaules et je me suis assis sur la caisse de bouteilles de lait qu'il avait sortie.

À la tienne, il a dit en levant sa timbale.

Ouais. *Ta.*

On est restés muets pendant une minute. Comme si on était gênés tous les deux. Et puis il s'est remis à jacter pour dire qu'il allait faire du pain, mais je lui ai dit qu'il me restait de la viande qu'il m'avait filée la veille, et on l'a fait griller sur une vieille clayette de frigo, au-dessus des braises. Y en avait trop pour nous deux et j'ai proposé de mettre le reste dans le garde-manger, mais il m'a dit de le garder pour le trajet du retour. Alors, je l'ai emballée dans le sac à farine et je l'ai fourrée dans mon sac à dos. Pendant tout ce temps, il a pas dit un mot. J'ai pensé que je lui avais coupé la chique la veille, et que je devrais peut-être en parler, mais j'arrivais pas à me lancer.

J'avais une bardane dans ma chaussette, alors j'ai retiré ma botte, et ma chaussette. C'était tellement bon d'avoir le pied à l'air libre que j'ai enlevé l'autre aussi, et j'ai enfoncé mes orteils dans la terre chaude. J'étais bien là, sous le soleil du matin. Avec le feu, le thé fumant et le goût du gras et du sucre qui restait dans ma bouche. Je me disais que d'une seconde à l'autre, j'allais entrer chercher mes jumelles. Puis ramasser mon bordel et tailler la route.

Vous avez déjà vu un cadavre ? je lui ai demandé. Sans savoir pourquoi. Sauf que je me sentais à l'aise, et que je retardais le moment de partir. C'était peut-être aussi une façon de dire : sans rancune.

Fintan a pas levé les yeux du feu. Il a balancé le fond de sa timbale par-dessus son épaule.

Ouais, il a dit. J'ai déjà vu des morts.

C'est horrible.

Oui, toujours.

On croit qu'y a des gens, on s'en ficherait de les voir morts, je me suis entendu dire. Mais quand on les voit…

Oui, c'est une horreur.

J'ai tué personne. Je sais que c'est ce que vous pensez. Mais c'est faux.

C'est une bonne chose que tu aies oublié tes jumelles. Il va te falloir des réserves.

Non, pas besoin.

Tu as du thé et du sucre ?

J'ai secoué la tête.

De la farine ? De la paraffine ? Du savon ? Des légumes ?

Je me débrouillerai.

Avec un foutu couteau à beurre ?

Je me suis rassis. Il m'a jeté un regard et il a remonté ses lunettes sur son nez.

Vous avez fouillé dans mes affaires ?

Oui. Et j'en ai pas honte. Combien de temps tu espères tenir par ici avec une dizaine de cartouches et cinq kilos de sel ?

Je vais pas rester ici toute ma vie. En tout cas, pas huit ans, c'est sûr. C'est temporaire.

On est début mai, Jaxie. Avec ce que tu as, tu verras pas le mois de juin.

J'aimais pas sa façon de parler. Il semblait convaincu que je voulais m'installer pour toujours.

Mais il a touché un point sensible en disant que je tiendrais pas jusqu'en juin, parce qu'à ce moment-là, j'avais prévu d'être suffisamment près de Lee pour pouvoir lui envoyer un texto, pour qu'on foute le camp.

En tout cas, j'ai répondu, je resterai pas le cul par terre, à parler tout seul. Faut que j'aille quelque part.

En partant d'ici ? À pied ?

Je peux y arriver. Mais je ferai pas tout à pied.

Bon sang, fiston, c'est quoi cet endroit assez près pour que tu puisses te mettre cette idée en tête ?

Mount Magnet, j'ai répondu.

Ah. C'est donc un endroit, alors ? Je croyais que Magnet, c'était un cheval.

J'avais une horrible sensation de vide. En deux secondes, je lui avais tout raconté. Bon Dieu, Lee elle-même connaissait pas mes plans et voilà que je crachais le morceau à la première personne que je rencontrais. Mais alors j'ai percuté : Fintan MacGillis savait même pas où était Magnet.

C'est juste pour quelques semaines, j'ai dit.

Je vois.

Alors, j'ai besoin de rien.

Soit, il a dit en tisonnant le feu. Mais réfléchis bien, Jaxie. Dans quel état tu veux arriver là-bas ?

J'ai haussé les épaules.

On s'en fout. Quelle importance ?

Tu vas rester sur Mount Magnet ?

C'est une ville, pas une montagne.

Tu seras en sécurité là-bas ? Tu vas y rester ?

Putain non. On va foutre le camp.

Tu vas retrouver quelqu'un, alors.

Vous avez pas besoin d'en savoir plus, j'ai dit, en colère après lui et après moi.

Toi et cette personne avec qui tu veux t'enfuir…

Arrêtez de parler de ça.

Même si c'est pas une fille – et je suis prêt à parier une année de thé et de farine que c'est une fille –, elle n'ira pas bien loin avec un gars trop affamé et trop faible pour se déplacer rapidement, et trop crasseux pour passer pour un être civilisé. Tu vas arriver en ressemblant à l'homme sauvage de Bornéo. Tu as pensé à ça ?

Croyez-moi, j'aurais pu lui balancer un coup de poing dans la gorge à ce vieux fouineur. Mais je l'ai pas fait. Et pas parce que je suis un gars sympa qui refuse d'expédier une personne du troisième âge sur le cul quand c'est mérité. C'était à cause de ce qu'il avait dit. Dans quel état je serais après quelques semaines de plus passées dehors, tout seul, de quoi j'aurais l'air. Si j'essayais de faire du stop sur l'autoroute. Qu'est-ce que Lee penserait de moi en me voyant débarquer hirsute et puant comme un potamochère ? Quand je la retrouverais, on aurait qu'une minute ou deux devant nous, et elle serait obligée de se décider tout de suite. Évidemment, j'ai toujours cru, au fond de moi, qu'elle me suivrait. Mais si je ressemblais plus à moi-même, si j'avais l'air effrayant, une tête de sauvage, et si elle avait des doutes tout à coup. Est-ce que vous prendriez la route avec un connard aux yeux de fou qui a de la merde dans les cheveux et du sang sur les bras ?

J'ai enfoncé mes orteils dans la terre et j'ai mordu

la timbale en fer. Et Fintan MacGillis, ce salopard, il me donnait l'impression qu'il pouvait voir en moi.

Mon garçon, il a dit, je dis juste une chose : est-ce que tu ne veux pas mettre toutes les chances de ton côté ?

C'est ce qui a emporté le morceau. C'est comme ça que je suis resté. J'ai pas pris la décision à cet instant précis, mais peu à peu, pendant qu'on bavardait, assis devant le feu, en buvant un peu plus de thé. Il me demandait plus de rester avec lui, il proposait de me donner tous ses vivres pour que je tienne le coup, des trucs que je devrais trimballer jusqu'au campement, par étapes. Ça me prendrait des jours, même si j'emportais seulement la moitié de ce qu'il me fallait, d'après lui. J'allais m'épuiser à transporter des caisses, des sacs et des bidons, alors que pendant ce temps-là, je pourrais aller chasser, en partant d'ici, et préparer mon plan. À part le sel, j'avais aucun moyen de conserver la viande, là-bas dans la bicoque du chercheur d'or. Et j'étais vachement plus près de l'autoroute, y avait plus de risques que quelqu'un vienne renifler dans les parages. Ici, avec le piège à eau, c'était moins dur de chasser. Une boîte et demie de munitions durerait plus longtemps. Et puis, on serait deux pour faire le guet, deux paires de mains pour faire des trucs. J'avais encore des doutes sur le vieux prêtre, mais je savais qu'il avait raison.

Alors, j'y suis pas allé par quatre chemins. Je lui ai dit que s'il était d'accord, je resterais, finalement. Et voilà. Il avait l'air si heureux que c'était presque insupportable. Et il jacassait tellement qu'il a même pas entendu mes raisons.

C'est maintenant seulement que je m'aperçois qu'il s'était peut-être débrouillé pour que j'oublie ces foutues jumelles. Je sais que, depuis le début, il espérait que je resterais pour lui tenir compagnie. Seulement, il savait pas que ça allait lui coûter cher.

La vérité, c'est que je continuais à me méfier.

J'étais l'invité du vieux, et je savais que c'était sûrement pas à moi d'établir des règles, mais dès le début, je lui ai dit que je voulais juste camper chez lui. Dehors. Toutes mes affaires resteraient bien à part, ça voulait dire que je garderais mon fusil près de moi. Et j'étais là pour quelque temps seulement, que ce soit bien clair. Pas question de dormir sous le même toit que lui. Sans vouloir vous vexer, je lui ai dit, mais je veux pas prendre de risque. Oui, oui, bien sûr, il a dit, absolument. Mais il a ajouté que je devais pas être paranoïaque, et je lui ai répondu direct que j'étais pas du genre à me camer. Je sais pas pourquoi mais il a trouvé ça drôle, ce vieux connard ralenti.

Bref, on s'est arrangés, grosso modo. Je me suis installé juste à l'orée de sa clairière, dans un bosquet de gimlets. Là où il pouvait me voir et où je pouvais le voir, normal. Il m'a prêté un morceau de bâche que j'ai suspendu pour faire de l'ombre, ou au cas où il pleuvrait, mais c'est jamais arrivé pendant que j'étais là. J'avais le hamac qu'il m'avait filé, avec un drap, une couverture, et même un oreiller. Deux caisses de bouteilles de lait et une boîte en plastique avec un couvercle à cause des insectes. Dans la cabane, y avait une lampe torche, mais pas beaucoup de piles, alors il m'a donné des bougies et une boîte d'ananas en conserve qu'il avait découpée pour servir de réflecteur et de pare-vent. J'avais pas besoin de poêle parce qu'on trouvait que ça serait mieux de manger ensemble, ça ferait moins de gâchis. La journée, je pouvais aller où je voulais, mais on devait se dire ce qu'on faisait, pour éviter des accidents avec les fusils. Comme signal de sécurité, je devais faire mon cri de rapace pour lui annoncer que j'arrivais, et finalement, tout ce qu'il a trouvé pour répondre, c'est de chanter *The Wild Colonial Boy*, une idée débile, je sais, mais on pensait que ça ferait l'affaire. Quelqu'un qui chante sans raison, ça paraît louche, mais vu qu'il était irlandais, c'était pas un problème.

Difficile de dire si on était voisins ou colocataires maintenant. Ni l'un ni l'autre sûrement. Il disait qu'on était amis, mais je l'avais prévenu : s'il essayait un truc amical avec moi, je lui faisais sauter la bite. Malgré tout, on était obligés de se faire confiance, plus ou moins, alors je lui ai dit que je croyais que c'était pas un pédo, même si, au fond de moi, j'en étais pas aussi sûr. Et lui, il a dit qu'il était sûr et certain que j'étais pas un meurtrier, mais je crois qu'il avait des doutes lui aussi. En vérité, ça m'arrangeait qu'il se pose la question.

Et ça a marché, notre arrangement. Avant que

je voie clair. Aller chercher de la viande et du bois à deux, faire le guet à deux, c'était plus efficace qu'un type qui glande tout seul dans son coin. On pouvait pas dire qu'on avait des points communs, mais on était des êtres humains, à qui on pouvait parler. Là aussi, y avait une règle, pour la parlotte. Interdiction de répéter à quelqu'un des choses sur l'autre. On l'avait juré. Ce qui se passait à la cabane restait à la cabane. Autrement dit, il était plus prudent de pas savoir trop de trucs importants.

Alors, je lui ai pas dit que je venais de Monkton. Même si ça aurait pas changé grand-chose, vu que le vioque savait pas où c'était ; il faisait pas la différence entre Monkton, Meekatharra ou Melbourne. À croire que les prêtres l'avaient amené ici dans un putain de sac à patates. Il connaissait que dalle à l'Australie, mais il pigeait vite, alors fallait faire gaffe à rien laisser échapper. Je crois qu'on était plutôt méfiants tous les deux au départ. Ensuite, c'est devenu plus facile d'être prudents, comme une seconde nature. Fintan disait que c'était juste une question de décence. Il appelait ça observer les règles. Il avait une façon de parler qu'était plutôt sans danger vu que, la plupart du temps, il racontait des trucs qui voulaient rien dire. C'était rien que du putain de bla-bla.

Les premiers jours, on a fait un inventaire, comme il appelait ça. On a rassemblé tout le bordel qu'était sur ses étagères et dans ses bidons et on a compté. Il estimait que s'il pleuvait pas trop, et si les chèvres continuaient à avoir soif, on pourrait survivre largement jusqu'au Nouvel An, lui et moi. Quand je lui ai répondu qu'on serait plus tous les deux au Nouvel An, il a fait la sourde oreille, mais je savais qu'il m'avait entendu.

J'ai dû attendre deux jours pleins avant qu'il me file un couteau qu'il avait en rab. Un vieux couteau à désosser, un Dexter, avec un manche en bois et une lame correcte, et quand je l'ai frottée contre une pierre pendant une demi-heure, elle est devenue plus que correcte. C'est à ce moment-là, je crois, que j'ai su qu'il me faisait confiance. J'aurais pu le tuer de loin avec le Browning, à n'importe quel moment de la journée. Mais la plupart des gens ont plus peur d'un coup de couteau que d'une balle. Qu'est-ce qu'il y a de pire que l'idée de se faire égorger dans son lit, pendant qu'on dort ? Un type qui a un bon couteau, faut avoir confiance en lui jour et nuit, et je campais juste devant sa porte, alors qu'il était dur de la feuille, et que j'étais jeune, rapide et dangereux. C'est vrai, j'aurais pu lui faire mal avec mon vieux couteau à beurre que j'avais en arrivant, mais il savait aussi bien que moi que le Dexter pouvait égorger un homme en une seconde. Peut-être que j'y attache trop d'importance. Mais quand il m'a donné ce couteau à désosser, j'ai eu l'impression qu'il scellait notre accord.

*

Y avait toujours du boulot chez Fintan. Pour moi, ça changeait rien, je suis pas du genre fainéant. On a graissé l'éolienne le mieux possible. Pour que l'eau continue à arriver jusqu'à l'abreuvoir, et parce que les grincements et les bruits métalliques me tapaient sur les nerfs, même si lui, il les entendait à peine. Et puis, fallait rafistoler le grillage chaque fois qu'une chèvre furax se retrouvait coincée. Pour un mec, Fintan était très à cheval sur le ménage et la propreté. Il m'a filé une brosse à dents alors que j'avais rien demandé. Au début, ça me faisait chier tout ça, et puis je me suis habitué. Il m'a appris à cuire du pain, des galettes de farine de maïs et d'autres trucs. Je faisais toujours plus que ma part quand j'allais chercher du bois parce qu'il était vieux et boiteux. Deux ou trois fois, je suis retourné jusqu'au plateau et j'ai buté un *roo* pour nous changer des chèvres. Fintan crachait pas dessus. Il a fait bouillir les queues pour faire un bon ragoût. Plusieurs fois, je lui ai découpé une côtelette ou deux à cuire au four, mais généralement, il aimait bien se faire griller un filet avec du poivre et une tomate. Il disait que ça lui rappelait les bifsteks qu'il mangeait au déjeuner au Shelbourne, un pub en Irlande. On peut pas deviner que c'est du kangourou, qu'il disait. Je lui ai expliqué qu'un tas de viandes avaient le goût du bœuf, quand on voulait.

Le boulot que je détestais vraiment, c'était vider les chiottes. Quand il était seul, Fintan le faisait toutes les semaines, mais maintenant qu'on était deux, il disait qu'il fallait le faire tous les trois jours, et c'était une putain de corvée. Son installation, c'étaient juste des chiottes en bois portables, avec un baril à l'intérieur, qu'on sortait quand il était à moitié plein et qu'on pouvait encore le porter.

Fallait le hisser sur la brouette et faire gaffe à pas attendre qu'il soit trop rempli, sinon on renversait des étrons en chemin, jusqu'à la décharge. Ah, la vache, la route était longue. Les mouches vous tétaient la peau et frottaient leurs pattes pleines de merde partout sur vous. Après, fallait creuser dans le sol en pierre avec le hoyau et la pelle, et quand le trou était fait, vous aviez envie de dégueuler quand vous versiez tout à l'intérieur. Fintan appelait ça le Jour de la Soupe. Des fois, je partais chier en pleine nature, juste pour retarder le Jour de la Soupe. Fintan disait qu'il aurait bien voulu faire pareil, mais il était trop vieux pour s'accroupir. Alors, il préférait sentir la merde tous les trois jours, plutôt que de tomber dedans tous les matins.

Le soir, généralement, on s'asseyait dehors, autour du feu. Il lisait beaucoup, Fintan MacGillis. Toujours les mêmes bouquins. Il se gardait toujours une heure dans la journée pour lire, histoire d'économiser l'essence et les bougies. Mais il connaissait des trucs par cœur aussi. Des poèmes, des passages de la Bible, etc., et souvent il me les récitait devant le feu à la nuit tombée. Au début, je croyais que c'était pour me montrer tout ce qu'il savait, mais après, j'ai pigé qu'il se sentait seul, en fait, c'était comme s'il prononçait ces mots pour se protéger de la nuit, comme s'il le faisait déjà avant que j'arrive, et peut-être même avant de se retrouver dans ce pétrin qui l'avait envoyé ici.

Il venait d'Irlande, là où c'est vert, où il pleut et où les gens croient aux fées. Il disait que les gens croyaient plus en l'Église, et qu'ils en avaient le droit, mais ils croyaient encore aux lutins et à l'Eeyou. J'ai jamais très bien compris ce que c'était. Pour moi, le langage des fées, c'est du pipeau, mais lui, il pensait que les gens l'avaient en eux, et il se demandait si, peut-être, ça existait pas vraiment, et pas seulement en Irlande. Les gens ressentaient des choses qu'on voyait pas toujours, qu'il disait. Et je devais m'avouer qu'il y avait du vrai là-dedans parce qu'y a des fois, je sais qu'on m'observe. Et y a des fois, je sais quand quelqu'un arrive, mais seulement si je connais cette personne. C'est peut-être ça que baragouinait Fintan quand je l'ai rencontré, comme quoi certains de nous avaient encore un côté animal.

Je voudrais parler de ça avec Lee quand je la verrai. Entre autres choses. Parce que je sais qu'elle pige ces conneries-là. Par moments, on dirait un chien de troupeau. Elle réagit avant même que vous ayez le temps de faire quoi que ce soit, elle le devine en vous avant que vous ayez décidé. Je suppose que ça ressemble à du baratin pour la plupart des gens, mais moi, j'y crois. J'ai eu le temps d'y réfléchir. Pas autant que le vieux, mais quand même, à force.

Fintan disait que c'était pas plus idiot de croire aux fées que de croire en l'Église. Même si j'étais d'accord avec lui, je trouvais ça dur dans la bouche d'un prêtre. Mais il avait une dent contre ces types, c'était clair.

Un après-midi, je l'ai interrogé sur la confession, pourquoi il voulait pas la faire, si c'était aussi important. Ça me tracassait, je crois. Parce que, vous êtes quelque chose ou vous l'êtes pas. Si vous chiez pas, vous restez pas assis sur le pot. Je croyais qu'il allait se moquer de moi, mais il a pris ça au sérieux. Il s'est mis à mâchonner ses dents en plastique.

Ce type, il a dit, celui qui vient ici, on peut pas dire qu'il pleure sur l'état de mon âme. Vois-tu, Jaxie, s'il obtenait une confession, ça ferait avancer ses perspectives. Il faut apaiser des pouvoirs et des principautés, il faut s'attirer les bonnes grâces de certaines forces. Le but en me gardant ici, c'est de m'empêcher de me confesser à quelqu'un d'autre.

Là, il m'a largué, mais je sentais bien qu'il avait plus le cœur à faire le prêtre. Je lui ai demandé s'il croyait encore en Dieu. Il a répondu qu'il en était pas sûr, si Dieu était ce maître d'école irritable avec lequel on l'avait élevé. Mais il y pensait nuit et jour. Comment croire, que croire. La vérité, c'est que j'avais de la peine pour lui. Ici, au bord d'un lac, un lac sans eau, il faisait avec. Il pensait même pas à aller ailleurs. C'étaient pas seulement les autres qui l'avaient parqué au milieu de nulle part. Il s'était enfermé lui-même. Pas d'avenir, rien à espérer, rien d'assez solide pour s'accrocher. Il n'avait plus de famille, plus d'amis. C'est là où on était pareils, lui et moi. Mais moi, j'avais quelqu'un à aimer, quelqu'un à aller retrouver, et il le savait. C'était comme si moins je parlais d'elle, plus il en savait. Jamais je lui ai raconté que je voulais emmener Lee à Darwin, ou même dans le Queensland, mais plein de fois, il m'a dit que j'avais toute la vie devant moi, et qu'il était jaloux.

Jaxie Clackton, il disait, tu m'impressionnes.

Sans doute qu'il se foutait de moi à moitié, mais parfois, je me disais qu'il aimerait bien être à ma place. Et y avait pas de problème. Il avait le droit.

Très vite, j'ai perdu le compte des jours. Mais je savais, grâce à la lune, quand un mois était terminé. La plupart du temps, on s'entendait bien, Fintan et moi, même si c'était pas facile. Certains jours, ce vieux salopard dur d'oreille me tapait franchement sur le système parce qu'il la bouclait pas une seconde. À croire qu'il en était pas capable. Peu importe que je sois là ou pas, il parlait tout seul jour et nuit. Quand je l'ignorais, il comprenait qu'il m'énervait, mais le plus souvent, il s'en apercevait même pas. C'était peut-être un truc de prêtre, toujours est-il que j'étais pas là depuis une semaine qu'il a commencé à me donner des ordres comme si je bossais pour lui, comme si j'étais son neveu qu'était venu là pour les vacances, et deux ou trois fois, j'ai dû l'envoyer se faire foutre. Genre, pour qui il se prenait ? Il restait là les bras ballants, avec son chapeau de tapette, comme s'il était le shérif de Pédo Creek. Alors, il devenait tout rouge, il arrivait plus à respirer, et il me traitait d'ingrat inculte. Moi, je le traitais de suceur de bite, et il me traitait de délinquant juvénile. Mais jamais il a braqué une arme sur moi. Et il m'a jamais tabassé. Alors, je me disais que je pouvais supporter son baratin sans queue ni tête.

*

Un jour, je me suis demandé si j'étais pas resté trop longtemps seul dans le bush. Si j'étais pas à moitié à la masse comme Fintan. Il était tard, et je revenais du plateau avec un wallaroo vidé sur le dos, et je me sentais bien. Je me suis arrêté une seconde pour récupérer et boire un coup, et quand j'ai posé ce petit *roo* et que je me suis assis à côté sur le rebord de pierre, le monde est devenu silencieux. Comme si les oiseaux et les insectes retenaient leur souffle tout à coup, les casuarinas ont arrêté leurs soupirs venteux et j'entendais plus que ma respiration. Et pendant un moment, j'ai eu l'impression qu'une créature, une bête, allait traverser les broussailles en reniflant. C'était si fort comme sentiment que j'avais les poils dressés et que j'ai monté une balle dans le canon du .243, prêt. Je regardais de tous les côtés, mais je voyais que des rochers et la mulga. J'étais prêt à passer à l'action depuis un bail. Depuis des mois, c'était la première fois que j'avais la trouille en pleine cambrousse. J'ai mis un genou à terre et j'ai visé en faisant un arc de cercle. J'ai même enlevé la sécurité. Mais rien n'est apparu.

Sauf que j'ai cru entendre quelque chose. Comme un moteur. Un véhicule qui change de vitesse.

C'était pas possible. Y avait aucune piste par ici. Je me suis dit que c'était peut-être un avion. Mais un avion, ça rétrograde pas comme ça. Je suis resté assis un bon moment, l'oreille dressée. Et j'ai compris que je me faisais peur tout seul parce que les oiseaux ont remis ça. Et j'ai plus jamais rien entendu.

*

Un mois de plus est passé, je suppose. On avait nos corvées et nos habitudes, les trucs qu'on aimait bien et les choses qui nous gavaient. Fintan trouvait qu'on formait le couple étrange par excellence, de vrais David et Jonathan, il disait, comme si c'étaient des types super cool.

Dès les premiers temps, il m'a filé un truc visqueux à étaler sur mon œil gonflé. Il a proposé de le faire lui-même, mais je lui ai dit de me laisser faire. Alors, il m'a donné la pommade et le pansement adhésif, je me le suis collé sur l'œil pendant une semaine et il est redevenu normal.

En laissant une jolie cicatrice quand même. Je l'ai vue dans le miroir de Fintan, devant lequel il se rasait. C'était pas très beau, et ça l'est toujours pas aujourd'hui encore, mais je peux rien y faire. Le vieux disait que j'aurais dû le laisser recoudre, mais à l'époque, je voulais pas qu'il m'approche. Il m'a jamais demandé comment je m'étais fait ça, mais il était pas idiot, il avait sûrement une idée.

La seule fois où j'ai accepté que Fintan me touche, c'est quelques mois plus tard. Je voulais me raser le crâne, mais c'était lui qu'avait le rasoir. J'en ai fait la moitié tout seul, avant qu'il dise : laisse-moi finir correctement. Mais ça lui a pris des plombes. La lame tremblait dans sa main. Parce que je l'avais prévenu. Il savait que je voulais pas qu'un homme me touche. Mais je pouvais pas dire s'il était nerveux ou s'il était excité. Pour l'amour du ciel, mon garçon, arrête de gesticuler. Lee dit toujours que je suis aussi agité qu'un chien à la fourrière. Du coup, c'était pas très rapide comme coupe de cheveux. Mais autant que je pouvais en juger, Fintan avait fait un boulot correct, même s'il trouvait ça dommage que je me fasse une tête de bagnard, même par amour, même pour ma Jeanne d'Arc.

Il m'a fallu une minute ou deux pour percuter, mais à ce moment-là, j'ai explosé, ça m'a troué le cul. La nana dans le film, celle qui lâchait rien au milieu des flammes, comme si les rois, les soldats, le feu et tous ces salopards morts de rire pouvaient pas la briser.

Même par amour, il avait dit. Même pour une fille au crâne chauve comme Lee, voilà ce qu'il voulait dire. Allez vous faire foutre, je pensais, vous disiez que vous aviez pas regardé mon téléphone cette fois-là, ni les autres fois où j'ai eu des soupçons. Mais alors, comment vous pouvez savoir à quoi elle ressemble ?

Maintenant, il restait sûrement plus un poil de cul de batterie. J'ai même pas vérifié, j'osais pas, au cas où j'aurais besoin de ce dernier rayon d'énergie plus tard, et je me disais qu'il avait été gâché. Par cet enfoiré de Fintan MacGillis. Pendant que j'étais parti chasser de quoi bouffer. Lui, comme une saloperie de serval, il fouillait dans mes affaires, ses pattes et ses yeux de prêtre se baladaient sur elle. Ah, putain, j'étais fou.

Pourtant, j'ai pas levé la main sur ce connard. C'était comme si j'étais au milieu des flammes moi aussi. Et je me contrôlais.

Je suis resté là un moment. J'ai gratté mon crâne chauve couvert de croûtes. J'ai brossé les petits cheveux sur mes bras et mon torse. Et j'ai foncé direct à mon campement, j'ai déterré le téléphone, et j'ai vu qu'il était mort pour de bon. Je l'ai planqué dans un tronc creux où ni le vieux ni aucun autre salaud pourrait le trouver. Batterie ou pas batterie, je supportais plus l'idée que quelqu'un touche à ce téléphone maintenant.

Je crois que j'ai passé une minute ou deux à arracher l'écorce d'un pauvre arbre qu'avait rien demandé à personne. Et je suis retourné à la cabane pour passer une soufflante au vieux schnock. Je lui ai dit qu'il avait pas le droit de faire ça, ce sale pervers. Il m'a juré que pas une seule fois il avait touché au téléphone, mais je savais qu'il mentait. J'en ai plus que marre, j'ai dit. Il avait aucun self-control, il était comme un putain de gamin, il me dégoûtait. Il m'a fait son regard de chiot alors, et comme ça marchait pas, il a fait le coup de la lèvre qui tremble. Je devrais lui péter tous les doigts, je lui ai dit, mais je le ferai pas parce que je serais obligé de me taper ses foutues corvées en plus des miennes. Et comme j'avais plus rien à dire, je suis entré dans la cabane, je me suis couché sur son lit et j'ai boudé.

Ma journée était foutue. J'ai pris le Browning et je me suis barré. J'aurais pu partir pour de bon cette fois. Et franchement, ça a bien failli. Pendant un moment, j'ai pensé revenir chercher mon barda pour foutre le camp illico. Mais je me suis un peu calmé. Rien qu'en marchant. Y avait des oiseaux à voir, des pinsons et des cailles, des trucs qui m'empêchaient de penser à lui.

Et dans l'après-midi, je suis tombé sur un gros kangourou roux. À dire vrai, on s'est surpris tous les deux. Il m'a regardé comme s'il pouvait pas croire que j'existais, comme si c'était pas normal que je sois là. Je l'ai tiré au moment où il se retournait pour partir, et il a tournoyé sur lui-même comme s'il dansait, et quand il est tombé, j'ai eu un peu envie de vomir.

Pendant plusieurs minutes, je m'en suis pas approché. Je voulais pas prendre le risque de me faire étriper s'il était pas vraiment mort. Mais pas seulement. Il y avait aussi un sentiment de tristesse, un truc que j'avais jamais connu quand c'était mon tour de zigouiller une chèvre dans l'enclos. En fait, j'étais pas très chaud pour aller voir ce que j'avais fait. Une chèvre, ça a des yeux qui font que c'est facile de la tuer. Leurs pupilles plates de serpent, ça vous empêche d'avoir honte de faire ce qui doit être fait. Mais les *roos*, ils ont des gros yeux ronds de vache, et ça change tout. Pareil pour les chiens et les chats. Je pourrai jamais en tuer un autre, même par pitié.

Un jour, Mme Mahood est venue à la maison,

au début quand maman est tombée malade. On croyait que c'était une visite de courtoisie, mais pas du tout. Elle avait une portée de chatons que personne voulait, et elle avait pas le courage de s'en occuper elle-même, alors est-ce que M. Clackton voudrait bien le faire à sa place ? Vu qu'il était pas trop délicat. Maman lui a battu froid. Le genre mormon. Mais le soir même, y avait un sac rempli de chats devant le cabanon. En rentrant, le Capitaine a dit pas question, et il l'a laissé là. Deux jours plus tard, quand la vieille fille est revenue et qu'elle a entendu que ça gueulait et que ça miaulait toujours dans le sac, dans l'allée, elle a chialé comme une Madeleine. Maman était couchée et le Cap était à la boutique ; du coup, c'est sur moi que c'est tombé. Comment est-ce qu'on pouvait traiter des animaux de cette façon ? elle disait. J'avais pas honte ?

Alors, j'ai pris ce sac qui gigotait et qui puait la pisse, et je l'ai emporté dans la rue. J'entendais la vieille traîner la patte derrière moi. J'ai ouvert son portail d'un coup de pied. Et j'ai transporté le sac sur le porche, avec les cygnes blancs, les plantes en pots et tout le reste. Et j'ai réduit les chatons en bouillie en les cognant contre la balustrade. Quatre, cinq, six fois. La vieille faisait des bruits de vache qu'on étrangle. Elle m'a regardé comme si j'étais un monstre. Pas même un merci.

En tout cas, cet après-midi où j'ai buté ce gros *roo*, j'ai traînassé comme une vieille femme qui repousse le moment difficile, c'est-à-dire la découpe. Je me disais qu'il fallait laisser la viande reposer, que je devais aiguiser le couteau avant de m'y mettre. Ce genre de conneries. Mais je savais que je cherchais juste à gagner du temps.

Finalement, je me suis avancé sur le sol rocailleux, entre moi et ce vieux mâle, et j'ai vu qu'il s'était vidé de son sang, il était aussi mort qu'une pierre. Mais quand je me suis accroupi avec le Dexter, j'ai regardé ses grands yeux marron et je me suis vu, j'ai vu mon reflet, une sorte d'ombre qui se découpait dans le ciel, et une idée folle m'est venue, genre : voilà la Mort, c'est moi, voilà ce que je suis. Quelques semaines plus tôt, une pensée pareille, ça m'aurait redonné de l'énergie, mais là, ça me déprimait. Ça m'a pas empêché de le découper et de le parer pendant qu'il était encore chaud et souple. Je crois que ça m'a pris presque quatre heures pour le transporter jusqu'à la cabane de berger, et j'étais encore loin quand le vieux Fintan est venu à ma rencontre ; on aurait cru que je lui apportais un cadeau, une offrande de paix, il frappait dans ses mains en dansant comme un maboul. J'ai allumé un bon feu, on s'est fait un festin, et après ça, tout est redevenu pareil qu'avant entre nous. Plus ou moins. J'ai même aiguisé ses couteaux pour me racheter, je meulais pendant qu'il me lisait des trucs ou récitait de mémoire.

Je le répète, on s'entendait bien la plupart du temps. Sauf quand on se provoquait. Des fois, c'était accidentel : un de nous deux disait un truc sans s'en apercevoir et l'autre piquait sa crise. À d'autres moments, on savait qu'on cherchait la bagarre, par ennui, ou par pure méchanceté, juste une minute. Certains jours, pas facile de savoir si on sortait des conneries sans le vouloir ou exprès. Comme quand je l'interrogeais sur les morts. Parce que c'était pas la première fois que je mettais ça sur le tapis. La manière qu'il en avait parlé la première fois, ça me donnait envie de le titiller. Il a dit que je revenais sur ce sujet comme un chien qui bouffe son vomi.

En fait, j'avais pas oublié ce qu'avait dit Tante Marg le jour où on était allés voir mamie chez elle, sur son lit de mort, à Moora. Elle avait dit que mamie avait eu une belle mort. J'étais gamin alors, mais ça m'est resté. Maintenant, j'avais vu trois morts, j'en avais touché deux, et j'avais pas besoin de poser le doigt dessus pour comprendre. Dès que vous vous approchez, tout devient froid en vous. Dans vos bras, vos jambes, vos dents, vous savez que vous voyez un truc horrible. Quand les gens sont morts, plus rien ne va. C'est pas obligé de ressembler à ce que j'ai vu là-bas dans le cabanon. Quoi qu'il arrive, c'est moche. Et j'arrêtais pas de me demander : avoir une belle mort, c'était juste un truc débile que disaient les gens ? Genre certains à l'enterrement de maman, toutes mes condoléances qu'ils me sortaient, comme s'ils passaient à la téloche ou je ne sais quoi. Parce que je voyais pas ce qu'il y avait de beau là-dedans ; tout ce baratin – paix, miséricorde, abondance – débité par le *padre* en parlant de la mort, avant qu'il fasse un signe de tête pour qu'on descende le cercueil.

C'était un matin, à la décharge. Je creusais un nouveau trou avec le hoyau, bien que ce soit pas le

Jour de la Soupe, parce qu'on s'était dit qu'il valait mieux creuser la veille, au lieu d'essayer d'enlever un peu de terre rocailleuse pendant une demi-heure, à côté du seau qui puait comme l'enfer. En me reposant une seconde, j'ai vu Fintan qui regardait les vieux plumards, les frigos à essence et les rouleaux de fil barbelé. Je pensais même pas à le planter là parce qu'il foutait rien pendant que je creusais, tellement j'étais obsédé par cette idée de belle mort.

Vous avez vu des morts, j'ai dit.

Oui, il a répondu sans me regarder. Trop. Je te l'ai déjà dit.

Vous êtes prêtre. Vous les avez enterrés, je suppose.

Enterrés ? J'ai vu des bulldozers les pousser dans des fosses.

Je savais pas quoi répondre à ça. Je suis resté là, bouche bée.

Je les ai vus être empilés et brûlés comme des tas d'ordures.

La vache. Où ça ?

Peu importe. Ne cherche pas à savoir.

J'ai filé un grand coup de hoyau, des étincelles ont jailli d'une pierre, et je me suis redressé. J'ai regardé le vieux, en pensant : fin de la discussion. Mais Fintan a soulevé son maillot de corps pour se gratter le bide, en continuant à regarder tous les trucs bousillés dans la fosse.

Un trou plus gros que cette tranchée, creusé avec une machine. Rempli de corps. Et tu sais quoi ? Je me suis assis à l'ombre d'un buddleia et j'ai bu du thé. C'était un chouette thé et un bel arbre.

Je comprends pas.

On est deux. Parce que je n'ai rien ressenti. Pourtant, quand j'ai vu ma chère mère morte dans son lit, ça m'a perturbé.

Vous êtes devenu fou, vous voulez dire ?

Pas réellement. Mais j'avais cette impression. Il n'y avait pas d'odeur, pas de mouches. Elle est partie paisiblement dans son sommeil, un feu de tourbe brûlait dans la cheminée, des voitures passaient dans la rue. C'est égal, on est face à une scène d'horreur qu'on ne pourra jamais accepter. Des gens vous apportent du chocolat, gentiment, et vous le regardez comme si c'était du poison. Vous vous dites : je ne boirai et ne mangerai plus jamais rien.

C'était quoi, en premier ?

Hein ?

Qu'est-ce qui est arrivé d'abord, votre mère ou l'autre truc ?

On n'observe pas la règle aujourd'hui, mon gars ?

Je sais pas. C'est pareil que de pas observer mon téléphone ?

Oh, on remet ça sur le tapis ? Tu n'as donc pas la moindre pitié ?

J'avais envie de lui demander où il avait vu ce fossé creusé au bulldozer rempli de corps. Et je savais pas non plus ce qu'était un buddleia. Mais je me suis mordu la langue et j'ai continué à creuser. Parce que j'étais pas d'humeur à me disputer. Mais une minute plus tard, je suis revenu à la charge en lui causant de Tante Marg et de cette belle mort dont elle arrêtait pas de parler. Je lui ai dit que ça me travaillait. J'avais beau tourner ça dans tous les sens, ça collait pas.

Ce qu'elle voulait dire, peut-être, c'est que ta grand-mère avait eu une mort facile. C'est une chose dont on peut être reconnaissant. Il y a tellement de manières brutales de mourir.

Je sais, j'ai dit.

J'en ai peur.

Je l'ai vu.

Oui, j'en suis sûr, mon garçon. Je le sens en toi, tous les jours.

Alors, si une mort est facile et que les autres sont brutales, de quoi elle parlait ?

Oh, Jaxie, comment savoir ?

Je croyais que quelqu'un comme vous saurait.

Il a poussé une sorte de grognement.

Je ne sais pas quoi faire, il a dit. Tout ce que je défendais autrefois reposait sur une fin noble, l'exemple d'une mort courageuse, belle et pure. Et, bon sang, la moitié des personnes que j'ai connues et aimées sont parties à la recherche d'une chose semblable, afin de l'imiter. Ça nous rendait tous fous. J'ai l'impression qu'on a passé la moitié de notre existence à être les conservateurs de nos belles morts. Aujourd'hui, cela me paraît absurde et pervers, totalement monstrueux. Mais je suis mal placé pour juger les monstres et j'ignore si l'idée d'une belle mort me répugne aujourd'hui parce que c'est répugnant en soi ou parce que je n'ai plus le courage d'entreprendre cette recherche.

Je comprends rien à ce charabia, je lui ai dit.

Il a appuyé ses poings sur sa tête. Pour un type qui creusait pas, il m'avait l'air crevé déjà.

Très bien, il a dit. Tu sais ce qu'est un sacrifice, hein ?

Les Anzac.

Hein ?

C'est quand vous mourez pour votre pays.

Oh, je vois. Oui. Pour ta famille, ton pays, ta foi.

Vous croyez pas à tout ça ?

C'est comme ça que j'ai été élevé, mon garçon. C'est ça, les belles morts. Apparemment. Mais on a quelque chose en commun, toi et moi. On recule devant cette idée. Chaque mort est une horreur, non ? Chaque fin est un cataclysme, un outrage.

Fintan mâchonnait ses dents en plastique, il a filé un coup de pied dans un fût rouillé et le vieux 44 a tremblé, sans rouler.

Ces salopards qui se font sauter devant des hôpitaux et sur des marchés. Ces débiles qui balancent des avions dans des immeubles, ils pensent être des martyrs. Ils ont étudié la question, la manière de s'offrir une belle mort.

C'est pas un putain de sacrifice. C'est un meurtre.

Il faut du courage pour être un meurtrier, tu sais.

Mon cul. C'est un truc de malade.

Ou pour être un soldat. Ou un bureaucrate. Ou un prêtre qui explique à un million de gens que leur mort a été décidée par Dieu, que c'est le fruit de leur obéissance, pour décorer leur vénération de la vie.

J'ai craché dans mes mains, surtout pour pouvoir regarder ailleurs. Parce que maintenant, je regrettais de lui avoir posé des questions. J'aimais pas sa façon de parler. Et je détestais voir ses yeux sur moi quand il était comme ça. Des yeux de bœuf. J'avais envie de vomir, rien que de le regarder.

Jaxie, réjouis-toi pour ta mamie. Une mort facile, c'est une chose enviable. Ça n'a rien de honteux. N'est-ce pas ce que souhaiterait toute personne saine d'esprit, partir tranquillement dans son sommeil ?

Putain de merde, je veux pas mourir. Je crèverai en me battant.

C'est peut-être plus dur de se rendre.

Ah, bordel, écoutez-vous avec vos paroles à la con. Faut du courage pour être un meurtrier. C'est plus dur de se rendre. Vous êtes une grande gueule sans couilles.

Allons, allons, mon garçon. On a fini de creuser ce trou ?

Tenez, j'ai dit en lui balançant le hoyau. Finissez.

Au bord du lac, y avait des arbres dans le ciel, plantés sur la tête. C'était beau et drôle, comme il l'avait dit. Au moins, il avait raison sur un point. Et en voyant ça, j'avais du mal à rester en colère après lui. C'était rien de plus qu'un stupide mirage, mais je suis resté là à le regarder, jusqu'à ce que je m'en foute qu'il soit pas réel.

*

Alors oui, on s'engueulait, Fintan et moi. Lui, il disait qu'on avait des conversations civilisées, simplement. Mais des fois, il avait pas conscience qu'il risquait de se faire défoncer le crâne. Ou peut-être qu'il s'en foutait. Malgré tout, c'était plutôt tranquille. Jusqu'à ce que le vent souffle du nord.

TROISIÈME PARTIE

Par ici, autour du lac, le temps était presque toujours pareil tous les jours. Le matin, avant l'aube, le vent se levait à l'est. Et puis, sur les coups de midi, il se mettait à souffler du sud. À ce niveau-là, c'était pas très différent de Monkton, à cette époque de l'année. Certaines personnes pourraient trouver ça rasoir, mais moi, ça m'allait.

Mais un matin, le vent d'est ne s'est pas levé du tout. Ce jour-là, il a fait une chaleur irrespirable. L'air était poisseux et le lac empestait comme une mare à têtards. En milieu de matinée, une ribambelle d'émeus est arrivée et nous a observés, Fintan et moi, pendant qu'on essorait nos draps et qu'on les suspendait sur un fil de fer accroché à l'éolienne. Ils nous ont jeté des regards horrifiés comme si on était en train de faire un truc bizarre et dégueu, ce que Fintan appelait des crimes contre nature. Mais les émeus sont des oiseaux grotesques ; ils ont toujours l'air choqués, et ils peuvent rester plantés là à regarder un truc pendant des heures, ces connards. Ils se sont postés au milieu des salicornes et ils nous ont espionnés pendant qu'on étranglait un pauvre linge innocent. Et c'était marrant au début. Mais au bout d'un moment, ça m'a tapé sur les nerfs et je les ai pourchassés avec un bout de bois. Je savais pas si c'était par pure dégueulasserie ou parce qu'il y a rien de plus marrant que de voir un émeu cavaler. Toujours est-il qu'après les avoir chassés, je me suis pas senti mieux. Comme je vous le disais, il faisait un temps bizarre. Tout me rendait dingue. Le vieux disait que j'étais irritable. Moi, je dirais plutôt super énervé.

Fintan était chiant avec la lessive. Toutes les semaines, on avait des mots à cause de ça. Et évidemment, c'était toujours lui qui en avait le plus, des mots. En irlandais même – *guttersnipe, gobshite, gouger*, etc. –, pour me traiter de loqueteux, de mange-merde, de truqueur. Généralement, c'était juste du bavardage, pour passer le temps, et généralement, je m'en foutais, c'étaient des paroles en l'air. Des fois, c'était marrant même. Ce jour-là, y avait rien de spécial dans tous les trucs qu'on se balançait à la gueule, mais après avoir étendu les draps, j'ai craqué. Toujours cette vieille angoisse.

Durant tout le temps que j'ai passé dans la cabane de berger, elle revenait et disparaissait sans cesse, cette démangeaison. Certains jours, j'avais l'impression d'être englué. Comme si je m'étais laissé aller au confort. Je me disais que j'étais pas différent de lui. J'avais de la viande, de l'eau et un hamac. Je m'endormais pas en étant inquiet et je me réveillais pas en ayant peur. Seulement, j'allais nulle part. Et rien que de savoir ça, ça me donnait envie de me barrer.

Voilà dans quel état j'étais en cette journée calme et poisseuse. J'avais vu suffisamment de chèvres prises au piège, depuis le temps. Je les avais observées pendant qu'elles essayaient de comprendre comment elles s'étaient retrouvées là. Et je me disais : il m'arrivera pas la même chose. La prochaine fois que Jaxie Clackton se retrouvera coincé quelque part, c'est quand ils cloueront le couvercle, vous pouvez me croire.

Sauf que je me mentais à moi-même, parce que j'étais peut-être en sécurité, mais en vérité, j'étais bel et bien enfermé dans la cabane du berger. Je me mentais en pensant que j'étais libre. Et cette vérité bouillonnait en moi, comme de l'acide, et me dégoûtait de tout. J'ai compris à ce moment-là que j'allais foutre le camp.

Fintan connaissait suffisamment bien mes changements d'humeur pour m'éviter ce matin-là, après la lessive. Je suis parti en faisant la gueule et je suis resté assis sous ma bâche toute la journée, à tresser des morceaux de cuir brut. Mon but, c'était de fabriquer un ruban pour le chapeau de tapette du vieux, en guise de cadeau d'adieu. Je l'ai fini tard dans l'aprèm, mais je le lui ai pas offert. J'ai fait un peu de rangement dans mes affaires pour qu'elles soient plus faciles à transporter au moment de me barrer. J'ai fait ça en douce pour qu'il se doute de rien. Je l'ai laissé croire que je boudais. Il pouvait pas deviner que je me préparais pour partir. Demain sans doute. Après-demain au plus tard.

Au coucher du soleil, je suis venu m'asseoir devant le feu et on a mangé notre barbaque avec des tomates et des haricots verts. Je l'ai laissé délirer sur l'Irlande pour lui faire plaisir. Il m'a parlé d'un type qui s'appelait Christy Ring, un mec malgré son nom, mais je l'écoutais pas vraiment. Je pensais à Lee. Et à foutre le camp vers le nord. Pour être libre. C'est marrant, parce qu'en fait Fintan arrêtait pas de me demander, comme un opossum qui mâchonne un fil électrique : Jaxie, mon garçon, qu'est-ce que tu veux, qu'est-ce que tu cherches dans la vie ? Je lui répondais : qu'est-ce que veulent les gens ? Et là, il me sortait : la plupart des garçons ne pensent qu'au sexe. Parlez pour vous, je lui disais.

Il a fini par me fatiguer. Avec ses questions. Et je lui ai donné la seule réponse que je connais, aujourd'hui encore. Ce que je veux ? La paix. Ça lui a fermé son clapet. Il a pas insisté. Comme s'il avait pigé illico. Je voulais pas juste le calme. Je voulais la paix.

J'aurais aimé qu'on discute de ce genre de choses par cette douce soirée. Au lieu qu'il me parle de Christy Ring, alors que je l'écoutais pas. Sans bouger, je suis parti ailleurs dans ma tête, et au bout d'un long moment, j'ai vu qu'il s'était épuisé à force de jacter et qu'il piquait du nez. J'ai éteint le feu à coups de pompes et je suis allé me coucher.

Mais le temps que j'atteigne mon hamac avec les draps propres et glissants tellement ils étaient doux, j'étais trop énervé pour dormir. Tout était calme dans la cabane et dans les fourrés, mais je pouvais pas m'empêcher de guetter des bruits, comme si je m'attendais à ce que Fintan vienne rôder par ici. Il se passait rien du tout, mais j'attendais, je tendais l'oreille.

Je pensais aux abeilles, là-bas chez moi. Parce qu'à partir du moment où je les ai entendues, j'arrêtais pas de les écouter. Je me suis même surpris à les écouter en sachant qu'elles étaient mortes. Un jour, avant que Wankbag rapplique à la maison avec l'essence, j'ai collé mon oreille contre le tronc fendu. Le bruit grave et régulier faisait penser à un moteur de bateau qui tourne sous le pont, sous la ligne de flottaison, et qui fait tout avancer. Le monde entier sentait le miel. J'aurais voulu que Lee soit avec moi pour qu'on puisse pencher la tête ensemble et sentir ce souffle sucré qui sortait de la bouche noire de l'arbre. Ce souvenir me rendait tellement triste que j'en aurais chialé, bordel.

Soudain, impossible de rester allongé une minute de plus. Je me suis levé, j'ai enfilé mes bottes et j'ai cherché l'arbre creux à tâtons, dans le noir, j'ai sorti le téléphone, je suis retourné dans mon hamac et je l'ai allumé. Juste pour regarder des vieux trucs d'avant Noël, des textos, des *posts* et des conneries dans le genre. Rien que pour voir le visage de Lee, pour regarder au fond de ses yeux différents l'un de l'autre. Croyez-le si vous voulez, mais pendant une minute, cette saloperie s'est allumée pour dire : pas de réseau, appels urgents uniquement, et ça ressemblait à un miracle. Seulement, avant que j'aie le temps de faire apparaître une photo, cet enfoiré de téléphone m'a clamsé entre les doigts. Y avait plus que cette lumière bleu clair, imprimée derrière mes yeux et elle est restée allumée en moi comme un clair de lune qui éclairait l'intérieur de ma tête.

J'ai compris que j'avais pas besoin d'un téléphone de merde. J'avais la lumière de Lee en moi. J'avais son visage devant moi. Alors, je l'ai regardée droit dans les yeux, le vert d'abord, le gris ensuite, en sachant qu'elle sentirait ma présence dans sa chambre, dans le noir, là-bas à Magnet. Elle m'a toujours senti, Lee, et je savais qu'elle me sentirait ce soir, couchée dans son lit, comme un drap posé sur elle, qu'elle pouvait remonter jusqu'au menton, pour être en sécurité. Lee. Lee. Nom de Dieu, Lee. Je souffrais comme un animal affamé, je rougeoyais comme un feu de broussailles, et je savais qu'elle me sentait. C'était pas possible autrement. J'étais un orage qui venait vers elle. L'odeur de la nourriture, le bruit de l'eau claire. Il n'y a rien d'aussi brûlant et fort sur terre que de savoir que quelqu'un vous attend, s'approche, insiste et vous veut. Même un prêtre peut comprendre ça, je m'en aperçois maintenant. Mais ce soir-là, c'était comme si de la bouffe tombait du ciel.

Rien que de penser à elle, je bandais comme un rhino solitaire. J'aurais pu me branler, là tout de suite, pour être tranquille, mais j'aurais trouvé ça nul. Alors, je me suis recouché, en souffrant, et au bout d'un moment, je me suis calmé. Demain, j'annoncerais à Fintan que je partais. J'étais remonté à bloc.

*

Je me suis réveillé dans la nuit un peu transpirant. Et j'ai tout de suite compris qu'il y avait un truc pas normal. Différent, je veux dire. La lune était déjà couchée derrière moi et les étoiles avaient fait leur apparition, mais le truc qui avait changé au point de me réveiller était plus près que ça. L'aube n'était plus très loin, mais les oiseaux dormaient encore. Y avait aucune lumière allumée dans la cabane et aucun bruit qui venait de cette direction.

Je me suis levé et j'ai enfilé mes bottes. J'ai appuyé ma tête contre l'arbre, comme me l'avait appris Wankbag. Il disait qu'un bon marin était capable d'entendre un récif dans le noir en se collant contre le mât et en tendant l'oreille. J'entendais un bourdonnement régulier. Comme si le monde tournait au ralenti. Et puis autre chose. Un accroc dans le bourdonnement, un temps en moins par moments. C'est cette irrégularité que j'ai remarquée. Le son en lui-même était trop normal pour qu'on l'entende.

Soudain, les eucalyptus ont tremblé au-dessus de ma tête et un vent tiède est arrivé du nord. J'ai retiré mes bottes pour avancer en mode camouflage. Je palpais tout ce qui m'entourait dans le noir : les jumelles, le fusil et les munitions, la bonbonne. J'ai mis ma chemise et tiré d'un coup sec sur la veste de chasse accrochée à une branche.

Le vent transportait le bruit par à-coups, mais il était bien là.

J'ai enfilé mes fringues et rassemblé mon barda.

*

Après avoir allumé un feu devant la cabane, je suis entré pour prendre la gamelle. Sans faire de bruit, tout doucement, mais le vieux a remué quand même. Putain, c'était pas possible qu'il m'ait entendu. Et vu que je m'étais lavé, il pouvait pas me renifler non plus. Pourtant, même endormi, ce vieux salopard m'a senti.

Qui que vous soyez, il a dit, sachez que j'ai un fusil.

Dites pas de conneries, j'ai répondu. Il est juste à côté de moi.

Jaxie ? Qu'est-ce que tu fais ?

Levez-vous. On a un problème.

De quoi tu parles, mon garçon ?

Espèce de vieux sourdingue, vous avez des voisins.

*

Le jour s'est levé alors qu'on était assis devant le feu. Le ciel rose virait déjà au gris, comme si un front orageux s'annonçait. Le vent qui soufflait toujours du nord se levait un peu. On a fait griller des côtelettes et bu un pot entier de thé. Quand les premiers rayons de soleil ont frappé le lac, j'avais tout organisé. Fintan était partant pour m'accompagner, mais j'étais pas d'accord. Il était trop vieux, trop lent, on n'allait pas se mentir.

Au début, il m'a pas cru au sujet du bruit.

Maintenant que le jour était levé, que les arbres craquetaient et que les oiseaux jacassaient comme des femmes qui font leurs courses, on l'entendait plus. Mais je lui ai expliqué ce que c'était, forcément. C'était le bruit d'un générateur électrique que j'avais entendu, un groupe électrogène presque en panne d'essence. Il m'a regardé bizarrement et il a remué la bouche dans tous les sens comme si je lui avais donné une pierre à bouffer. Et puis, il a dit que c'était pas grave s'il y avait quelqu'un plus au nord, du moment qu'il nous embêtait pas. J'ai répondu que je trouvais ça un peu fort de la part d'un type qui me prenait pour la fin des temps. J'ai dit qu'il valait mieux savoir qui était là-bas, plutôt que de se faire surprendre tout à coup. Il était pas d'accord, et je voyais bien que c'était pas la réalité qui lui posait un problème ; c'était juste qu'il préférait faire comme si tout allait bien, et que rien avait changé, parce qu'il aimait cette situation. Il a quand même fini par céder. Un bloc électrogène si proche qu'on pouvait l'entendre, c'était mauvais. Malgré ça, il semblait plus secoué de me voir partir que de savoir qu'il y avait un autre salopard dans les parages, et qu'on soit pas au courant. Qu'il soit devenu aussi insouciant, ça me filait les jetons.

Depuis combien de temps tu entends ce bruit ? il m'a demandé pendant que je remplissais la bonbonne. Il me suivait partout comme un gamin.

Je sais pas, j'ai répondu. Maintenant que je l'ai repéré, je me dis qu'il est peut-être là depuis le début. Mais à cause du vent du nord, on l'entend d'ici.

Ça ne tient pas debout, il a dit. Le vent souffle de temps en temps dans cette direction. Et je n'ai jamais entendu ce bruit.

Sans blague ? Faudrait qu'ils tirent des Scuds pour que vous vous en rendiez compte.

Ça me semble impossible.

Vous croyez que c'est des fées ?

C'est pas le moment.

Je savais qu'il y avait une mine de sel au nord d'ici. Mais elle était à trente bornes environ. Et j'étais gamin en ce temps-là.

Oh, bon sang, il a dit, comme s'il comprenait enfin.

Jusqu'où vous êtes allé dans cette direction ?

Oh, j'en sais rien, fiston. J'ai marché une heure ou deux. J'ai vu les ruines d'une ancienne ferme, mais il n'y avait pas de moutons, pas de bétail, personne. Uniquement des chèvres sauvages et des machines cassées.

C'était quand ?

Hein ?

C'est quand que vous avez marché jusque là-bas ?

Oh… Euh. Trois ans, je dirais, peut-être quatre.

Et y avait personne ?

C'était abandonné.

J'ai vissé le bouchon de la bonbonne et je l'ai rapportée là où j'avais disposé mes affaires, sous le porche, et il m'a suivi. Quand j'ai hissé mon sac sur mes épaules, il a rattaché la gamelle et il a resserré toutes les sangles à ma place, comme un lad aux courses. Finalement, j'ai été obligé de repousser le vieux, et ça m'a fait mal au cœur.

Tu reviendras ?

C'est prévu.

Hé, regarde-toi avec ta tenue de camouflage. Une terreur en Australie, en effet !

Je savais pas quoi répondre à ça. On aurait dit qu'il me charriait, mais rien que de voir la tête qu'il faisait, ça m'a secoué, alors, j'ai attaché le .243 et je suis parti.

J'ai marché vers le nord en longeant le lac, en restant à proximité des bouts de mulga rabougris que je voyais sur les côtés. De temps en temps, je trouvais quelques eucalyptus pour me protéger, mais y avait surtout des étendues de terre rouge. Et de la caillasse de merde qui me faisait pas regretter d'avoir pris mes bottes plutôt que mes Vans. Le vent du nord soufflait, avec quelques pointes de vent d'ouest, et j'entendais rien d'autre, à part les oiseaux et le bruit de ma propre respiration. Je faisais gaffe avec l'eau et je me réjouissais que le ciel soit gris parce qu'il faisait doux et je traçais.

Vers midi, juste après un grand coude sur le lac, j'ai trouvé un reste de vieille éolienne, un bout de tuyau et quelques plaques de tôle ondulée tordues. Un grand éperon rocailleux se dressait à l'ouest, sur lequel serpentaient deux ornières envahies de mauvaises herbes. Je l'ai suivi jusqu'à ce que j'atteigne un poteau d'angle mahous et je me suis arrêté à côté pour boire un coup. Je suis resté assis là une minute ou deux, histoire de reposer mes pieds. J'ai sorti les jumelles pour me repérer et observer.

Quand votre regard suivait le lac vers le sud, vous aviez l'impression d'avoir devant les yeux un dessin de môme pas fini ; il avait pas représenté les détails et il s'était même pas emmerdé à le colorier. Impossible de savoir que Fintan vivait là-bas dans sa cabane. Aussi loin qu'on pouvait voir, il y avait ni route, ni toit, ni éolienne, aucun signe de vie. Et quand vous regardiez au nord, c'était pareil. S'il y avait encore une raffinerie de sel là-bas, elle était beaucoup trop loin, même avec des jumelles. Le lac était comme un pays en soi.

En diagonale par rapport au poteau, on apercevait vaguement deux coupe-feu envahis par la végétation et qui se rejoignaient. Et deux rangées de jambes de force fichues, qui étaient couchées à terre ou carrément arrachées. J'en ai déduit que c'était la limite d'une propriété privée. Au milieu des oxyanthus et des surgeons, des serpents de fil de fer rouillé rampaient sur le sol. J'ai découvert un portail à demi enterré et j'ai remarqué que les ornières superficielles partaient vers le nord-ouest. N'importe quel abruti était capable de comprendre qu'aucune voiture n'était passée par ici depuis des années. Putain, si vous faisiez pas gaffe, vous perdiez le fil complètement.

Plus haut sur la crête, à l'ouest, j'ai repéré des formes indistinctes qui bougeaient, mais c'étaient juste des chèvres. Y avait que de la caillasse là-bas, à croire qu'elles avaient bouffé tout le reste. Ça ressemblait à un truc qu'on voyait aux infos, genre l'Afghanistan de mes deux. Je pouvais pas croire qu'il y avait réellement quelqu'un par là. Peut-être que j'étais allé trop loin. J'ai décidé de laisser tomber si je voyais pas quelque chose rapidement. Encore une demi-heure et puis je retournerais au lac.

J'ai continué à avancer jusqu'à ce que je tombe sur la carcasse rouillée d'un vieux Ford F100, avec des cenchrus ciliés qui poussaient à l'intérieur, mais c'était tout. J'étais sur le point de faire demi-tour quand j'ai repéré une autre piste qui coupait mon chemin. C'était juste deux sillons, avec au milieu des mauvaises herbes qui me grimpaient jusqu'aux mollets, mais il y avait des empreintes de pneus fraîches par-dessus, et quand j'ai vu ça, j'ai eu un choc.

Les traces semblaient aller du nord au sud. Au nord, il y avait une légère montée et j'ai continué dans cette direction, en restant dans les broussailles pour pas laisser de traces, et pour pouvoir me planquer à tout moment si jamais quelqu'un se pointait. À y regarder de plus près, y avait deux empreintes de pneus identiques. Une dans un sens, une dans l'autre. J'avançais lentement, en faisant gaffe, baissé au maximum.

Juste avant la montée, je me suis foutu à plat ventre et j'ai rampé jusqu'au sommet, d'où j'ai vu le paysage plonger dans une grande plaine, bordée tout autour d'arêtes et d'éperons rocheux. Je l'ai observée d'un bout à l'autre avec les jumelles, mais y avait pas grand-chose à voir. Seulement, quand j'ai réussi à contrôler ma respiration, j'ai entendu un truc. Ça venait de là-bas. Encore faible, mais bien net. Un bruit de moteur. Et rien à quoi le rattacher. Pas de constructions, pas de clôtures, pas même une éolienne. Rien que des atriplex et de la mulga rase, de la terre rouge et des cailloux. Je suis resté là un long moment, les yeux plissés pour essayer de voir une chose que j'aurais dû voir, j'en étais convaincu. Mais y avait personne, rien ne bougeait, pas même un oiseau. Entre-temps, j'avais ôté le Browning de mon épaule. J'ai troqué les jumelles contre la lunette télescopique. Et malgré ça, je voyais toujours que dalle.

Quand je suis descendu de l'autre côté du sommet, le lac a disparu derrière moi. Et plus j'avançais, plus le bruit était fort. Les traces de pneus étaient larges, avec de gros morceaux, comme des pneus de 4 × 4. Mais ce bruit de moteur c'était pas celui d'un véhicule, je le savais déjà. J'ai suivi les empreintes à travers la mulga, jusqu'à un grand lopin de terre, où elles faisaient une sorte de boucle sur elles-mêmes.

Mais c'était pas juste un endroit qui servait pour les demi-tours. C'était une clairière. Un grand terrain que quelqu'un avec dégagé au bulldozer. Comme quand on veut construire une maison ou des cabanes dessus. Il y avait une sorte d'andain à une extrémité, un nid d'arbres morts, abandonnés là où la machine les avait poussés. Les troncs et les branches étaient tous gris, secs et bouffés par les fourmis. Et partout sur ce sol raclé, il y avait des mauvaises herbes et des surgeons qui surgissaient, à l'exception d'une parcelle totalement déserte au milieu, qui paraissait bizarre, et je pigeais pas. C'était tout. Y avait rien d'autre. Juste une grande clairière au milieu de la mulga. Ça me faisait un peu flipper parce que le bruit du moteur était super net. Pas très fort, un bruit sourd et discret, mais il paraissait tout près.

Alors, j'ai pas bougé pendant un long moment. J'ai même pas foutu les pieds dans cette clairière. Je suis resté là où le sol était solide sous moi, où les atriplex et les acacias gris poussaient sans être dérangés. J'ai introduit une cartouche dans le canon. Parce que je me sentais pas en sécurité. Parce qu'il y avait ce morceau de terre vierge qui faisait un bruit de moteur à quatre temps. Invisible. Et super flippant.

J'ai fait le tour de la moitié de la clairière, discrètement.

C'est trop bizarre de guetter un bruit sans rien voir. Et sous cet angle, c'était pas une seule note bien nette. Ce générateur avait le hoquet. Et je savais ce que ça voulait dire : un carbu dégueu. Ou presque à sec.

J'ai ressorti les jumelles. Je les ai promenées sur ce morceau de *pindan* où y avait rien qui poussait.

Et soudain, j'ai repéré une ombre. Une sorte de saillie rocheuse. J'ai décampé plus au nord et le bruit est devenu encore plus fort. Je pouvais même le sentir. Une seconde plus tard, j'ai pigé.

Ils l'avaient enterré. Un sale petit futé avait foutu un générateur dans une caisse et il l'avait planqué sous terre pour pas qu'on l'entende.

Je me suis avancé sur cette parcelle nue : la terre

rouge était comme une éponge sous mes pieds. Je me suis mis à quatre pattes et j'ai senti qu'un truc clochait. La terre était trop molle. Pas naturelle. Comme si on l'avait retournée. Et là, je l'ai vu. Un tuyau d'échappement : un simple embout qui se dressait au milieu d'un nid de pierres que quelqu'un avait posées là en faisant vachement gaffe. Pour le voir, fallait être juste devant. Ingénieux. J'ai approché la main au-dessus de la sortie et j'ai senti le souffle chaud sur ma paume. J'ai gratté un peu autour et j'ai suivi le tuyau jusqu'à un machin plus large, une sorte de silencieux de bagnole, et très vite, je suis tombé sur l'arrivée d'air : un morceau de PVC, avec un ventilateur un peu plus bas. Il m'a pas fallu longtemps pour trouver le premier morceau de placage de frigo, la même merde qui servait à fabriquer des chambres froides, et quand j'ai posé ma main dessus, j'ai senti les vibrations. Je suis allé ramasser un bâton et j'ai reculé en raclant le sol avec, jusqu'à ce que je fasse apparaître un tuyau d'alimentation. En le suivant, je suis tombé sur un truc dur, et en creusant, j'ai vu apparaître le coin d'un réservoir. Impossible de deviner la taille de cette merde. Mais on pouvait parier que c'était pas un petit modèle.

Je me suis redressé et je suis resté là une bonne minute, j'avais des fourmis au bout des doigts. À vrai dire, j'étais un peu excité. De savoir que je n'avais pas imaginé ce bruit en pleine nuit. J'étais super content de pouvoir me dire que j'avais été capable de venir jusqu'ici et de flairer cette installation. Même si j'avais aucune idée de ce que c'était.

C'est là que ça a fait tilt, c'était clair comme le nez au milieu de la figure. Le générateur faisait fonctionner quelque chose, et cette chose était sous terre. Y avait un autre truc enterré ici, un truc beaucoup plus gros qu'un moteur à essence et un méga réservoir. Et quelqu'un avait dû en chier pour le cacher.

J'ai tourné en rond pendant un moment, en parlant tout seul comme Fintan. Pour essayer de réfléchir.

Ça ressemblait pas à un campement de chercheurs d'or. Le sol était retourné, mais y avait pas de stériles, pas de résidus ni rien. Et pas de puits. Quand vous creusez pour chercher de l'or, vous devez trouver un moyen de tout sortir. À moins qu'ils l'aient recouvert pendant qu'ils étaient pas là pour cacher leur découverte. Mais à quoi servait le générateur ? Dans les mines, il fallait pomper l'eau, mais je voyais rien qui ressemblait à ça ici, y avait pas d'autres tuyaux, y avait pas de flaques, pas même des taches d'humidité.

J'ai repensé à ces survivalistes sur YouTube avec leurs bunkers remplis de bouffe, de flotte, de couvertures, de munitions et tout le reste. Chouettes installations pour certaines, mais ces types étaient tous des mabouls, c'étaient ces mêmes Yankees aux yeux exorbités qui déliraient sur le gouvernement mondial, Donald Trump ou d'autres conneries. Les tarés ne manquent pas dans ce pays non plus, mais personne irait creuser un abri antiatomique par ici dans un endroit sans eau, c'est du pur délire.

Et soudain, j'ai eu une idée horrible. Genre

une idée complètement barrée, n'importe quoi. Je pourrais même pas vous dire d'où elle venait. Mais des fois, on voit des conneries. Dans les films, sur Internet, partout. Rien que d'y penser, j'en ai eu la chair de poule. J'ai un peu honte de l'avouer, mais pendant une seconde ou deux, l'image qui m'a traversé l'esprit, c'est des gamins. Des femmes aussi. À poil. Couverts de crasse et de merde. Dans le noir. Tous attachés, dans le style sado maso. Un truc de vicelard installé par un malade. Pour prendre son pied. Ou tourner des vidéos pour les vendre à des ordures détraquées. Rien que cette idée… Là, sous mes pieds. Des gens enfermés sous terre. Peut-être qu'ils m'entendaient tourner en rond et parler tout seul, et qu'ils criaient à l'aide, les pauvres. Y avait presque de quoi me faire gerber.

J'ai pensé à autre chose aussi. Encore pire. Et si Fintan MacGillis était ici à cause de ça, si c'était pour ça qu'il était si méfiant, qu'il voulait pas que je vienne par ici tout seul ? Ces enfoirés de prêtres dégueulasses ont toujours fait ça, c'est pas nouveau. Et pas seulement eux, d'ailleurs. Des cinglés qui appartenaient à des sectes en Amérique, des pères détraqués en Allemagne et partout ailleurs. J'avais vu ça aux infos, des vieux bonhommes qui enfermaient des femmes avec leurs gosses sous terre pendant des années, et qui leur faisaient d'autres enfants. Par ici, qui pourrait entendre quoi que ce soit ? Un gang de Chinois avait été découvert plus au nord, y a un an ou deux. La pègre du bout du monde. La fin des temps, disait Fintan. C'est la question qu'il m'avait posée. Tu es la fin des temps ?

Et il a rien voulu me dire, il m'a jamais expliqué pourquoi il était ici, et je sais que c'est pas un truc réglo.

Alors, c'était quoi, ce machin ? Et Fintan, il s'occupait de l'entretien ? Putain, c'était peut-être le chef de la bande. Dans ce cas, il m'avait entubé dans les grandes largeurs. Bordel de merde.

Très vite, je me suis mis à paniquer pour de vrai. Fallait que je fasse quelque chose si je voulais pas perdre la boule complètement. Alors, je me suis mis à sonder la terre avec le canon du fusil, j'ai piqué la terre molle un peu partout, en faisant des cercles de plus en plus larges à partir du générateur et du réservoir, jusqu'à ce que je perçoive un bruit sourd et que je comprenne que j'avais atteint le métal. J'ai balancé le Browning, je me suis débarrassé de mes jumelles et je me suis mis à genoux pour creuser la terre comme un staffie. Et il était là : un rebord en fer. J'ai continué à déblayer la terre, et j'ai découvert un coin. Putain, ça ressemblait à un camion enterré. Non, un container. Alors, j'ai creusé une petite tranchée vers l'intérieur, jusqu'à ce que je tombe sur un métal d'une autre couleur. Et une charnière. Une plaque lisse et brillante. Une autre charnière. Après l'avoir bien dégagée, j'ai vu que c'était une porte. Une trappe, plutôt.

Tout à coup, j'étais plus aussi pressé. J'ai observé cette trappe en acier. J'ai enlevé la terre du loquet. En me demandant si je devais foutre le camp maintenant. Peut-être que les gens ont raison quand ils disent qu'il y a des choses qu'il vaut mieux pas savoir, des trucs qu'on peut plus oublier une fois qu'on les a vus. Mais s'il y avait des gens enfermés là-dessous, dans le noir, des femmes et des enfants désespérés, vous pouviez pas rebalancer la terre sur eux et foutre le camp. Hein ?

Alors, j'ai pris sur moi, j'ai tiré le loquet et j'ai soulevé la trappe.

Il faisait pas nuit à l'intérieur. On voyait plus clair qu'en plein jour. Tout était blanc et vert jungle. Et la puanteur, vous aviez jamais senti ça de toute votre vie. Des lumières, des tuyaux, des seaux blancs et du papier alu partout. Un ventilateur tournait sur lui-même comme s'il me cherchait. Une échelle en fer brillante disparaissait dans le trou de la cheminée.

J'ai glissé la tête à l'intérieur, et j'ai fait : hé ho ? Mais y avait pas de gamins ni de femmes nues. Uniquement des plantes de taille humaine. C'était un putain de container de culture d'herbe hydroponique. Vous aviez jamais vu autant de skunk dans toute votre vie.

J'ai ressorti la tête si rapidement que mon oreille s'est prise dans je sais pas quoi, à croire que j'ai bien failli l'arracher tellement ça m'a fait mal, et quand j'ai appuyé ma main dessus, j'avais du sang sur le bras. Je suis resté à genoux un moment, trop sonné pour réfléchir ou pour bouger, la tête pleine d'étoiles encore. J'ai rabattu la trappe, j'ai refermé le loquet et j'ai remis de la terre partout.

Après avoir récupéré mon fusil, j'ai foutu le camp. En cavalant comme un malade.

Bon sang, fiston, il a dit en me voyant entrer. Regarde dans quel état tu es.

J'ai appuyé le Browning contre le mur et j'ai vu que le canon était tout bouché avec de la terre rouge. La bonbonne vide a heurté le sol en ciment avec un son creux. J'ai retiré mon sac à dos et ma veste, et il m'a rempli une timbale. Je respirais si fort que j'avais du mal à garder l'eau dans ma gorge. La cabane sentait la viande et les cendres. Il y avait une casserole de quelque chose sur le feu et le volet de la fenêtre s'ouvrait sur le dernier triangle de soleil de l'après-midi.

Je suis désolé de te dire ça, mon gars, mais tu empestes comme le dernier païen vivant.

J'ai crapahuté toute la journée, non ?

Putain, j'avais même couru presque tout le temps.

Oui, bien sûr, il a dit. Je crois que je vais sortir pour prendre un peu l'air.

Et sans dec', il est sorti. Il a même fait un détour pour m'éviter, comme si j'étais un animal écrasé sur la route. Là, j'ai failli péter un plomb.

Putain de merde, j'ai gueulé par la fenêtre ouverte. Vous êtes sérieux, là ?

Ne le prends pas mal, il m'a répondu en attisant les braises du feu.

Vous êtes un putain de branleur, vous le savez ça ?

J'ai bu une deuxième timbale de flotte. Et j'en ai vidé une autre d'un trait. Quand j'ai retrouvé mon souffle, je me suis aperçu que ma chemise était trempée et mon froc aussi, à croire que j'avais traversé une rivière tout habillé. Maintenant que je commençais à me calmer, cette sensation visqueuse m'a saisi. La transpiration et la poussière rouge faisaient une pâte rose partout sur moi.

Je suis sorti sous le porche et je me suis assis sur une caisse pour enlever mes bottes. Mes chaussettes étaient aussi moites que des capotes. Et j'avais des crampes dans les jambes. Tout ce que je voulais, c'était bouffer et m'allonger. Mais le vieux schnock avait raison : j'avais besoin de me récurer. Pour me sentir mieux.

Alors, on fait quoi maintenant ? a demandé Fintan.

On a un problème, j'ai répondu en me levant. Faut qu'on parle.

Où tu vas ?

Je me tire à Maccas. Vous voulez que je vous rapporte quelque chose ? Un Happy Meal ?

Quoi ?

Je vais prendre une putain de douche.

Et tu emportes le fusil ?

Je vous le répète : faut qu'on parle.

Prends une serviette propre, au moins, il a dit,

ronchon, comme si c'était moi qu'étais pas raisonnable.

Je l'ai arrachée sur le fil en passant.

Tu te sentiras beaucoup mieux, fiston.

Ouais, faut espérer.

Je me trouvais un peu con d'aller me laver avec le .243, mais j'avais plus les idées claires. Tout à coup, c'était comme si j'étais plus sûr de pouvoir faire confiance au vieux. Cette installation hydroponique. Il était vraiment sourd à ce point ? C'était possible qu'il soit pas au courant ? Un vieil ermite cinglé, c'était la couverture parfaite pour ce genre de truc. Et l'histoire avec mon téléphone. Peut-être qu'il louchait pas sur Lee. J'avais même pas vérifié s'il avait passé des appels. Sauf qu'il y avait pas de réseau. Ah, putain de merde, je savais plus où j'en étais.

J'étais content de voir que l'enclos était vide. J'avais pas envie de partager l'installation avec une chèvre aux yeux de mollusque. J'ai posé le Browning sur le haut de l'abreuvoir, à portée de main. Et je me suis foutu dedans, tout habillé. La vache, c'était frisquet. Y avait plein de vase dans le fond et la flotte du puits était si dure que le savon refusait de mousser, mais c'était bon de sentir la chaleur et la crasse s'en aller, et au bout d'une minute ou deux, la brûlure froide est devenue supportable.

C'est alors que je me suis senti triste. En regardant le lac. Et la clairière. Les eucalyptus qui se découpaient dans le soleil. Parce que plus rien n'était pareil maintenant. Dans tous les cas. Même si Fintan savait pas ce qui se passait, comme il voulait le faire croire, je pouvais plus rester ici. C'est vrai, j'avais décidé de foutre le camp hier soir seulement, mais maintenant, l'idée d'abandonner tout ça, ça me faisait du mal. Je me suis défoulé sur mes fringues. Je les ai arrachées et je les ai frottées aussi bien que je pouvais. Peut-être que j'avais pas besoin de les taper aussi violemment contre l'abreuvoir, mais au moins, quand je suis retourné à la cabane, j'étais plus calme.

J'ai suspendu mes affaires sur le fil de fer devant. Le vieux avait bien relancé le feu. Et avec tous ces bras et toutes ces jambes qui pendaient, et la lumière des flammes qui dégoulinait et fuyait de partout, la corde à linge ressemblait à un champ de bataille, comme si tout ce que je possédais avait été massacré et éliminé.

Je suis resté devant le feu pendant une minute, avec juste la serviette sur moi. Fintan est retourné dans la cabane et il m'a apporté une autre chemise pourrie, et un short si large que j'ai dû l'attacher en utilisant de la ficelle pour les balles de blé. Un ragoût restait au chaud sur le côté du feu. Ça sentait bon. Mais comme un truc qui appartient déjà au passé. Une fois habillé, je me suis assis et le vieux a rempli une assiette qu'il m'a tendue. Je me suis jeté sur la bouffe comme un sauvage.

Tu saignes de l'oreille, il m'a dit. Jaxie, qu'est-ce que tu t'es fait ?

C'est rien.

Alors, de quoi on doit parler ? Qu'est-ce que tu as vu qui t'a flanqué une frousse de tous les diables ? Je ne t'ai jamais vu comme ça, fiston. Regarde-toi, avec ton air d'orangiste. Tu as croisé un fantôme ? Raconte-moi. Ça te soulagera.

Maintenant que je m'étais calmé, que j'avais mangé et bu, j'étais plus très sûr de vouloir raconter quoi que ce soit. Je pensais à tout le bordel et au potin que ça avait dû faire pour transporter un container de bateau jusqu'ici, sur un camion, le décharger avec une grue et creuser dans la terre un trou de la taille d'une piscine. Fallait de grosses machines. Le vieux prêtre pouvait pas être sourd à ce point. Comment est-ce qu'un type peut ne pas entendre un bulldozer ou une pelleteuse d'aussi près ? Et pour un gars qui avait la trouille qu'on l'attaque, il s'inquiétait pas trop d'apprendre qu'il avait des voisins à une demi-journée de marche seulement. Avec un véhicule, s'il y avait une piste directe entre ici et là-bas, si vous saviez où vous alliez, et ce que vous faisiez, vous pouviez faire le trajet en une demi-heure. Pourquoi il serait aussi cool s'il était pas au courant depuis le début ? Et qui était mieux placé pour lui apporter des vivres que celui qui faisait fonctionner ce machin là-bas ? Alors, je lui ai posé la question, direct :

Le hasch, vous connaissez ?

Le quoi ?

Le cannabis. La marijuana.

Oh, je vois. Non. Je ne suis pas client de ce genre de choses.

Quelqu'un en fait pousser. Tout près d'ici. Là-bas.

Hein ?

Sous terre. Ils font pousser de la *skunk*.

Il m'a regardé comme si j'étais un demeuré.

De l'herbe, j'ai dit.

De la drogue, tu veux dire ?

Non. Ils dirigent un putain de zoo. Bien sûr, de la drogue, pauvre abruti.

Comment tu sais ça, Jaxie ?

Parce que j'ai fourré ma tête à l'intérieur, j'ai répondu. Comme un débile que je suis. Je l'ai déterré et j'ai regardé à l'intérieur, voilà comment je le sais. Ils font tourner un générateur jour et nuit pour garder les lumières allumées et faire marcher les pompes. C'est de l'hydro. Et je parle pas de deux gamins qui font pousser quelques plants, c'est du matos de pro, du lourd. Y a tout un container de bateau, peut-être même plus. Je suis pas descendu pour voir jusqu'où ça allait. Putain, y avait peut-être deux ou trois salles là-dessous.

Je vois.

Ah ouais ? Vous avez pas trop l'air surpris.

Surpris ? Si. Évidemment que je suis surpris. Mais j'ai besoin de me faire à cette idée. De la marijuana, tu dis ?

Ils ont sûrement fait venir des machines. Des pelleteuses, des grues. Vous avez rien entendu du tout ? Genre, des semi-remorques ? Putain, Fintan, ils ont utilisé des bulldozers.

J'ai des acouphènes.

Des quoi ?

Des acouphènes. Dans les oreilles. C'est comme avoir une radio pourrie dans la tête.

Vous voulez dire que vous entendez des voix ?

Ne sois pas idiot, fiston. C'est des bruits, nuit et jour.

Des bruits.

Ah, bon sang, c'est une vraie torture. Comme un signal radio jamais bien réglé. Des acouphènes !

Jamais entendu parler de ce truc. Ça m'a l'air d'être du bidon.

Je suis à moitié sourd, fiston, c'est vrai, mais c'est pas contre le silence que je dois me battre. Tout est obligé de se frayer un chemin à travers cette cacophonie. Certains jours, j'ai une heure ou deux de répit, par chance. Le reste du temps, je me demande si ce que j'entends est réel. Tu comprends ?

Mais vous entendez quand même des trucs. Je le sais.

Oui, certaines choses. Et je lis sur les lèvres aussi. Tu as dû le remarquer.

Quand j'ai débarqué ici, vous m'avez repéré super vite. Alors, mentez pas : vous m'avez entendu.

Non. Pas vraiment. Mais j'ai senti ta présence. Je te l'ai dit. Même si j'y croyais pas vraiment, je t'ai senti. Et pour finir, évidemment, je t'ai vu. Tu te souviens ? Qu'est-ce qui se passe, fiston ? De quoi tu as peur ?

C'est des putains de gangsters, je lui ai dit. Des gens méchants. Juste à côté d'ici. Et vous voulez me faire croire que vous étiez pas au courant ?

J'en avais pas la moindre idée.

Qu'est-ce qui me prouve que vous me baratinez pas ? Vous avez un fusil. Si ça se trouve, vous bossez pour eux.

Des trafiquants de drogue ? Tu es fou, mon

garçon ? Tu crois que je pourrais m'abaisser à faire ça ?

Le trafic de drogue, c'est pire que de tripoter des gamins ?

Arrête avec ça ! Ça sert à rien et tu n'as pas le droit.

Vous croyez que les catholiques s'intéressent à la manière dont ils gagnent du fric ? Ils adorent les gangsters, c'est leur gagne-pain.

Bon sang, gamin, tu ne sais pas de quoi tu parles. Tu n'en as aucune idée.

Je ne suis plus un gamin.

Tu parles comme un ripou à l'esprit embrumé, et c'est pas un compliment. Je vois aussi que tu n'as pas nettoyé ton arme. Si tu ne t'en occupes pas, elle va faire long feu.

Allez vous faire foutre. Vous êtes pas mon patron.

Il s'est marré et il a balancé son assiette par terre. J'aurais pu lui faire un trou dans la peau, assez grand pour passer à travers, si mon Browning avait été propre.

Oh, Jaxie, il a dit. Tu m'impressionnes.

Arrêtez de dire ça.

D'ac.

Putain de merde.

Après ça, silence entre nous. On entendait juste le feu à nos pieds. Et les oiseaux qui gazouillaient dans les arbres, alors que la nuit tombait lentement. Fintan grattait son cou poilu. Je savais plus quoi penser de lui. Mais ça me semblait pas très malin de laisser un gardien comme Fintan par ici. Un vieux schnock sans bagnole. Si loin de ce qu'il était censé surveiller.

Donc, il a dit, on a des voisins, d'après toi.

Comme je vous l'ai raconté.

Mais tu n'as vu personne ?

Y a personne. Cette installation marche toute seule. Mais faut quand même de l'essence et de l'eau, ça veut dire qu'ils font des allers-retours. Ils sont obligés de récolter la came, d'en planter. Ou je sais pas ce qu'ils branlent encore.

Surveille ton langage.

Oh, faites pas chier. Et ouvrez les yeux. On n'est pas en sécurité ici.

Si ce que tu dis est vrai, ces types font leurs petites affaires là-bas depuis un moment déjà. Des mois, des années peut-être. Sans que je le sache.

Ils sont trop près.

Mais ils ne nous embêtent pas. Je parie qu'ils ne savent même pas qu'on est ici. Après tout, on n'a pas de voiture et on tire rarement un coup de feu. Si leur petite exploitation est aussi loin que le lac, comme tu le dis, peut-être qu'il y a pas à s'inquiéter. Ils sont à des kilomètres.

Je savais ce que Fintan cherchait à faire. Il essayait de se convaincre qu'il était en sécurité. C'était lui qui se comportait comme un gamin.

Quoi qu'il en soit, ils n'ont jamais entendu parler de l'énergie solaire, ces gars ?

De quoi vous parlez, bordel ?

Ils n'auraient pas besoin d'utiliser un générateur et de transporter de l'essence.

Nom de Dieu, vous êtes un spécialiste, maintenant ?

Vous avez même pas l'électricité. Vous pourriez brancher un frigo.

Sache que j'aborde la question à chaque Noël, et à Pâques, Jaxie. Toutes les missions au sud du Sahara ont des installations solaires maintenant. Mais c'est pas pour les gens comme Fintan MacGillis, vois-tu. Ils ne veulent surtout pas effacer le côté punitif de la chose.

Vous débloquez. De toute façon, ces connards pourraient pas utiliser des panneaux solaires.

Et pourquoi donc ? C'est toi le spécialiste maintenant ?

Trop facile à repérer du ciel. Les flics cherchent les trucs comme ça.

Ah bon ? Et combien d'avions tu as vus depuis que tu es dans les parages, fiston ?

J'ai réfléchi et j'ai secoué la tête.

Personne ne surveille personne, Jaxie. Ni ces gens. Ni toi, à mon avis. Et j'aimerais croire que moi non plus.

J'ai réfléchi là encore. Peut-être qu'il avait raison. Peut-être que je paniquais sans raison. Sans doute qu'ils savaient pas qu'on était là.

Mais j'ai repensé à ces types qui cultivaient de l'herbe. Ils faisaient super gaffe à planquer leur business. Et ces dernières semaines, plusieurs fois j'étais parti dans le Nord pour chasser. Quelles chances il y avait pour qu'ils aient jamais entendu une détonation pendant tout ce temps ? Ou pour que l'un d'eux soit assez curieux, ou qu'il s'ennuie suffisamment, pour aller faire un tour en bagnole ? Je serai plus là à ce moment-là, c'est certain. Ça serait pas vraiment plus sûr au campement maintenant. Trop près de l'autoroute s'ils faisaient des allers-retours toutes les semaines ou tous les quinze jours. C'était plus clair que jamais dans ma tête. J'allais foutre le camp d'ici. Je passerais en douce devant cette installation et je continuerais vers le nord jusqu'à ce que je sois loin du lac.

Et pendant qu'on parlait, je pensais que ça serait ma dernière soirée ici, à la cabane de berger.

J'avais tort, évidemment. Mais à un jour ou deux près seulement. Je regrette de pas avoir foutu le camp sur-le-champ. J'aurais dû lui faire fermer son clapet, au vieux, l'obliger à lever son cul et à tailler la route. Le soir même. Tout de suite. Parce que maintenant, je sais qu'on aurait pu traverser le lac pendant la nuit, au clair de lune, peinards.

Mais ce soir-là, près du feu, le ventre plein et les jambes cassées, j'avais perdu mon envie pressante. Maintenant que j'avais dit tout ce que j'avais à dire et que je m'étais bien fait comprendre, j'avais plus de jus. J'étais crevé, j'avais mal partout, et j'avais toujours pas retiré la merde de mon fusil. Et mes fringues étaient mouillées, en train de sécher sur le fil, les chaussettes et le reste. Demain, ça irait aussi bien. Ça laisserait au vieux le temps de préparer ses affaires. À midi, on devrait être prêts à partir. Quelques heures de plus ou de moins, ça changeait pas grand-chose. Voilà ce que je me disais. Apparemment, on est toujours plus intelligent avec le recul.

Le truc, c'est que Fintan avait dû piger que cet endroit n'était plus sûr. Il a arrêté de discuter, il essayait plus de se convaincre. Et même s'il a jamais dit ouvertement qu'il était prêt à partir le lendemain matin, je pense qu'il savait que c'était fini. Mais ça faisait longtemps qu'il vivait là ; cette cabane de berger, c'était la seule maison qu'il aurait jamais. Alors, c'était pas facile pour lui de foutre le camp.

Tu viendrais faire un tour avec moi, fiston ? il m'a demandé.

Hein ?

C'est toi qui deviens sourd maintenant ?

Qu'est-ce qui se passe ? j'ai répondu, énervé. Vous voyez pas que je suis naze ?

Une petite promenade sur le lac, c'est tout. Pour voir la lune se lever.

Avec tous ces nuages ? Vous êtes cinglé.

Libre à toi.

Il s'est levé, il a frotté son short comme s'il voulait rester présentable et civilisé, mais en réalité, il cherchait à gagner du temps, il voulait me faire culpabiliser. Et je me suis dit : pas question. Fait chier. Mais finalement, je me suis levé aussi, en râlant comme un môme, et je l'ai suivi.

On a trimballé nos caisses de bouteilles de lait à travers les salicornes et il faisait à peine nuit quand la bosse de la lune a pointé son nez au-dessus du lac. Très vite, elle est sortie tout entière, ronde et dorée comme un cracker Jatz.

Regarde, a dit Fintan.

C'est la lune, quoi. La même qu'hier.

Non, non, ce soir elle est vraiment pleine.

D'accord. C'est pas la même qu'hier soir. Mais ça reste la lune, non ?

Ah. Regarde ça.

Je regarde.

Ça ne te fait pas quelque chose à l'intérieur de voir ça ? La façon dont elle s'élève lentement, plus grosse, plus étrange, plus puissante, d'une minute à l'autre. Comme quelque chose qui naît et pousse devant tes yeux. Il n'y a pas une petite partie de toi qui se sent ratatinée et impressionnée ?

Non, j'ai répondu, mais c'était pas tout à fait la vérité.

Pas même un instant d'émerveillement de simple mortel ?

Je lui ai raconté que Tante Marg nous interdisait de dormir dehors les nuits de pleine lune. Elle disait qu'on allait devenir fous.

La folie de la pleine lune !

Les conneries qu'on vous raconte, hein ?

Mais tu la croyais, je suppose ?

J'avais six ans, bordel. Et c'était ma tante.

Tu n'avais sans doute pas besoin d'être convaincu. Mais regarde-la, Jaxie. Plus forte que la télé. Impressionnante… peut-être même un peu intimidante, tu ne trouves pas ?

Je sais pas. Oui, peut-être.

Autrefois, fiston, je me moquais de toutes les idées que les gens avaient au sujet du soleil et de la lune. Je te parle des peuples primitifs. Avec toutes leurs croyances et leurs peurs. Mais après tout ce temps passé ici… Ça t'enlève l'envie de te moquer des gens.

Pendant qu'il jacassait, je regardais la lune qui continuait à monter. Avec tous les nuages qui mijotaient et s'étiraient tout autour, elle avait l'air prête à en découdre.

Quand j'étais gamin, disait Fintan, à cinq ans, ou peut-être six, je croyais que la lune me regardait. Les soirs d'été, je sortais dans le jardin et j'allais jusqu'au cabanon avec la brouette, je rapportais à la mère de la tourbe pour le feu. Certains soirs, je voyais mon ombre derrière moi et le grand œil blanc de la lune qui m'observait de là-haut. Crois-moi, je me sentais… transparent ?

Propre, vous voulez dire ?

Non, non. Visible. Comme si Dieu, ou l'univers si tu préfères, lisait en moi comme dans un livre ouvert.

Je croyais que vous étiez plus très sûr au sujet de Dieu.

Et je suis certain qu'il se pose des questions au sujet des gens de mon espèce.

Vous croyez qu'il sait que vous êtes givré ?

Je me le demande.

Et là, je me suis senti un peu merdeux parce que Fintan a continué à parler de ça, sérieusement.

Je sais que je ne suis pas toujours très sain d'esprit, Jaxie. Je l'avoue. Je n'ai plus toute ma tête comme avant. Mais je ne la regrette pas trop. Tu penses peut-être que c'est à cause de la solitude. Oui, possible. Mais je pense plutôt que c'est cet endroit qui fait ça. Regarde, il a dit en montrant l'éclat laiteux du lac, quelle splendeur ! Nuit et jour, c'est un émerveillement. Tu sais quoi ? Certains après-midi, quand je regarde vers le sud, là-bas, je vois ces pierres qui marchent sous le soleil.

Oh, vous et vos pierres.

Oui, fiston, je sais. Mais je t'assure, quand elles sont floues et liquéfiées sous la chaleur, on jurerait qu'elles dansent.

Ouais, c'est ça.

Non, vraiment. On a l'impression qu'elles font des étirements, comme des soldats qui se préparent au combat. Tu les as vues de tes propres yeux, rassemblées en phalange, là-bas, hérissées, vibrantes. Celui qui a en lui un côté païen et craintif s'attend à les voir se lancer à l'assaut du lac.

Pour vous attaquer ?

Exactement.

Et qu'est-ce qu'elles feraient, à votre avis ? Elles réclameraient du sucre ?

Je ne sais pas trop. C'est ça, justement. Sur le coup, je suis inquiet. Et excité en même temps. Des fois, j'ai la bizarre impression qu'elles viennent me chercher, pour me demander des comptes.

Pour vous interroger, vous voulez dire ?

Oui, quelque chose dans le genre. Oui, voilà. Ça m'arrive d'en rêver. Souvent maintenant. Et dans ces rêves, les pierres se déplacent comme des gens. Elles sortent du sel, aussi silencieuses que des fantômes, et elles se plantent devant le feu. Mais elles ne disent jamais un mot.

C'est des putains de pierres.

Peut-être.

Elles font quoi, alors ?

Elles regardent, c'est tout. Et elles écoutent.

C'est du délire.

Déconcertant, oui.

Elles sont combien ? Ces pierres qui marchent ?

Cinq ou six, pour celles qui s'approchent. Mais il y en a peut-être une centaine qui restent au bord du lac. Et je sens qu'elles m'observent, qu'elles me jaugent. Et dans ces rêves, chaque fois, je suis certain qu'elles connaissent mes secrets les plus sombres. Elles voient en moi, Jaxie. J'ai peur, j'ai honte et j'ai envie de tout leur raconter.

Comme une confession ?

Oui.

Tous vos péchés et le reste.

Tout.

Mais c'est des pierres !

C'est ça, le truc. Dans mes rêves, elles ne ressemblent pas à des pierres. Elles sont plus grosses, évidemment, aussi grandes que toi et moi. Et il y a une sorte de splendeur en elles, quelque chose de grave et de monumental. Ça fait battre le cœur plus vite. J'ai peur chaque fois qu'elles apparaissent, j'ai très peur, mais je sens leur grande impartialité, leur pureté. Je peux leur confier tout ce que je sais, tout ce que je redoute. Et le soulagement de savoir ça, Jaxie… Je ne peux même pas t'expliquer.

C'est dément.

En effet.

Alors, vous leur racontez des trucs ? À ces putains de pierres ?

Oui. Du moins, je commence. Je prends ma respiration pour tout débiter. Puis je me réveille. Comme quelqu'un qui échoue une fois de plus. C'est dévastateur. Terrible.

Purée.

Terrible, il a répété, comme s'il était encore prisonnier de ce cauchemar.

C'est juste un rêve, j'ai dit pour lui remonter le moral.

Oui, peut-être. Rien d'autre. Qui sait, Jaxie ? Peut-être qu'on sera jugés par les pierres et les arbres en définitive ?

Les chèvres et les *roos* ?

Ça se pourrait.

Et les oiseaux ?

Oh, surtout les oiseaux.

J'ai ri, et il a ri lui aussi, un peu, il a baissé la tête et frotté ses bottes dans les salicornes.

Vous êtes complètement barré.

Oh, je sais bien que c'est juste des pierres. Et que la lune n'est que la lune. Mais ce ne sont pas des choses vides, tu sais. Elles contiennent toujours le passé. La force des événements très anciens, ça reste. Ces corps célestes et ces formes terrestres, qu'est-ce donc sinon les expressions d'aventures inachevées ? Alors, peut-être que ce ne sont pas des inepties enfantines de voir les pierres comme des hommes qui marchent et de ressentir un pincement de peur en regardant la lune. Une pierre, c'est une réalité, une conséquence. Et la lune, elle marque les jours d'un individu, non ? Encore un mois d'écoulé, chaque cycle te rappelle que ton existence décline. Pas étonnant alors qu'elle serre la poitrine d'un petit gars quand il la voit. Peut-être que les fous sont des hommes qui se souviennent qu'ils sont rien que des hommes, pas des anges.

Nom de Dieu, j'ai dit. C'est pour ça que vous sortez voir la lune, pour vous rappeler que vous allez mourir ?

Non. Pour me rappeler que je suis une créature, pas un fantôme. Malgré tous mes péchés, je suis la chose elle-même, pas juste le concept. Ah, regarde cette lune. Qui continue à monter, à monter. Telle une hostie. Éternellement hors d'atteinte. Quand je ferme les yeux, elle brûle l'intérieur de ma tête. Ah, Jaxie, comme j'aimerais que ces dernières lueurs éclairent mon chemin. Vers le sommeil. La paix.

Au bout d'un moment, j'ai demandé : un prêtre, à qui ça se confesse ?

Tu dis ?

Vous autres, les prêtres, à qui vous racontez vos conneries ? À un autre prêtre ?

Il a haussé les épaules. Comme une sorte de oui foireux.

Et ça reste un secret pour toujours ?

Fintan a retourné les mains, en massant ses jointures. Il était bien visible au clair de lune. Il faisait sa bouche en cul-de-poule.

Mais vous préférez aller voir une pierre. Pour raconter tous vos secrets.

Oui, c'est vrai.

Parce que vous pouvez faire confiance à personne d'autre ?

Je ne suis pas quelqu'un de sain, Jaxie. Et je n'en suis pas fier.

Ils vous ont viré, hein ?

Non. Ça aurait peut-être été un acte de miséricorde. Mais je suis toujours prêtre.

Vous y croyez même pas.

À la prêtrise ? Je ne sais pas.

Non, à Dieu.

Il a haussé les épaules encore une fois.

C'est un peu naze.

Oui, sans doute.

Pendant combien de temps vous avez fait ce boulot ?

Oh. Attends voir… J'étais gamin. Et ensuite, je suis devenu prêtre.

Alors, ça faisait cinquante ans, grosso modo.

Et vous croyiez pas en Dieu ?

Jaxie, tu n'es pas croyant toi-même. Alors, quelle importance pour les gens comme toi ?

Eh, je suis pas un putain de prêtre, moi, OK ? Comment on peut être prêtre sans croire en Dieu ?

Je ne sais pas. Ce sont des choses qui arrivent. Le reste du temps, tu te contentes d'avoir foi en l'Église. C'est comme une famille, mon garçon. On n'a personne d'autre, hein ?

C'est pas à moi qu'il faut poser la question. J'ai pas de famille.

Eh bien, on est deux. Non ?

La lune était plus haute maintenant et elle rétrécissait. Elle perdait sa couleur. Très vite, le lac et la lune sont devenus aussi pâles l'un que l'autre, comme l'intérieur des cuisses de Lee, si crémeuses que ça faisait mal rien que de les regarder.

Je me suis échauffé tout à coup.

Arrêtez votre putain de baratin, Fintan. Qu'est-ce que vous avez fait ?

Ce n'est pas important.

Ça doit l'être pour quelqu'un si vous vous êtes retrouvé dans ce merdier.

Ce n'est pas ce que je voulais dire. Bien sûr que c'était important. Ça a affecté un tas de gens. Les conséquences ont été monstrueuses, inimaginables, épouvantables, impardonnables. Mais je ne me confesserai pas devant toi.

Vous me faites pas confiance.

Faux. Tu te trompes.

Vous faites confiance qu'à une pierre.

Nom d'un chien, mon garçon, tu ne crois pas que tu en as assez vu, que tu as assez souffert ? Tu penses que pour me sentir mieux, je vais déverser tout ça sur toi aussi ?

Je m'en fous. Je peux encaisser.

Tu n'as pas à encaisser ça, et tu n'en sais pas suffisamment pour compatir. Je dis ça sans méchanceté.

Putain de merde.

Je sais.

Si vous étiez un pédo, je pourrais pas le supporter.

Bon sang, si c'était le cas, tu crois que je serais ici, dans la géhenne ? Je serais quelque part dans une paroisse balayée par la pluie. Je prendrais le car de Salthill. Et je dormirais dans mon lit près de la baie de Galway.

Je vous comprends pas, vous autres.

C'est ce que tu répètes sans cesse. Mais c'est comme ça. Alors, je vais essayer d'être simple car pour un homme comme moi, soumis à la grande miséricorde de l'ordre et de la discipline, comme je l'ai été, la vie devrait être simple. Il n'y a que trois choses qui peuvent causer de sérieux ennuis à un prêtre. La doctrine, le sexe et l'argent. Concernant les deux premières, on peut compter sur la discrétion, généralement, pour être tranquille. Je la boucle, ils la bouclent et tout ira bien. Mais dès qu'il s'agit d'argent, il n'y a plus aucun secret qui vaille.

Il m'a fallu un petit moment pour piger. Et ça m'a fichu un coup.

Vous vous foutez de ma gueule ? C'est juste une histoire de fric ?

Le désir d'argent, le pouvoir de l'argent. L'excitation qui va avec. Les conséquences. Ce n'est pas rien, mon garçon.

Putain de merde.

Quand tu seras plus vieux, tu t'en rendras compte par toi-même, hélas.

Je me suis levé. Je pouvais pas continuer à écouter ça.

Vous êtes pathétiques, tous autant que vous êtes.

Il a pas répondu. Je l'ai même pas regardé. J'ai repris ma caisse et je l'ai planté là.

De retour à la cabane, j'ai allumé la lampe-tempête, j'ai ravivé le feu et j'ai fait chauffer de l'eau dans la gamelle pour boire un thé avant de me coucher. Je savais pas pourquoi j'étais furax à ce point. J'aurais dû être content qu'il soit pas un pédo. Sauf qu'il voulait pas dire ce qu'il était réellement. Et c'était peut-être ça, le problème : savoir qu'il me le dirait jamais. Il garderait son secret. J'avais l'impression d'être un minus. C'était une erreur de croire qu'on était à égalité, comme deux personnes qui se valent, parce que c'était pas vrai. Mais j'ai repensé à Lee et à toutes les choses que je savais sur elle, que je gardais au fond de moi et que je voulais pas partager, même pas avec lui. De toute façon, il en comprendrait pas la moitié, il était pas prêt pour ce genre d'informations. Il me regarderait comme si j'étais un immonde sauvage. Mais il y pouvait rien, c'était qu'un minable sans cervelle qui faisait semblant d'être adulte. Et le fait de voir les choses de cette façon, ça m'a calmé un peu. J'étais triste, mais moins énervé. Je me suis assis et j'ai regardé autour de moi, comme si je voyais tout ça pour la dernière fois. La gamelle s'est mise à siffler et à marmonner, et elle a fini par bouillir.

J'ai fait du thé, et quand il a été prêt, j'ai rempli une timbale pour moi et une pour Fintan. Mais il est pas venu, alors je me suis dit qu'il préférait bouder et regarder la lune sans quelqu'un comme moi. Son thé était froid et le mien était terminé quand il est revenu en traînant les pieds et il s'est laissé tomber sur sa caisse devant le feu.

Je me barre, j'ai dit.

Pour aller où, fiston ?

Me coucher.

Oh. Bien.

Je suis kaput.

Kaput, il a répété. Oui, je suis d'accord.

OK, j'ai dit en me levant.

Avant que tu t'en ailles, je tiens à clarifier une

chose. Même si je doute que ça nous soit utile, à toi et à moi, et probablement que ça ne clarifiera rien du tout.

Peu importe.

Non. Parce que je ne veux pas que tu te fasses de fausses idées. Je ne veux pas accroître ta confusion, si je peux l'éviter. Et je ne suis pas vraiment un modèle de sagesse. Mais tu mérites une réponse honnête sur un point.

Écoutez, je lui ai dit. C'est pas important pour moi.

Peut-être que si. Tu dis ça maintenant, Jaxie, mais tu m'as demandé en quoi je croyais. En parlant de Dieu.

Ça me regarde pas. Allez dire ça aux pierres.

Je ne peux pas. Justement, mon garçon. C'est le crochet rouillé auquel je suis suspendu. Dans la douleur, je n'ai pas honte de l'avouer. Peut-être que je ne réglerai jamais le problème, que je ne serai jamais cohérent, et encore moins sain d'esprit. Mais je devine que Dieu est ce qu'on fait, pas ce en quoi on croit.

Ouais. Si vous le dites.

Tu me comprends ? C'est ce qu'on fait.

Les gens font des saloperies en permanence. Y a un truc qui déconne en nous.

Peut-être. Peut-être pas. Mais quand tu fais ce qui est bien, Jaxie, quand tu fais le bien… tu es l'instrument de Dieu. Et tu es relié au divin, à la force vitale, à la vie elle-même. Voilà ce que je crois. Ce que j'espère. Et c'est ce que j'ai raté.

Pour moi, tout ça c'est du charabia à la con, j'ai répondu, aussi respectueusement que je pouvais.

Réfléchis, il a dit en repoussant ses lunettes sur son nez. Quand quelqu'un est bon avec moi, je m'en trouve grandi, ma vie est plus riche, tu comprends ? Et pas seulement la mienne : la vie en général. Voilà pourquoi je voulais te remercier. D'être venu ici.

Moi ?

Fintan a eu un petit rire. Et je l'ai surpris en train de me regarder d'un air idiot, comme un émeu.

Quoi ? j'ai fait.

Tu ne me comprends pas, mon garçon ? Tu ne vois pas la réalité ? Tu es un instrument de Dieu, Jaxie Clackton.

Oh. Espèce de cinglé. Vous êtes resté trop longtemps sous la pleine lune !

On a éclaté de rire tous les deux.

Je suis sincère, mon garçon.

Allez vous faire voir, j'ai dit, en riant encore.

Penses-y.

Je l'ai laissé là, avec son regard idiot et la lumière des flammes qui dansait sur ses jambes.

De retour à mon hamac, enfin, je me suis allongé, j'ai remonté le drap et j'ai pensé à lui un moment. Avec ses grands mots et son baratin de prêtre. L'instrument de Dieu. Trop drôle, un type qui racontait des trucs pareils. C'était comme s'il avait trop de mots en lui pour avouer simplement qu'on était égaux. Des fois, on aurait cru que Fintan se noyait dans son bavardage. Et je me demandais quel effet ça faisait. Nous les autres, les Clackton, on pensait jamais à voix haute. Wankbag parlait uniquement de ce qu'il pouvait tenir dans la main. Avant de refermer les doigts autour et de vous cogner avec. Et maman, je me demande si elle a été capable, une seule fois, de me dire ce qu'elle voulait. Pour finir, elle n'avait plus rien à me dire. Alors, peut-être que trop parler, c'est mieux que ça.

C'était bizarre que Fintan soit si vieux et paumé, pitoyable et à la masse, et qu'il puisse malgré tout voir aussi loin, aussi clairement. Il m'avait capté, aucun doute là-dessus. Et en un sens, c'est logique, vu tout le temps qu'on a passé en tête à tête, tous ces mois pendant lesquels y avait personne d'autre vers qui se tourner. Mais c'était étrange de voir comment il avait capté Lee aussi, alors que j'en parlais jamais, que je disais rien. Pourtant, il savait comment elle était. Pas juste ses yeux, son crâne rasé et le reste. Ça, c'est l'extérieur. On avait l'impression qu'il savait qu'elle était solide, courageuse, et qu'elle rendait la vie plus riche, comme il disait, le monde était plus grand, rien que parce qu'elle y était.

J'ai toujours su que c'était le roi des baratineurs. En fait, c'était surtout pour l'extérieur, comme une sorte de camouflage. Mais une fois qu'on le connaissait, il dégageait une impression de chaleur. Comme si vous étiez trop près du poêle ou que vous aviez de la fièvre. J'avais connu ça avec une seule autre personne avant : Lee. C'est une sensation dangereuse d'être remarqué, d'être désiré. Quand on voit au fond de vous, vraiment, c'est super bon, mais c'est horrible aussi. Vous êtes envahi. Vous avez toute la peau qui brûle, comme si vous aviez grandi de deux tailles en une minute.

Ce dernier soir, y a des mots que j'aurais voulu dire à Fintan si j'avais pas été aussi crevé, si j'avais su ce que demain nous réservait. Des trucs que j'aurais pu lui raconter en m'arrachant à mon hamac. Pas sur moi, ni même sur Lee ou Monkton ou Magnet. Juste des trucs sur lui que j'aurais dû penser à dire. Je devinais qu'il avait fait des choses horribles, et c'était sûrement un prêtre du genre à partager votre couchette, mais je savais qu'il était plus que ça.

Et j'aimerais pouvoir dire que j'ai pensé à lui jusque tard ce soir-là, mais la vérité, c'est que je suis pas resté éveillé longtemps. J'étais tellement crevé que le hamac ressemblait à une éponge qui m'avait absorbé. Je me suis endormi comme quelqu'un qui disparaît de la terre, comme la pluie avalée par la terre.

*

J'ai été réveillé dans la nuit par un autre bruit. Une sorte de bruit sourd. À croire qu'il y avait quelqu'un là-bas. Je me suis redressé lentement, en me souvenant que j'avais laissé le Browning dans la cabane. J'avais même pas un couteau sous la main. Mon sac était resté sous le porche.

La lune était derrière moi maintenant, mais elle continuait à tout éclairer, suffisamment. La cabane était calme, on voyait personne dans les parages. Le lac brillait tellement qu'on aurait dit une mer de lait. L'éolienne se détachait clairement, les pales ne tournaient pas. Il m'a fallu plusieurs secondes pour piger ce qu'était cet éclair blanc dessous. Qui montait et descendait. C'était juste une chèvre qui essayait de ressortir de l'enclos. Elle se jetait sur la porte et se charcutait contre la clôture. Rien de grave.

Je me suis glissé sous le drap et j'ai remonté un peu la bâche parce qu'il faisait plus froid. Là-bas, la chèvre continuait à faire du boucan et à ruer. Elle a poussé deux ou trois bêlements, mais ça m'a pas empêché de dormir très longtemps.

Mais j'ai rêvé que je revenais ici. Je passais près de l'arbre sacrificiel. De retour d'un long voyage, affamé, en ayant mal partout. Une chèvre était suspendue au croc de boucher. J'en salivais. J'ai pressé le pas pour voir où en était le vieux, en me demandant dans combien de temps on pourrait mettre de la viande sur le gril. Mais en approchant, j'ai vu qu'elle était même pas dépouillée. Et puis, c'était trop gros pour une chèvre. Même pour un *roo.* Y avait un filet de sang noir qui coulait des orteils, et je me suis aperçu que c'étaient mes propres pieds qui étaient décollés du sol, mes jambes nues couvertes de bleus et sales, ma bite toute ratatinée comme un escargot, et en levant les yeux vers le visage, j'ai vu que j'étais une bête qu'on avait vidée de sa nature sauvage.

Je suppose que je saurai jamais si les choses auraient pu se passer différemment. Mais j'y ai réfléchi, je me suis demandé si tout était de ma faute. Je me suis demandé si ça aurait mieux fini si seulement j'étais resté sous pression ce soir-là, au lieu de lâcher l'affaire.

Je sais que j'aurais dû continuer à être féroce. Dès que je suis retourné à la cabane. J'aurais dû dire à Fintan de fermer son clapet quand il s'est lancé dans son délire sur la pureté. J'aurais dû fixer les règles, tout de suite, quitte à lui coller mon fusil sous le nez, encore une fois, dans son intérêt. Parce que quand je suis revenu du nord en titubant, je savais déjà qu'on était en guerre. Si on foutait pas le camp vite fait, ça allait chier grave. Et si quelque chose avait besoin d'être nettoyé, en premier, c'était ce putain de fusil, pas moi. Mais depuis le temps, je m'étais habitué à son baratin et à ses réflexions en permanence. Je m'étais habitué à céder, rien que pour avoir la paix. Maintenant, je vois bien que j'avais pas le temps de lui expliquer, pas le temps de discuter de ce qu'il fallait penser de cette nouvelle, pas le temps de se reposer pour repartir frais et dispos le lendemain matin. C'est tout de suite qu'il aurait fallu partir.

La douche, c'était la première erreur. Ça m'a fait perdre mon énergie. Ça m'a ralenti. Au lieu de prendre les choses en main illico, de pousser Fintan à l'intérieur, de fourrer ses affaires dans un sac, de lui filer son fusil et ses cartouches, j'ai écouté ce vieux schnock, je l'ai laissé faire, comme si tout était normal. Parce que c'était lui. Il était capable d'étouffer n'importe quoi en balançant un tas de mots dessus. Comme on balance une couverture sur des flammes. Oh, si seulement, je l'avais obligé à bouger. Il aurait pu jacasser toute la nuit, en chemin. Mais justement. Il était capable de vous amadouer avec des paroles. Ce qui s'est passé, c'est que j'ai cédé à la faim, j'ai accepté d'être crevé comme un zombie. Si j'étais resté ferme, si j'avais continué à être intelligent, j'aurais pas tourné autour du pot, je le sais. Je me serais occupé de mon barda. La bonbonne. Le sac à dos. Le Browning. Et j'aurais vu ce qui manquait.

Alors, oui, tout aurait été différent. Tout. On aurait pu crapahuter vers le nord, réparer ma terrible erreur et continuer jusqu'au lac. Et s'offrir cinq heures de plus, peut-être même douze. Et ces heures, elles auraient tout changé. C'est vrai, je serais pas sur la route aujourd'hui si les choses s'étaient déroulées autrement. Mais aussi, j'aurais pas non plus passé la journée de la veille à enterrer des gens.

Mais bon, on peut pas se dire toute sa vie : j'aurais pu et j'aurais dû. On se fout de ce qui n'a pas eu lieu. Et si je sais une chose, c'est ça : vous avez beau être intelligent, faire attention ou avoir de la chance, il y a certaines erreurs que vous commettez en permanence, encore et toujours. C'est celles-là qui vous foutent dans la merde et qui font du mal aux gens.

La réalité, c'est que j'ai dormi trop longtemps, bien après l'aube. Finalement c'est Fintan qui a été obligé de venir me réveiller tellement j'étais cassé et naze. Il nous a fait cuire des côtelettes avec des tomates moches, et il a fait du thé, suffisamment fort pour te tapisser les veines de rouille. On parlait ni l'un ni l'autre, un peu gênés après la nuit d'avant peut-être, et j'essayais de penser à un plan pendant qu'on bouffait. Fintan faisait son truc de vieux comme s'il mâchait de l'émex avec ses dents en plastique. J'essayais de pas faire attention. Je m'en voulais vachement. Je savais que j'aurais dû insister à mort pour qu'il se prépare à partir tout de suite. C'est moi qui aurais dû me réveiller avant l'aube, pour l'obliger à se tirer. Mais je voyais qu'il était déjà en train de perdre son temps à se demander quels bouquins emporter, il avait toujours pas compris que ça se limitait aux quatre choses que vous pouvez porter. Sur votre dos, dans la main, sur l'épaule et autour du cou.

C'est là que ça a fait tilt. Et je me suis levé pour vérifier.

Le sac à dos était toujours sous le porche. Et

le .243 à côté. Et la bonbonne couchée sur le côté, vide, juste derrière.

Je suis entré dans la cabane et j'ai regardé partout, mais je savais déjà qu'elles seraient pas là, ces foutues jumelles. Je savais très bien où elles étaient.

J'ai même pas pris le temps de m'habiller correctement. Mes fringues camouflage étaient encore en train de sécher sur le fil, alors je suis sorti avec son short trop large et son polo. J'ai enfilé mes bottes pieds nus et je les ai lacées super serré. J'ai dit au vieux de prendre la flotte, les munitions et d'aller se planquer là-haut sur la crête en attendant que je revienne. Et si jamais je revenais pas, il devait attendre que la lune se lève, descendre sur le lac et marcher jusqu'à ce qu'il atteigne la mine de sel. Là, il y aurait de l'eau. S'il s'avérait que j'avais pas réussi à aller jusque-là, il trouverait peut-être des gens assez gentils pour l'accueillir.

Mais il m'écoutait pas. Je le savais. Il croyait que je le baratinais, que c'était juste une manière pour moi de foutre le camp en le laissant là tout seul. Et s'il s'était pas accroché à moi, s'il m'avait pas suivi jusqu'à la citerne, j'aurais peut-être pensé à mon chapeau au moins, j'aurais emporté à bouffer. Mais il m'a fait tout un numéro, un vrai cirque. Il m'a supplié de ne pas partir. Il s'est même foutu à genoux. Et j'étais tellement dégoûté, tellement paniqué, que j'ai failli lui en coller une. J'ai eu un mal de chien à le repousser pour me libérer.

Il m'appelait. Toi, il disait. Jaxie. C'est toi, mon garçon. Depuis le début. C'est toi.

Et moi, je pensais : ouais, c'est moi qui nous ai

foutus dans la merde, c'est moi qui nous ai mis en danger, et peut-être que ce vieux cinglé a raison, peut-être que je suis la fin des temps.

J'ai chargé le fusil et la bonbonne sur mes épaules et je me suis mis à courir. Et dès le début, le sac m'a filé des coups, il me cognait dans les reins comme s'il voulait m'empêcher d'oublier.

Sans mentir, la dernière journée a été un enfer. Refaire tout ce chemin à l'envers, c'était dur. J'ai failli en crever. Mais au moins, cette fois, je savais où j'allais. Donc, j'aurais dû aller plus vite. Sauf que j'avais des courbatures dès le départ, et j'étais paniqué, ce qui n'arrangeait rien. La veille, j'étais curieux et inquiet, c'est tout, et maintenant, je savais pas si j'avais trop peur ou pas assez. Ces bouffons là-bas n'allaient peut-être pas revenir avant des semaines. Mais à en juger par le potin que faisait le générateur hier, je me disais qu'ils allaient pas tarder. Si ça se trouve, ils y étaient déjà. Apparemment, ils faisaient ça depuis un moment, et ils savaient combien de temps durait un plein d'essence. J'essayais de pas penser à ça. J'ai continué à courir jusqu'au bout. Et très vite, j'ai craché mes poumons.

À mi-chemin environ, je me suis arrêté une minute sous un casuarina ridicule. J'ai bu une gorgée et j'ai regardé toute cette merde qui avait durci à l'intérieur du canon du .243. Je devinais qu'il me servirait pas à grand-chose dans cet état. Alors, j'ai sorti le Dexter et j'ai coupé un grand morceau de tissu dans le short de Fintan. Là, je me suis aperçu que j'avais rien pour servir de tige. Pas d'huile non plus. Pas même de la graisse de chèvre. Je serais obligé de trouver un morceau de clôture ou, encore mieux, un bout d'acier. Pour récurer le canon à sec, mais ce serait pas très bon. Je pourrais cracher dedans pour le lubrifier. Ce serait toujours mieux que de le laisser bouché par de la terre rouge. Je pensais à l'épave de ce pick-up Ford plus loin. J'y trouverais sûrement un truc. Un piston. De l'huile de moteur. Ou même du liquide de frein. Alors, j'ai fourré le morceau de tissu dans ma poche, j'ai pris mon courage à deux mains et je suis reparti.

Jamais j'ai couru aussi vite, aussi loin, de toute ma vie. À l'école, ils arrivaient même pas à me faire courir un tour du stade. Mais y a un truc qui se passe quand vous courez depuis assez longtemps, l'impression que vous pourriez continuer éternellement. Peut-être que j'étais un peu à la masse à ce moment-là, mais j'ai commencé à me dire que j'étais fait pour ça. J'étais solide, mince, noueux. Et maintenant que j'avais évacué la panique en courant, j'étais hyper déterminé en plus. Tout ce qui me manquait, c'était la vitesse. Et un peu de chance. Et si j'avais pas de chance, il me fallait un fusil propre. Du coup, pendant longtemps, j'ai pas repensé à ces bouffons là-bas. C'étaient des inconnus, que je rencontrerais peut-être jamais. J'avais qu'une idée en tête : nettoyer le Browning. Ça voulait dire rejoindre le pick-up. Tout le reste était trop loin dans le futur.

Je sais pas combien de temps il m'a fallu pour arriver chez les voisins, mais quand j'ai trouvé la vieille clôture dans les mauvaises herbes, au coin de la propriété, j'avais pas de coupe-boulon, pas même une pince. Et le F100 m'a servi à rien. Il était envahi de graminées séchées et tortueuses. Je me suis foutu du liquide de frein partout sur les mains et j'ai essayé d'arracher un piston à l'arrière, mais j'avais les doigts trop glissants, et de toute façon, c'était impossible sans outils. Après avoir perdu plusieurs minutes à cause de cette connerie, j'ai dû me contenter d'enlever la culasse du fusil pour souffler dans le canon. Autant pisser dans un violon. Finalement, j'ai frotté mes mains dans la terre, j'ai bu une autre gorgée à la bonbonne et je suis reparti.

*

C'était presque l'heure du déjeuner, je pense, quand j'ai atteint le haut de la dernière crête et que je me suis allongé à plat ventre pour observer la vallée à travers la lunette du fusil.

Pas une âme en vue. Y avait qu'une seule différence par rapport à la veille. Le générateur faisait plus de bruit. Panne sèche.

C'était pas comme si j'avais besoin d'être motivé, mais ça m'a pas qu'un peu donné envie de filer.

Je me suis relevé et j'ai détalé. J'avais plus qu'à

récupérer ces foutues jumelles avant de foutre le camp. J'étais un peu plus qu'à mi-chemin de la clairière quand j'ai repéré le reflet sur le pare-brise. En haut de la crête à l'ouest. Un éclair d'une demi-seconde et je suis tombé par terre comme si on m'avait tiré dessus. J'ai fait un plongeon qui m'a coupé le souffle. Et il a fallu des plombes avant que j'entende ce véhicule descendre la piste lentement et sûrement, en toussotant. Les pierres cognaient contre la carrosserie, les suspensions grinçaient. Et pour me planquer, j'avais que des atriplex qui m'arrivaient aux genoux. Alors, je suis resté collé au sol. J'osais pas lever la tête. Pas même quand la bagnole a stoppé dans un grognement. Pas même quand le moteur s'est arrêté.

Pendant un instant, j'ai entendu que les corbeaux. J'avais envie de chercher à tâtons la bonbonne et le fusil pour les ramener vers moi, pour pas qu'ils me trahissent, mais j'avais toujours mon sac sur le dos, cette saloperie d'un bleu vif, collé comme une carapace de tortue. Si je bougeais pour l'enlever, ils me verraient illico, comme le nez au milieu de la figure. Alors, je me suis fait tout plat et je me suis retourné centimètre par centimètre, en faisant super gaffe, pour jeter un coup d'œil. Je les zieutais de biais, comme si c'étaient des *roos* que je chassais. À la fin, je regardais à travers mes putains de sourcils.

La bagnole était une de ces toutes petites Jeep : une Cherokee. Un break. Avec des jantes lustrées et brillantes. Et un moteur à essence. Une vraie citadine. Derrière, ils avaient accroché un van pour chevaux, de la taille d'une caravane. Je voyais deux types, un avec un minuscule chapeau de paille sur la tête et un autre avec de longs cheveux bruns. C'était celui au chapeau qui conduisait. Il est descendu et il a marché dans ma direction pour pisser. L'autre a fait le tour du van pour ouvrir la porte arrière. Le premier type s'est secoué, en frissonnant, et il est allé aider son copain à descendre la rampe. Le conducteur est monté dans le van. Et il a tendu un truc à l'autre. Un jerrican en plastique rouge. Le type aux cheveux longs l'a pris et l'a posé par terre, et l'autre lui en a tendu un deuxième, puis un troisième. Et ainsi de suite, jusqu'à ce qu'il y en ait peut-être une dizaine alignés à côté du van. Des jerricans de vingt-cinq litres, pleins apparemment.

Après ça, le conducteur a sorti une pelle. J'ai toujours su que ça allait arriver, ça pouvait pas se passer autrement, j'avais déjà tout imaginé dans ma tête, mais en voyant la pelle, j'ai failli pousser un grognement. Je pouvais juste espérer que je me trompais. Mais je savais bien que non. Le type aux cheveux longs a balancé la pelle sur son épaule et il a marché vers la terre retournée, là où tout était enterré. À cet instant, j'ai pas pu m'empêcher de lever la tête pour mieux voir, et là, bordel de merde, qu'est-ce que je découvre : un tas d'empreintes de pas tout autour, que même moi je pouvais voir d'où j'étais. Mais je crois qu'il a rien remarqué parce que quand il a gueulé, il était juste à l'endroit où devait se trouver la trappe, sur la terre que j'avais balayée soigneusement avec une branche de casuarina. Et je savais ce qu'il allait découvrir avant même qu'il s'arrête et qu'il baisse les yeux. N'empêche, j'ai quand même sursauté.

Putain! c'est tout ce qu'il a dit.

Et elles étaient là, elles se balançaient dans sa main, ces foutues jumelles.

Le conducteur avait presque dépassé la bagnole. Il tenait dans ses bras une caisse en fer, comme celles où y a des munitions dedans, et quand il a entendu son pote gueuler, il l'a lâchée. D'après le bruit, j'ai deviné qu'elle contenait des outils, pas des balles. Il a couru plus ou moins vers son pote qui creusait le sol avec son Adidas, en s'énervant. Immédiatement, ils se sont mis à regarder dans toutes les directions. J'ai enfoncé mon visage dans les cailloux en essayant de me rendre invisible.

Presque aussitôt, j'ai entendu la pelle et la trappe. J'ai risqué un œil et j'ai vu un des deux types à genoux, en train de parler à l'autre, en bas de l'échelle. Il lui a passé une lampe-torche. Tout de suite j'ai pigé que le meilleur moment pour foutre le camp, c'était quand le deuxième descendrait à son tour. J'avais une chance de filer avant qu'ils me voient, et même s'ils m'apercevaient, j'aurais de l'avance. Sauf que ce salopard de conducteur est jamais descendu.

J'étais à moins de cinquante mètres. Le sol remontait derrière moi, si bien que mes pieds étaient plus hauts que ma tête. Entre moi et la crête, là-bas, c'était quasiment un terrain à découvert, que des atriplex. Et ça faisait une sacrée distance à se taper en courant. Ils me verraient dans la seconde. Et même s'ils avaient pas de quoi me buter, même si j'arrivais à atteindre la mulga avant qu'ils réagissent et qu'ils me pourchassent avec leur bagnole, je me serais trahi. Et Fintan aussi. Et à moins que ça soit des vrais demeurés de la ville, il leur suffisait de me repérer avec les jumelles ou de suivre mes traces.

Par contre, si je bougeais pas et si j'attendais qu'ils repartent, j'avais peut-être une demi-chance de retourner prévenir Fintan. Maintenant qu'ils étaient inquiets, peut-être qu'ils allaient camper ici toute la nuit pour surveiller. Ce serait dur pour moi, mais c'était mieux que d'avoir aucun espoir. Je me disais que, dans le noir, j'aurais une bonne chance de m'en tirer.

Mais putain de merde, ils mettaient des plombes à se décider. Le chevelu est resté en bas pendant une éternité. Quand il est ressorti du trou, il a balancé un truc par terre, sa lampe, je crois, et ils ont commencé à se disputer, le plus doucement possible, en faisant de grands gestes, jusqu'à ce qu'ils finissent par se calmer. Ensuite, ils ont refermé la trappe, ils ont remis de la terre par-dessus et ils l'ont étalée vite fait, comme des sagouins. Le chevelu est retourné au van pour refoutre les jerricans à l'intérieur. L'autre a passé les jumelles autour de son cou. Il a fourré la lampe dans sa poche, il a marché jusqu'à la mulga et il a arraché quelques branches pour effacer toutes les empreintes. Il a même effacé les miennes, ce connard. Sur ce, il est retourné à la Jeep. Il a balancé la lampe et les jumelles par la vitre ouverte et il a transporté la lourde caisse en fer jusqu'à la rampe.

Après ça, ils ont mis un certain temps à charger

le reste de l'essence dans le van J'entendais pas ce qu'ils se disaient, mais on devinait que ça gueulait. Pour finir, ils ont relevé la rampe, ils ont refermé la porte et ils sont revenus à la Jeep. Le chevelu a ouvert sa portière et a tendu la main à l'intérieur pour prendre un flingue. Un automatique. Je l'ai vu par-dessus le capot. Il a tiré sur la culasse et je l'ai entendue claquer d'où j'étais. Ils sont remontés en bagnole tous les deux, le moteur a démarré, et ils ont passé cinq minutes à essayer de faire demi-tour avec le van, pour repartir par où ils étaient venus. Des gars de la ville, c'est sûr. Ces clowns étaient pas capables de manœuvrer un van. Pour finir, ils l'ont foutu en portefeuille, et en temps normal, ça m'aurait fait mourir de rire. Bref, après avoir merdé encore un moment, toujours en s'engueulant, ils sont redescendus pour dételer le van, ils l'ont laissé sur la roue de timon et ils sont repartis sans. Ils étaient complètement à la masse, ces types. Ils me bottaient de plus en plus.

Sauf qu'ils étaient toujours pas partis. Au bout d'une centaine de mètres à peine, ils ont pilé net, dans un nuage de poussière, et ils sé sont offert une bonne vieille engueulade. Ils braillaient, ils se montraient du doigt, se traitant de pauvre con et de trou du cul. En panique. Le chevelu a frappé sur le côté de la bagnole, à travers la vitre ouverte, tellement fort que j'ai sursauté. Contre cette petite Jeep de merde, ça ressemblait à une détonation de .410. Et je me suis dit : putain de merde, à tout moment, un de ces guignols va exploser la cervelle de l'autre. Ils sont cinglés.

Allez, têtes de nœud, je me disais. Décidez-vous. Vous arrêtez pas. Tirez-vous ! Et pour l'amour du ciel, revenez pas par ici, roulez vers l'autoroute, descendez pas vers le lac. C'était risible, je sais, de prier ces salopards.

Finalement, ils ont pas suivi la piste du lac. Sans doute qu'ils savaient même pas qu'elle existait. Faut dire qu'elle était pas mal effacée et recouverte par la végétation. Ils ont continué à longer la crête et, arrivés à l'embranchement, ils ont suivi la piste qui va vers l'ouest. J'espérais qu'ils se grouillaient de retourner en ville, je l'espérais, mais je savais que si c'était leur intention, ils auraient pas laissé le van. Vers l'ouest, ça voulait dire vers l'autoroute.

Je peux pas dire que j'avais pas envie de savoir ce qu'il y avait d'autre dans ce van. J'ai vu tout que j'avais besoin de voir plus tard. Mais dans l'immédiat, j'avais pas le temps.

Dès qu'ils ont disparu derrière la crête, je me suis relevé et je me suis remis à courir.

*

J'ai foncé sur le chemin du retour, beaucoup plus qu'à l'aller. Parce que je savais qu'on était vraiment dans la merde maintenant, Fintan et moi. Pourtant, presque tout l'après-midi, j'ai eu l'impression de courir sur place. J'avais trop le temps de me demander où étaient ces gars de la ville, ce qu'ils avaient l'intention de faire, jusqu'où ils étaient allés. À leur place, j'aurais pris le temps de chercher les traces et je serais parti de la came en faisant des cercles de plus en plus larges. J'aurais choisi une direction d'abord. En chassant pour manger, j'avais appris que la chose la plus importante, c'est pas l'eau ou les munitions, c'est la patience. Mais ces types, ils pouvaient pas imaginer que quelqu'un foute le camp d'ici à pied. Ils s'étaient mis en tête que j'étais en bagnole. Alors, ils allaient suivre toutes les doubles ornières qu'ils trouveraient. Mais il y en avait peut-être des dizaines. Qui sait combien il pouvait y avoir de traces dans cette région de prospection. S'ils étaient pas trop débiles, ils comprendraient rapidement qu'ils perdaient leur temps en suivant toutes les vieilles pistes de bagnole. S'ils trouvaient rien en arrivant à l'autoroute, ils allaient la longer dans un sens et dans l'autre pour chercher d'autres entrées. Pour arriver jusqu'ici, il fallait venir de la route principale. Ça, ils avaient été capables de le comprendre. Et s'ils continuaient vers le sud pendant quelques minutes, ils tarderaient pas à apercevoir des traces qui partaient vers l'est. La piste des mineurs, celle qui conduisait aux galeries et à la cabane des chercheurs d'or. Ils y arriveraient vite. Ils tomberaient sur le *roo* que j'avais laissé accroché là. Depuis le temps, il resterait peut-être que des os, mais ils comprendraient, parce que ça se voyait comme une bite au milieu du visage, que quelqu'un était venu là, et s'ils décidaient de fouiller la cabane, ils trouveraient les merdes que j'avais laissées. Ils continueraient jusqu'au lac. Là, ils seraient sûrs et certains qu'il y avait des gens dans les parages. Ils seraient super énervés. Une fois sur la rive, ils pourraient foncer sur le lac, en suivant mes empreintes de pas. Et Fintan les entendrait pas arriver.

S'ils savaient ce qu'ils faisaient, tout ça leur prendrait peut-être deux heures max. Mais avec de la chance, ça irait encore plus vite. Alors, j'espérais qu'ils étaient aussi doués pour s'orienter que pour braquer avec un van. Et avec un peu de malchance, ça serait encore mieux. Les traces là-bas étaient sacrément pourries. Il faudrait qu'ils se gourent de direction deux ou trois fois, ou qu'ils crèvent. Mieux encore, qu'ils pètent un essieu. Sinon, j'avais la désagréable impression qu'ils allaient arriver avant moi.

Penser que quelqu'un est stupide, c'est une chose. Surtout si ça vous arrange. Mais vous pouvez pas miser dessus. C'est trop risqué.

*

Alors, j'ai tracé à travers la mulga. J'ai failli balancer la bonbonne parce qu'elle me ralentissait trop, mais finalement, j'ai accroché l'anse au canon du fusil et je l'ai laissée cogner contre mon épaule à chaque pas. C'était sacrément énervant, mais c'était comme si je trimballais sur mon dos un salopard qui me donnait des coups de pied pour que j'avance, ça me motivait.

À un moment, sur le lac, j'ai commencé à me demander si je ne me prenais pas la tête pour rien. Qu'est-ce qui me prouvait que ces nullos nous cherchaient pour de bon ? Après tout, il leur manquait que dalle là-bas. J'avais touché à rien en bas de cette échelle, j'étais même pas entré pour mieux voir. Alors, à quoi bon déclencher le signal d'alarme. S'ils pensaient que c'étaient les flics et qu'une méga descente se préparait, est-ce qu'ils devraient pas plutôt foutre le camp, et ne jamais revenir ? Moi, je ferais tout cramer, tout le bunker, pour pas laisser de traces. Mais ils avaient laissé le van, non ? Sûrement bourré d'indices compromettants, ADN et tout le tintouin.

Mais les flics oublient pas leurs jumelles. Y a qu'un idiot ordinaire pour faire ça. Ils ont donc pigé que c'était pas les flics, et que c'était le générateur qui les avait trahis. Et qui avait pu l'entendre, à part des gens qui vivent tout près ou qui campent au bord du lac ? Ils étaient comme nous, ces types : ils avaient jamais imaginé qu'il y avait quelqu'un d'autre dans les parages. Jusqu'aux jumelles. Du coup, ils étaient pas seulement curieux. Ils étaient super nerveux. Je l'avais vu de mes propres yeux. Comme j'avais vu le flingue. Je savais que j'avais raison de m'inquiéter. Ces connards allaient nous causer des problèmes.

*

En atteignant le lac, j'ai eu un choc. J'ai avalé ma salive et j'ai pensé sérieusement à continuer tout droit pour foncer à la maison. Ce serait plus rapide, c'est sûr. Mais je serais à découvert. Même si j'avais pas vu le flingue, j'aurais pas quitté l'abri de la végétation pour gagner du temps. C'était pas malin. Alors, je suis resté à l'écart de la rive, en longeant les bordures rocailleuses, à travers les atriplex et la mulga.

Je serais un sale menteur si je disais que j'ai jamais pensé à foutre le camp, ni vu ni connu. La vérité, c'est que j'étais pas obligé de continuer vers le sud comme ça. Exception faite de mes fringues, rien m'obligeait à retourner à la cabane de berger. J'aurais pu couper vers le nord. En longeant la rive jusqu'à ce que je tombe sur l'usine de sel. Ou alors m'enfoncer dans les canyons, là où y avait aucune trace de véhicule. Ces abrutis m'auraient jamais suivi à pied. Fintan MacGillis, ce vieux moulin à paroles, il était pas de ma famille après tout.

Alors, oui, j'y ai pensé. Pendant un moment, j'ai même pensé qu'à ça. Pourtant, j'ai continué vers le sud. Parce que je savais que ce qui allait arriver, c'était à cause de moi. C'était moi le responsable.

Je pourrais pas dire jusqu'où j'ai marché avant de foutre le pied dans le trou de goanna. Je crapahutais en ressassant toutes ces conneries dans ma tête. Et la seconde d'après, j'étais couché à plat ventre dans les cailloux, entre les buissons d'eucalyptus, le genou tellement amoché que j'avais même pas remarqué le morceau de bois planté dans ma main, jusqu'à ce que je serre ma jambe comme si je voulais étrangler la douleur. Là, j'ai vu ce bout de mulga, tout dur, aussi grand qu'un doigt, qui sortait de mon pouce. La pointe dépassait, bien nette, grise, et pendant une seconde, ça a pas saigné. Mon genou me faisait vachement plus mal, mais rien que de voir ce truc qui sortait de ma main, ça m'a filé des frissons dans le cul. Quand je l'ai arraché, ça a pissé le sang comme si j'avais découvert du pétrole. Putain, le carnage. J'ai été obligé de m'asseoir un petit moment, pour m'en remettre.

Je pouvais même pas me relever, et encore moins marcher. Des fourmis myrmecias me grimpaient dessus comme si j'étais déjà mort, et je me suis dit qu'il valait mieux se lever plutôt que de se faire bouffer vivant, alors je me suis redressé pour m'accrocher à un acacia, jusqu'à ce que je trouve le courage de repartir.

Ce que j'ai fait. J'ai vidé ma bonbonne et je l'ai balancée. Et je me suis remis en route. Mais pas très vite. Et rapidement j'ai compris que ça allait pas se passer comme on l'espérait.

Je sais même pas combien de temps il m'a fallu pour arriver. Je sais juste que c'était trop long.

*

J'ai vu l'éclat de la Jeep avant même d'apercevoir le toit de la cabane. Elle était arrêtée au bord du lac, à un demi-kilomètre au sud peut-être. Ils avaient fait ce que je craignais. Je me suis approché, en essayant de rester accroupi le plus possible malgré mon genou, mais aucun signe des deux types, ni du vieux. Je savais qu'il y avait de fortes chances pour qu'il m'ait pas écouté. Il était pas planqué derrière la crête, ce vieux connard. S'il les avait pas vus venir, il était dans la merde maintenant. Je me suis débarrassé de mon sac à dos et en prenant appui sur le .243, je me suis couché à plat ventre dans la terre. Mon genou me faisait un mal de chien.

Je me demandais combien de temps j'allais devoir attendre. Et soudain, j'ai entendu sa voix. Ce foutu rire de dingue. Ils étaient à l'intérieur de la cabane tous les trois.

Fintan était un vieux salopard sournois, deux

fois plus futé qu'il en avait l'air et à peu près deux fois moins malin qu'il le croyait. Mais s'il riait encore, ça voulait dire que les choses avaient pas tourné au vinaigre pour l'instant. Je pouvais encore faire quelque chose pour le sauver. Mais je voyais pas quoi. Je pouvais canarder leur pare-brise, pour lui donner une chance de se sauver, mais Fintan n'était pas du genre sprinter. Et peut-être qu'avant de faire quoi que ce soit, j'avais besoin de savoir ce qui se passait. Il fallait que je m'approche. Alors, j'ai avancé en rampant, lentement, en me faisant tout petit, comme un insecte à moitié écrasé. Je me traînais avec le Browning. Ça m'a pris du temps, mais finalement, je me suis retrouvé quasiment à l'endroit où je m'étais planqué le premier jour. Même terrain caillouteux, mêmes buissons d'épineux.

De là où j'étais, je voyais la porte ouverte, le volet retiré, et aucune fumée qui sortait de la cheminée. Et j'entendais des voix. Celle de Fintan était facile à reconnaître. Impossible de passer à côté de cet accent irlandais chantant. Les deux autres étaient sèches, brutales. Mais je voyais pas grand-chose, même à travers la lunette du Browning. L'angle était mauvais, c'était sombre à l'intérieur et la lumière de dehors était brûlante, blanche.

Devant la cabane, la gamelle fumait entre les braises. Il leur faisait du thé, ce vieux râleur fourbe, il leur débitait son baratin de prêtre, pour voir s'il pouvait se sortir de ce mauvais pas avec la tchatche. Pour une fois, j'avais pas envie qu'il la ferme. On avait besoin, lui et moi, du maximum de temps qu'il pouvait nous donner.

C'est à ce moment-là que j'ai repéré la chèvre pendue au crochet. Elle était entre moi et la cabane, juste devant mes yeux. Je sais pas comment je l'avais pas vue avant. Et franchement, j'avais envie de gueuler. Parce qu'au lieu de se planquer comme je lui avais demandé, et d'attendre mon signal, ce vieux connard était allé jusqu'à l'enclos et il avait pas chômé. Seulement, il avait juste eu le temps de dépouiller la bête à moitié avant que ces deux clowns débarquent. La chèvre ressemblait à un écolier malchanceux avec son pull sur la tête.

Soudain, Fintan a poussé un cri. Ou peut-être que c'était simplement son rire. En tout cas, j'étais super nerveux maintenant. Tout ça me disait rien qui vaille.

Je me demandais si j'avais une chance de ramper jusqu'à la porte. Pour les prendre par surprise, à condition d'arriver jusque-là. Mais si ces deux connards avaient des flingues, et s'il y avait trois personnes à l'intérieur, dans le noir, et moi qui surgissais tout à coup dans l'embrasure de la porte, en plein soleil, ça risquait de mal finir, surtout pour nous. N'empêche, ça semblait être ma seule chance. J'ai pensé à imiter le cri d'un oiseau de proie pour avertir le vieux que j'arrivais, mais à vrai dire, j'avais plus assez de souffle. Je haletais comme un clebs, j'essayais de trouver les couilles pour agir. Et j'étais à une demi-seconde de me relever pour foncer quand le type avec son petit chapeau est apparu sur le seuil de la cabane.

Je l'avais bien net dans la lunette, c'était un type costaud à la peau brillante, avec des boucles d'oreilles et une dent cassée. Il a regardé à droite et à gauche, et Fintan s'est pointé derrière lui, le chevelu ensuite, qui a enlevé ses lunettes noires. Le vieux prêtre était torse nu et son short lui tombait au milieu des fesses, et il avait du sang partout sur les bras et le ventre. Pendant une seconde, j'ai cru qu'ils s'étaient déjà occupés de lui, puis je me suis souvenu de la chèvre.

J'ai repensé au cri d'oiseau. Et je me suis dit : c'est complètement débile de choisir un bruit pour lancer un signal à un sourd. Alors, j'ai imité aucun son. La lunette est devenue floue, et c'est là que j'ai su que je tremblais méchamment.

Les trois hommes sont restés dehors un petit moment. Et soudain, juste devant eux, la gamelle s'est mise à bouillonner, le couvercle a commencé à tressauter et un nuage de vapeur a jailli. Pendant que les types la regardaient, Fintan a dit haut et fort qu'il ferait bien d'aller chercher de quoi faire le thé ; il a dit ça d'un ton joyeux, mais si je voyais les bosses dans le dos de leurs chemises, d'où j'étais, il avait dû piger maintenant qu'ils avaient des flingues. Et pourtant, il jacassait, innocent comme l'agneau qui vient de naître, en reculant petit à petit, et je l'encourageais, vas-y, mon pote, rentre, et prends ce putain de fusil.

J'ai introduit une balle dans la chambre, et le raclement m'a semblé si bruyant que je pouvais pas croire que personne l'avait entendu. J'ai braqué la lunette sur Fintan d'abord. Il était tout sourire, les yeux pétillants, mais je lisais en lui comme dans un livre. Si jamais ça finissait en fusillade, je devais faire gaffe à pas l'atteindre. Le chevelu était le plus près de la porte, le souffle du Browning l'enverrait au tapis. Mais le conducteur était plus loin, c'était lui que je devais descendre. Alors, pendant que j'observais Fintan d'un œil, je visais le chapeau dans la lunette.

Mais le conducteur reluquait les alentours. L'éolienne. La chèvre à moitié dépouillée.

Y a pas urgence, il dit à Fintan. Vous embêtez pas.

Oh, ça ne m'embête pas, répond le vieux en reculant encore un peu, dans ses bottes en caoutchouc.

Et soudain, vif comme un serpent, le chevelu se précipite entre lui et la porte, et Fintan prend son air surpris en plaqué or, et je me dis : c'est foutu. Le type au chapeau montre la chèvre suspendue au crochet, d'un mouvement de tête.

On vous a dérangé, on dirait.

C'est pas grave, répond Fintan. Elle peut attendre. Le temps de boire un thé. Je peux faire cuire du pain dans les cendres, si vous voulez.

Plus tard, peut-être, dit le chevelu derrière ses lunettes noires.

Eh bien, reprend le type au chapeau, curieux et amical, ça fait combien de temps que vous êtes ici ?

Vous dites ?

Ici. Sur ces terres. Depuis quand ?

Oh, une éternité maintenant, répond Fintan. Mais je suis pas le proprio. Je suis qu'un invité.

OK. Une sorte de gardien, alors ?

Fintan sourit, c'est tout.

Ça appartient à qui, cet endroit ? demande le type au chapeau.

Oh, c'est des magouilles de business.

Des étrangers, dit le chevelu. Des Chinois, je parie.

Bah, fait Fintan, c'est comme ça de nos jours.

Ouais, dit le type au chapeau. Le pauvre vieux fermier australien appartient au passé.

Vous êtes un homme de la terre vous-même ?

Plus ou moins. On cherche une propriété dans le coin.

Ah. Une mission de reconnaissance, je vois.

Ça fait combien de temps que vous êtes dans cette branche, déjà ? demande le chevelu.

Les affaires pastorales ? Cinquante ans, je dirais.

Donc, dit le type au chapeau, vous savez où sont enterrés tous les corps par ici. Y a pas grand-chose qui doit échapper à un vieux de la vieille comme vous.

Oh, fait Fintan, ça ne m'intéresse plus beaucoup tout ça. Je reste dans mon coin maintenant.

La gamelle s'agite et crache de la vapeur. Fintan remonte ses lunettes sur son nez. Le soleil de l'après-midi frappe son crâne pelé, et il se lèche les lèvres comme s'il réfléchissait vite et fort.

C'est chouette et tranquille par ici, dit le chevelu.

En effet.

Et vous êtes tout seul en ce moment, c'est ça ? demande l'autre.

Oui, y a que moi.

Là, je vois les deux gars qui se regardent, et c'est

comme si un truc passait entre eux. Et j'ai le cœur qui manque de lâcher. Parce qu'ils reluquent ma tenue de camouflage, ma chemise et mes chaussettes en train de sécher sur le fil. Et je suis sûr et certain qu'ils ont vu deux timbales sur l'évier à l'intérieur et deux assiettes grasses. À l'autre bout de la clairière, sous l'eucalyptus rabougri, mon hamac est toujours déroulé et mes draps entortillés, comme quand je me suis levé ce matin.

Le type au chapeau marche jusqu'à l'arbre pour examiner la chèvre qui pisse le sang. À ses pieds, un millier de mouches voraces bouillonnent et brillent dans la poussière. Le couteau et le fusil à aiguiser sont posés côte à côte sur la souche grise. Fintan le rejoint en traînant les pieds, le chevelu sur les talons, et je vois ses yeux qui ressemblent à des poissons prisonniers dans les aquariums de ses lunettes.

Ça doit être dur de vivre ici sans bagnole, dit le type au chapeau.

Fintan hausse les épaules et ouvre la bouche.

Bah, le coupe le chevelu. C'est son pote qui l'a.

Vous dites ?

Je disais que votre pote avait la voiture, pas vrai ?

Non, non. Il n'y a pas de voiture ici.

Sans blague, dit le type au chapeau.

Je n'ai même plus le droit de conduire, dit le vieux.

Pas même une moto tout-terrain ? demande le chevelu.

Non, même pas. Aussi bizarre que ça puisse paraître.

Vous êtes une énigme, alors, hein ? dit l'homme au chapeau.

Une machine à baratin, voilà ce qu'il est, dit le chevelu.

Ah, messieurs, je me surprends moi-même. Bon, si on buvait une tasse de thé ?

Le pauvre vieux n'a pas vu venir le coup de pied. Et moi, j'ai pigé au tout dernier moment, quand le chevelu s'est penché en arrière pour le frapper dans les reins avec ses Adidas d'homo. Comme un coup de karaté : un éclair blanc qu'on voyait juste après, alors que le vieux est déjà à quatre pattes, en train de souffler et de gémir. Là-dessus, un deuxième coup de pied arrive et le vieux pousse un cri, pendant que le salopard au chapeau continue à parler, dans le genre type raisonnable.

Je faisais pas un bruit. Je crois que je respirais même pas. Je voyais tout ça en gros plan, tellement près que je pouvais même plus régler la mise au point de la lunette. Et je faisais que dalle. J'avais même pas enlevé ce putain de cran de sûreté.

Bon, a dit le type au chapeau. Revenons en arrière. Je suis pressé. J'ai pas de temps à perdre avec votre numéro à la con. Qu'est-ce qui se passe ici, grand-père ?

Vous êtes combien ? a ajouté le chevelu. Qu'est-ce que vous magouillez ?

Fintan cherchait ses lunettes à tâtons dans la poussière. Je sais pas s'il avait encore assez de souffle pour parler, toujours est-il que le chevelu lui a balancé un autre coup de pied sans lui en laisser le temps.

Où est ton téléphone ?

J'ai pas de téléphone, a répondu Fintan, tout bas. Pas de téléphone et pas de radio.

Va voir, a dit le type au chapeau au chevelu.

Pourquoi tu vas pas voir toi-même ?

Fais pas chier. Va vérifier.

Putain de merde, a dit l'autre en s'éloignant.

J'ai pensé que j'aurais pas de meilleure occasion, maintenant que ces deux connards étaient séparés. J'ai attendu que le chevelu soit parti et j'ai essayé de faire le point avec la lunette, mais ma main était clouée, c'était comme si mes doigts appartenaient à la main de quelqu'un d'autre, et je voyais l'ombre de Fintan qui se relevait à genoux et le type au chapeau qui lui donnait son bras comme un être civilisé, un de ces putains de gentlemen, et maintenant que j'avais trop reculé la mise au point, tout était flou, et j'étais en train de régler la focale de nouveau quand ce salopard aux cheveux longs est ressorti de la cabane en gueulant qu'il y avait pas d'électricité, et comment est-ce qu'il pouvait faire marcher un téléphone sans putain d'électricité ?

Nom de Dieu, a dit son pote. Vous avez jamais entendu parler de l'énergie solaire, vous autres ?

Oh, si, bien sûr, a répondu Fintan, debout maintenant, avec ses lunettes sur le nez. Ce doit être merveilleux.

Tu devrais te renseigner, mon pote.

Je le note, a dit Fintan, un peu tremblant. Je le note.

Non, a dit le chevelu. Son pote et lui, ils sont trop intelligents pour ça.

Pas de batteries, a dit le chevelu. Même pas un générateur ?

Ah, c'est trop bruyant, ces trucs-là. J'ai jamais aimé ça.

Il est de la vieille école, ce bonhomme, a dit le type au chapeau. C'est un dur à cuire.

J'ai l'impression que vous avez plusieurs verres d'avance sur moi, les gars, a dit Fintan. Je crois que j'ai perdu le fil de la conversation.

Dans ce cas, a répondu le type au chapeau, vaut mieux qu'on règle ça rapidement.

Il a pris le couteau et il a détaché la chèvre du crochet. C'est là que le visage du vieux a changé.

Trouve de quoi l'attacher, a dit le type au chapeau.

Mon garçon, a dit Fintan pendant que le chevelu fouillait partout. Vous avez choisi le mauvais endroit et la mauvaise personne.

C'est une menace, grand-père ?

Non, fiston, c'est une simple constatation.

Je me disais qu'ils voulaient l'avoir au bluff, et qu'en voyant les flingues et le crochet, il leur raconterait tout ce qu'ils voulaient savoir, mais quand le chevelu est ressorti avec un écheveau de fil barbelé, j'ai compris que ça allait pas se passer comme ça.

Ils l'ont suspendu au crochet par les poignets. Il s'est pas débattu, il a continué à jacasser comme s'il les trouvait ridicules, comme si tout ça était une plaisanterie, une erreur. Toute cette parlotte, ça a dû les énerver car le chevelu l'a frappé, les lunettes de Fintan se sont tordues et un verre s'est brisé. Et il a rigolé, ce vieux cinglé. Sa peau tremblotait comme si elle était trop grande pour sa carcasse, comme s'il l'avait empruntée. Les mains levées au-dessus de la tête, comme un plongeur de haut vol qui se prépare à sauter, ou un type qui arrête la circulation. Mais il ressemblait pas à quelqu'un qui va se rendre. Alors que j'attendais que ça.

Ils l'ont pas soulevé de terre, ces deux connards. Je crois qu'ils savaient pas comment faire. Ils se sont contentés de lui donner des petits coups de couteau, celui que j'avais aiguisé pour lui rendre service. Tout doucement au début, des petites piques, comme pour rire. Et puis ils ont fait tout un plat à propos de ce qu'on manigançait, lui et moi, et comme ça les menait nulle part, c'est là qu'ils se sont vraiment énervés et qu'ils sont passés à la vitesse supérieure.

J'avais l'impression que tout ça se passait à la télé. Ce qu'ils disaient et ce qu'ils faisaient. Ça semblait bizarre et familier, horrible et pas tout à fait réel. Ils faisaient à Fintan des trucs qu'on ferait pas à un chien enragé. Comme s'ils jouaient dans une vidéo de détraqués qu'eux-mêmes ne croyaient pas réelle. Alors, vous vous disiez : dans une seconde ils vont arrêter, ça va pas continuer, personne fait ce genre de trucs pour de vrai.

Pourtant si, ils le font, ils continuent, et vous, vous regardez, sans pouvoir bouger. Obligé de regarder. Parce que vous arrivez pas à y croire. Et vous vous trouvez dégueulasse de les laisser faire. Avec la lame que vous avez aiguisée comme un malade, pour lui montrer que vous étiez reconnaissant, sans oser tout déballer finalement.

C'est pas comme si ces camés aimaient ce qu'ils

faisaient, il faut le reconnaître. Le type au chapeau tape sur son téléphone, en se plaignant qu'il y a pas de réseau. Et on voit bien qu'ils savent plus quoi faire maintenant qu'ils ont commencé ce cirque, parce que le vieux crache rien, et c'est pas ce qu'ils espéraient. Du coup, ils flippent, ils ont peur d'eux-mêmes et ça les rend féroces. Ils tailladent Fintan avec la pointe du couteau, ils soulèvent sa peau grise qui pend, sans arrêter de lui parler de son pote, de moi, genre : où il est, on a un truc à lui filer, un truc qu'il a oublié.

Encore et encore, sans changer de disque. Où est-ce que j'étais ? Qui j'étais ? Qu'est-ce que j'étais ?

Je sais pas comment l'expliquer, je suis pas fier de dire ça, mais je me suis laissé prendre par leur truc. Je parle pas du côté vicelard, la cruauté, ou des filets de sang qui coulaient de Fintan, qu'on aurait dit un dessin de môme. C'était comme si j'avais envie qu'il parle, autant que ces connards. Peut-être même plus. Pour que ça s'arrête. Mais aussi pour savoir ce que Fintan pensait réellement. De qui j'étais. Peut-être même de ce que j'étais. Soudain, c'était devenu super important. Mon cœur brûlait d'envie de savoir. Et tant pis s'il me dénonçait. Je l'espérais, nom de Dieu. Du moment qu'il disait un truc vrai sur moi. Ça vaudrait la peine, rien que pour entendre ça. C'est la seule excuse que je peux donner pour les avoir laissés faire aussi longtemps. Personne sur terre ne pourra le comprendre, je le sais bien, même pas Lee, qui me connaît mieux que tout le monde, vivant ou mort. Mais c'est la vérité :

j'ai été pris par les questions. Et j'étais suspendu à ses réponses.

Mais le vieux disait que dalle. La moitié du temps, il avait l'air heureux, ce salopard futé. Il était sournois. Et plus coriace que je l'aurais cru. J'aurais pas pu dire s'il savait que j'étais là ou pas. S'il me voyait pas ou s'il me sentait pas, il devait croire qu'il était seul dans ce monde désert, et qu'il allait mourir. En tout cas, s'il pensait ça, il en montrait aucun signe. Pas un. Pas même quand le chevelu a commencé à le taillader pour de bon. Fintan planait. Comme ivre de peur et ravi par la douleur. Ma parole, il devenait plus grand suspendu à ce crochet, plus droit, plus fort, à mesure que ça se prolongeait, et en voyant sa peau se tendre, on aurait juré qu'il se remplissait de quelque chose. Et plus ils s'acharnaient, paniqués et féroces, plus il était rempli, ferme et fier. Nom de Dieu, c'était comme s'il était reconnaissant.

Soudain, il a croisé mon regard. Ou peut-être que c'était juste un reflet du soleil dans ses lunettes cassées. Il a tourné la tête. Comme un animal qui ressent l'obscurité. Jusqu'à ce moment-là, il avait rien lâché. Et puis, il s'est mis à chanter. C'était pas vraiment une chanson parce qu'il pouvait sortir que des morceaux de phrases, entre les inspirations et les gémissements. Ça ressemblait à des grognements, comme s'il leur lançait au visage. Puis j'ai entendu les mots, et j'ai compris que c'était à moi qu'il les lançait. À coups de crachats et de gargouillis, il a réussi à sortir toute la strophe. Et c'était long.

fric. Quelques bouquins en souvenir de Fintan. Le Browning avait disparu, évidemment. Mais il y a un fusil de chasse sur la banquette arrière. Et une boîte de munitions sur le plancher, tout près de moi.

Mon téléphone est rechargé. Y a pas encore de réseau, mais je peux enfin voir son visage. Je serai à Magnet à midi, mais je l'appellerai pas avant d'avoir quitté la ville. Je vais y aller mollo avec Lee. Ça va lui faire un choc de me voir débarquer de nulle part, va falloir que je sois patient. Mais je peux me le permettre. Parce que maintenant, je sais ce que je suis. Et la paix est en chemin. Y a intérêt, bordel.

Il a tiré. Sur Kelly. Il l'a étendu raide. Et en se retournant. Vers Da-aa-vis. Il a reçu… une blessure fatale. Une balle a transpercé son jeune cœur courageux. Tirée par le pis-tolet de Fitzroy. C'est ainsi qu'ils l'ont cap-turé. Le Jeune. Colonial. Sauvage.

Il voulait peut-être que je les tue. J'y ai pensé. Beaucoup. Ou peut-être que cette chanson, c'était juste un endroit où se réfugier. Comme je l'avais fait mille fois pendant que je recevais une raclée. La première fois que je l'avais entendu chanter cette chanson, je m'étais demandé aussi s'il la chantait pour moi, s'il se foutait de ma gueule en s'encourageant en même temps. Peut-être que c'était pareil. Mais il avait les yeux grands ouverts. Comme s'il avait plus envie de rire.

Et ils ont continué. Ils semblaient à court d'idées eux aussi. Mais ils arrêtaient pas de poser les trois mêmes questions :

Où j'étais ?

Qui j'étais ?

Qu'est-ce que j'étais ?

Et pendant un long moment, Fintan a encaissé. Sans rien leur dire. C'était affreux, incroyable, et tout ça s'accumulait sur moi, et brusquement, on aurait dit que tout tombait. Les oiseaux. Le soleil. La chanson. Toutes ces choses bien qui étaient en lui tombaient. Sur moi. Sur ma tête. Et je savais où j'étais, qui j'étais et ce que j'étais. Oui, ce que je suis. C'était comme il l'avait dit. Quand je m'étais moqué de lui. C'était comme si le soleil et la lune passaient à travers moi. J'étais électrisé.

Et soudain, tout est sorti de moi, comme une

toux. Je pouvais l'expliquer avec des mots. Mais tout s'est arrêté. Ce putain de cirque. Fintan lui-même s'est arrêté. Ils ont tous regardé dans ma direction. De la pisse coulait sur les jambes du vieux bonhomme. Il me regardait plus maintenant, son menton tombait sur sa poitrine, et il a poussé un petit roucoulement. Le monde était silencieux, un silence si profond que le raclement de l'acier quand j'ai enlevé le cran de sûreté était une humiliation.

Fintan a poussé un grognement et il s'est affaissé sur le crochet, et le camé au chapeau a glissé sa main dans son dos pour prendre son automatique, mais j'avais sa pomme d'Adam dans le viseur, et quand j'ai tiré, je croyais le voir projeté en arrière comme un *roo.* Mais la balle est partie dans le décor et j'ai cru que j'avais manqué complètement la cible. Ça m'avait tout l'air d'un raté, et j'ai pensé à toute la terre restée dans le canon. Le type a fait un pas sur le côté, son minuscule chapeau de paille toujours sur sa tête, et c'est là que j'ai vu le jet sortir sur le côté de son cou. Il est tombé assis. En gueulant et se tenant le cou à deux mains. Et quand j'ai pointé le fusil sur le chevelu, ce sale connard était planté là, avec le couteau. La tête baissée. Il regardait son pote. Comme s'il avait pas besoin d'aide. Ce taré a même pas sorti son flingue.

La cartouche vide a jailli du .243 comme une idée géniale. Et la deuxième est entrée dans la chambre avec un grincement d'os. Le chevelu pouvait pas croire ce qui se passait. Il croyait pas que j'existais, voilà tout. Mais j'étais bien là.

J'ai rien dit. Mais j'aurais pu. J'avais un tas de

choses à dire, mais pas à lui. Je les gardais pour Fintan. Pour l'instant, ça me suffisait de savoir ce que j'étais. L'instrument de Dieu. Et à la dernière seconde, le chevelu l'a su lui aussi. Il s'est retourné pour détaler et l'arrière de sa chemise s'est chiffonné à l'endroit où la première balle l'a atteint et il était à mi-chemin de la cabane quand il s'est écroulé à plat ventre. La deuxième balle l'a complètement loupé et il a rampé un peu, jusqu'à ce que je tire une troisième fois, et quand un gros morceau s'est détaché de l'arrière de son crâne, il a abandonné.

Fintan respirait quand je suis arrivé au crochet. Et il vivait encore quand je l'ai allongé dans la terre collante. Je sais pas s'il a entendu ce que je lui ai dit. De la bave coulait sur son menton et ses yeux semblaient à moitié explosés, mais je pense qu'il savait que j'étais là. Il me sentait. Il avait toujours su ce que j'étais. Il m'avait vu arriver avant même que je sache qu'il était là. Et maintenant, je le voyais moi aussi.

*

Je l'ai enterré dans le lac, sous le sel. Ça me semblait bien.

Les autres, ils sont devenus mineurs.

J'ai jamais touché à l'herbe. Le jeu n'en valait pas la chandelle. Par contre, j'ai emprunté la Jeep. Et grâce à tous les jerricans qu'étaient dans le van, j'avais assez d'essence pour aller jusqu'à Magnet, Broome et Darwin sans m'arrêter. J'avais presque tout ce qu'il me fallait. De la bouffe. Du

DU MÊME AUTEUR

Aux Éditions Gallimard

Dans la collection La Noire

LA CAVALE DE JAXIE CLACKTON, 2021, Folio Policier nº 974.

Aux Éditions Rivages

RESPIRE, 2009.
ANGÉLUS, 2006.
CLOUDSTREET, 2005.
PAR-DESSUS LE BORD DU MONDE, 2003.
LES OMBRES EN HIVER, 2000.
LA FEMME ÉGARÉE, 1997.

Aux Éditions Les Belles Lettres

CET ŒIL, LE CIEL, 1991.

Tous les papiers utilisés pour les ouvrages
des collections Folio sont certifiés
et proviennent de forêts gérées durablement.

Composition APS-ie
Impression Novoprint
à Barcelone, le 26 septembre 2022
Dépôt légal : septembre 2022

ISBN 978-2-07-296577-7 / Imprimé en Espagne

401806